读客

读客外国小说文库

熊猫君激发个人成长

人性的因素

[英] 格雷厄姆·格林 著　韦清琦 译

江苏凤凰文艺出版社
JIANGSU PHOENIX LITERATURE AND
ART PUBLISHING, LTD

图书在版编目（CIP）数据

人性的因素 / （英）格林 (Greene,G.) 著；韦清琦
译 . —— 南京：江苏凤凰文艺出版社，2018.11
（读客全球顶级畅销小说文库）
书名原文：The human factor
ISBN 978-7-5399-7972-4

Ⅰ . ①人… Ⅱ . ①格… ②韦… Ⅲ . ①长篇小说 - 英
国 - 现代 Ⅳ . ① I561.45

中国版本图书馆 CIP 数据核字 (2014) 第 292268 号

人性的因素

[英]格雷厄姆·格林　著　　韦清琦　译

责任编辑	丁小卉
特约编辑	姚红成　　徐陈健
装帧设计	读客文化　021-33608320
责任印制	刘　巍
出版发行	江苏凤凰文艺出版社
	南京市中央路 165 号，邮编：210009
网　　址	http://www.jswenyi.com
印　　刷	北京中科印刷有限公司
开　　本	880 毫米 ×1230 毫米 1/32
印　　张	11.5
字　　数	240 千字
版　　次	2018 年 11 月第 1 版
印　　次	2021 年 8 月第 5 次印刷
标准书号	ISBN 978-7-5399-7972-4
定　　价	65.00 元

江苏凤凰文艺版图书凡印刷、装订错误，可向出版社调换，联系电话：010-87681002。

我只知道构成联系的那个人不见了，腐败的种子进入了他的灵魂。

——约瑟夫·康拉德[1]

一本以特工生活为基础的小说，必然包含有相当大的幻想成分，因为写实的描述肯定会违反官方保密法令的某些条款。"瑞摩斯大叔行动"纯粹是作者想象的产物（我期望它仍将如此），所有的人物，无论是英国人还是非洲人、俄国人或波兰人，也都是如此。不过，我们不妨引用安徒生这位同样创造幻想的睿智作家的话："我们所想象的故事是出自现实。"

目　录

第一部

第一章

　　自从三十多年前，年轻的卡瑟尔到这里工作后，便一直在圣詹姆斯街后面的一家酒吧用午餐，那地方离办公室不算远。若问起缘由，他会归结为那里高品质的香肠。或许他也青睐那里的一种别有苦味的沃特尼啤酒，不过更要紧的是香肠的质量。他时时准备着解释自己的行为，哪怕是最没有疑问的，另外，他还总是很守时。

　　所以当钟报响一点时，他就准备出门了。与他合用一间办公室的助手阿瑟·戴维斯十二点准时去吃午饭，一小时后返回，但这经常只是理论上如此。戴维斯和他自己随时得有一人留着，以应对紧急电报的解码工作，这是很明确的，可他们也很清楚，在他们所属部门的这个分部里，从不会有什么真正紧急的情报。英国与由他俩负责的东非和南非各地的时差应对起来通常都绰绰有余——即便是在约翰内斯堡也只相差了一小时多一点——没有人会操心消息的迟滞。戴维斯常说，世界的命运永远不会由他们这块大陆来决定，无论中国或俄国在亚的斯亚贝巴和科纳克里[1]之间开设了多少大使馆，也无论有多少古巴人登陆非洲。卡瑟尔给戴维斯写了张便笺："如扎伊尔[2]回复172号，送副本至财政部和外交部。"他看了看表。戴维斯迟了十分钟。

卡瑟尔开始整理公文包——他放了张字条，记的是要在杰敏街乳酪店为妻子买的东西，以及为早上和他闹了些不愉快的儿子准备的礼物（两包"麦提莎"巧克力）；还放了一本书，《克拉丽莎》[3]，他每次到第一卷的第七十九章就再也读不下去。他听见电梯关门及戴维斯在走廊里的脚步声，随即便离开了屋子。他的香肠午餐少了十一分钟。和戴维斯不同，他总是准点返回。这是上了年纪后具有的一种美德。

阿瑟·戴维斯的怪异行为在这间沉静的办公室里显得十分惹眼。他正从白色长廊的另一端走过来，穿着如同刚在乡村的马背上度了周末，抑或刚从公共赛马场回来。他套一件单绿色斜纹软呢运动夹克，胸口衣袋里还露着一条带斑点的红手帕，颇似一位宾馆行李员的行头。不过他还是像一位被分错了角色的演员：当他尽力想和这套行头般配时，却常常笨拙地找不到戏路。如果说他打量伦敦的样子就仿佛他是从乡下来的，那么他到乡间造访卡瑟尔时又明白无误地是一副城里游客的模样。

"一如既往地准点。"戴维斯挂着惯有的讪笑说。

1　分别是埃塞俄比亚和几内亚首都。

2　刚果民主共和国1971—1997年使用的旧称。

3　英国作家塞缪尔·理查森（Samuel Richardson，1689—1761）所著的书信体小说，原书名为*Clarissa, or, The History of a Young Lady*。

"我的表总走得稍快了些，"卡瑟尔像是在为并未说出口的微词致歉，"一种焦虑综合征吧，我想。"

"又往外偷运绝密情报？"戴维斯问道，同时开玩笑地摆了个架势，要抢卡瑟尔的公文包。他的呼吸夹杂了甜腻的气味：他对波尔图葡萄酒很是贪恋。

"哦，我都留给你去兜售了。你那些见不得阳光的联系人会给你个更好的价钱。"

"你真好心，我敢肯定。"

"而且你单身，比已婚男士更需要钱。我的生活开支已减半了。"

"啊，可那是些倒胃口的剩菜，"戴维斯说，"吃剩的牛腿肉重做成土豆泥肉饼，还有串了味儿的肉丸子。值吗？结了婚的男人连一杯上好的波尔图都喝不起。"他进了他们合用的办公室给辛西娅打电话。两年来戴维斯一直在追求辛西娅，可是这位少将的女儿却想攀上更高的枝头。尽管如此，戴维斯仍抱着希望；他解释说在部门内部谈恋爱风险总要小些——不会被视为有安全隐患，但卡瑟尔明白戴维斯实际上有多眷恋辛西娅。他既强烈渴望出双入对的夫妻生活，又不想失去单身男子有的那种防范性的幽默感。卡瑟尔到他的公寓去过一次，那是他和环境部的两个人合住的套房，在一家古玩店楼上，离克拉里奇酒店不远——地处中心，气派非常。

"你应该多来走动走动。"戴维斯当时坐在客厅里劝着卡瑟尔。房间拥挤不堪，沙发上摊满了各色杂志——《新政治家》《阁楼》，还有《自然》，其他房客开过晚会后留下的狼藉杯盘堆在角落里，等着日杂女工来收拾。

"你很清楚他们给我们的工资，"卡瑟尔说，"而且我有家室。"

"严重的决策错误。"

"可我不是，"卡瑟尔说，"我喜欢我妻子。"

"当然还有那小杂种，"戴维斯继续道，"既养孩子又喝波尔图，我可掏不起这个钱。"

"可巧我也很喜欢这小杂种。"

卡瑟尔正准备走下四级石阶到皮卡迪利大街时被门房叫住了。"汤姆林森准将想见您，先生。"

"汤姆林森准将？"

"是的。在A.3号房间。"

卡瑟尔只见过汤姆林森准将一回，很多年前了，久远得他都懒得去计算，也就是他得到任命的日子——他在《公务机密法约》上签字的那天，那时这位准将还是个很小的下级军官，如果还算军官的话。所有他能记得的就是那撇黑黑的小胡子，如同不明飞行物似的盘旋在一张吸墨水纸上，吸水纸完全空白，也许是出于安全的因素。唯一的瑕疵是他签过《法约》后留下的钢笔印迹，而且几乎可以肯定，这张吸水纸随即就被粉碎并焚烧。近百年前的"德雷福斯事件"[1]暴露出了废纸篓的危险。

1　阿尔弗雷德·德雷福斯（Alfred Dreyfus，1859—1935），法国犹太裔军官。1894年，因法国情报人员在德国大使馆的废纸篓里发现一张被撕毁的信件，被以叛国罪判处终身监禁，引起社会争议和冲突。1906年，经过重审后获得平反。

"沿走廊左边走，先生。"门房在他就要走错方向时提醒他。

"进来，进来，卡瑟尔。"汤姆林森准将叫道。他的胡子现在跟吸水纸一样白了，而岁月还在他双排纽扣马甲下堆起了小小的将军肚——只有他的军衔仍像过去那样说不清道不明。无人知晓他以前归属哪个军团，如果确有此军团的话，因为在这幢楼里，所有的军队头衔都有些可疑。官阶可能也只是全副伪装的一部分。他说："我想你不认识丹特里上校。"

"不，我不认识……你好。"

尽管丹特里穿着整洁的深色西装，有着棱角分明的瘦削脸庞，但比起戴维斯他更加真实地具有一种户外活动的气质。若是说戴维斯第一眼看上去似乎可以在跑马场如鱼得水，那么丹特里则显然能在昂贵的狩猎围场或打松鸡的林沼间游刃有余。卡瑟尔喜欢给同事勾勒速画像：有时甚至真的画在纸上。

"我想我在科珀斯结识过你的表兄。"丹特里说。他的语气愉快，但显得有些烦躁，也许他还得到国王十字车站赶发往北部的火车。

汤姆林森准将解释道："丹特里上校是我们的新长官。"卡瑟尔注意到丹特里随之皱了皱眉，"他从梅瑞狄斯那儿接管了安全工作。不过我想你可能从没见过梅瑞狄斯。"

"我估计你说的是我的表兄罗杰，"卡瑟尔对丹特里说，"有不少年没见了。他在'人文学科'[1]中得过一等。我想他现在在财政部。"

1　Greats，又叫大课程，是牛津大学著名课程之一，主修古典文学，学期为四年，比牛津大多数课程要多一年的时间。

"刚才我在向丹特里上校介绍这儿的建制。"汤姆林森准将还在絮叨，紧扣自己的话题不放。

"我学的是法律。得了个差劲的二等，"丹特里说，"我想你读的是历史？"

"是的。得了个非常差劲的三等。"

"在牛津基督教堂学院？"

"是的。"

"我已经跟丹特里上校解释了，"汤姆林森说，"就6A部而言，只有你和戴维斯负责处理机密电报。"

"如果那算是我们这个部的'机密'的话。当然，沃森也要过问的。"

"戴维斯——雷丁大学的，没错吧？"丹特里的问话里好像有一丝轻蔑的意味。

"看得出你做了不少功课。"

"实际上我刚和戴维斯本人聊过。"

"所以他的午饭多花了十分钟。"

丹特里笑起来如同伤口重又痛苦地绽裂开，那两片鲜红的嘴唇在嘴角张开时显得挺费劲。他说："我和戴维斯谈到了你，所以现在我要和你谈谈戴维斯。公开核查。你得原谅我这把新扫帚。我得学着摸索这条绳子，"他补充的这些比方并没有把事情说清楚[1]，"得例行公事——尽管我们对你俩肯定是信任的。顺便问一句，他**有没有**警示过你？"

---

1 原文分别为the new broom、learn the ropes，通常译为"上任的新官""掌握窍门"。

"没有。可是你为什么要相信我？我们也许串通好的。"

那伤口又豁裂开少许，接着又紧紧闭上。"我推想他在政治上略微偏左。是这样吗？"

"他是工党成员。我估计他亲口告诉你了。"

"这当然不算什么问题，"丹特里说，"那你呢……？"

"我不属于任何党派。我估计戴维斯也跟你说了。"

"但你有时也参加投票，我想？"

"战后我一次也没投过。如今这些事儿总好像——怎么说呢，有那么点儿小地方主义。"

"一个很有意思的想法。"丹特里不以为然地说。卡瑟尔看出来这回说了实话是个判断上的失误，不过除非在真正紧要的场合，他总宁愿说实话。事实经得起盘查。丹特里看了看表："我不会占用你很长时间。我还要去国王十字车站赶火车。"

"周末去打猎？"

"是的。你怎么知道的？"

"直觉。"卡瑟尔说，他又一次为自己的回答感到后悔。不引起别人的注意总归要安全些。有时候——随着年岁的增长，这种时候变得越来越多——他梦想着能够完全表里如一，就像另一个人梦想着在罗德板球场[1]打出一个戏剧性的一百跑一般。

"我猜你是注意到了我放在门口的枪匣子？"

"是的，"卡瑟尔说，他这才看见枪匣，"那正是线索。"他很乐意看见丹特里释然的神情。

---

1 位于伦敦西敏市，有"板球界圣地"之称。"跑"为板球得分的基本单位。

丹特里解释道："这里边没有个人因素，你明白的。纯粹是例行检查。条条框框那么多，有时候就不那么得到重视。这也是人之常情。比如，关于不能将工作文件带出办公室的规定……"

他意味深长地盯着卡瑟尔的公文包。若是高级官员或绅士会立刻打开包接受检查，同时再来个轻松的玩笑。不过卡瑟尔不是高官，他也从未将自己分在绅士之列。他想看看这把新来的扫帚能扫到什么样的程度。他说："我不是回家。我只是出去吃午饭。"

"你不会介意吧，是吗……？"丹特里伸手去拿公文包。"我向戴维斯提出了相同的要求。"他说。

"我看见戴维斯时，他没有带包。"卡瑟尔说。

丹特里为自己的错误脸红起来。卡瑟尔敢肯定，要是他打猎时射到了赶猎物的人也会流露出类似的羞愧表情。"哦，那准是另一个家伙，"丹特里说，"我忘了他的名字。"

"沃森？"陆军准将提示道。

"没错，沃森。"

"这么说我们的头儿你也查过了？"

"都是演练的一部分啊。"丹特里说。

卡瑟尔打开公文包。他拿出一份《伯克翰斯德[1]报》。

"这是什么？"丹特里问。

"我常买的当地报纸。打算吃午饭时看的。"

"哦，是这样，当然。我都忘了。你住得挺远。难道没觉得

1　赫特福德郡西部的历史名城，距离伦敦42公里，也是格林的出生地。——编者注

有些不方便？”

"坐火车不到一小时。我需要一幢房子，一座花园。我有个孩子，你能理解的——还有一只狗。这两样在公寓房里是不能同时拥有的。没法生活得很舒适。"

"我注意到你在读《克拉丽莎》。喜欢吗？"

"喜欢，到目前为止还行。不过还有四卷呢。"

"这是什么？"

"备忘清单。"

"备忘？"

"我的购物单。"卡瑟尔做了说明。他写在自己打印的地址"国王路129号"下面。"两包'麦提莎'。半磅格雷伯爵茶。干酪——温斯利代，还是双层格洛斯特？亚德利刮胡水。"

"'麦提莎'是个什么东西？"

"一种巧克力。你得去尝尝。很好吃。在我看来比奇巧强。"

丹特里说："你觉得我送这个给要去拜访的女主人合适吗？我挺想给她带些有点特别的东西。"他看了看表，"也许我可以打发门房去买——时间正好够。你在哪里买？"

"他可以到斯特兰德大街去找一家ABC。"

"ABC？"丹特里问。

"充气面包公司[1]。"

"充气面包……是个什……？哦，得了，没工夫去琢磨了。你肯定这些糊弄人的东西能行？"

---

1 原文为Aerated Bread Company，故可缩略为ABC。

"当然，别有风味。"

"福特纳姆离这儿只有几步路。"

"你在那儿买不到。这种巧克力很便宜的。"

"我不想显得很小气。"

"那就多买点。吩咐他买三磅。"

"名字叫什么来着？要不你出去的时候和门房说一下？"

"那对我的检查结束了？我没问题？"

"哦，没有。没有。我和你说了这纯粹是走形式，卡瑟尔。"

"打猎愉快。"

"多谢。"

卡瑟尔把条子拿给门房。"他说了三镑？"

"是的。"

"三镑'麦提莎'！"

"是的。"

"我可以找辆搬家的车吗？"

门房叫来正在看色情杂志的伙计。他说："去给丹特里上校买三镑'麦提莎'。"

"那差不多有一百二十包哩。"伙计稍加计算后说。

"不，不，"卡瑟尔说，"没这么严重。我认为他指的是重量单位[1]。"

他离开了还在扳着手指的门房。他比平时晚了十五分钟到酒吧，往常坐的角落已给人占了。他吃得很快，并算了一下知道晚

1　丹特里说的重量单位"磅"和门房及伙计说的货币单位"镑"在英语里同为pound。

回了三分钟。然后他去圣詹姆斯长廊商场的洗化店买了亚德利刮胡水，在杰克逊食品店买了伯爵茶，为节省时间，他也在那儿拿了双层格洛斯特干酪，虽然他通常都到杰敏街的乳酪店去买。可他本打算在ABC买的"麦提莎"，在他到那儿时已售罄了——店员告诉他今天的需求出乎他们的意料，他只好买了奇巧。当他再见到戴维斯时只迟了三分钟。

"你真是对检查的事守口如瓶啊。"他说。

"我发誓要保守秘密的。他们抓到你什么没有？"

"还算好。"

"他们可逮着我了。问我在雨衣口袋里装了什么。我把59800发来的报告带出来了，本想吃饭时再看看的。"

"他说了什么？"

"噢，他警告了我，还是放了我一马。他说规则制定出来就是要遵守的。想想那个叫布莱克[1]的（他叛逃究竟图个什么？），四十年不用交所得税，不用伤脑筋，不用担责任，而我们现在还得为他擦屁股。"

"丹特里上校不算太难缠，"卡瑟尔说，"他认识我在科珀斯的一个表兄。这层关系能派上些用场。"

1　即乔治·布莱克（George Blake, 1922—），英国双重间谍，同时为英国和苏联服务。1961年被判入狱42年，1966年越狱潜逃到苏联。

第二章

　　卡瑟尔通常能搭上六点三十五分从尤斯顿发出的火车。他乘这趟车可以准时在七点十二分到达伯克翰斯德。他的自行车就放在车站——他跟检票员认识很多年了，总是把自行车交给他照管。接着他骑车回家，这段路倒是更长些，也是为了锻炼身体——过运河桥、都铎学校，转入高街，途经那座灰色燧石砌成、供放十字军士兵头盔的地区教堂，然后再上奇尔特恩斯丘陵的斜坡，骑向他在国王路上那幢半独立的小房子。如果没有事先打电话告诉家里要迟回，他总在七点半到家。正好有时间向儿子道声晚安，并在八点开饭前小酌一两杯威士忌。

　　对于从事特别职业的人而言，一切日常琐事都弥足珍贵——也许这便是他从南非回国后选择重返故里的一个缘由：回到垂柳下的运河畔，重游母校，徜徉在一座曾经辉煌的城堡遗迹边，这古堡抵御过法国王子路易斯的围攻，据说乔叟还在这儿做过文书——谁知道呢？——也许只是某个匠人的祖传家业。如今只见得几个覆满青草的土墩和数段面朝运河及铁路线的石墙。再往外走便是一条长长的出城的路，走过路边的山楂藩篱和西班牙栗树，最终便可呼吸到乡村公地的自由气息。多年前，本地居民还努力争取过在公地放牧的权利，而如今在二十世纪，除一两只兔子或山羊，还有其他什么动物能在蕨草、金雀花和欧洲蕨中寻觅到食物，已很令人怀疑了。

在卡瑟尔的孩提时代，公地上仍残留着一战时由法学院学生组成的军官训练队在黏的红土里挖出的战壕。那些都是年轻的律师，他们在战死于比利时或法国之前本是作为社会正统群体的一分子从事着自己的职业。若对此缺乏适当的了解，走在这里是挺不安全的，因为这些古老的沟壑深达数英尺，以原先“老不齿部队”在伊珀尔[1]挖的为样板，初来乍到者得冒着猝然跌进沟摔断腿的风险。在这儿长大并熟悉地形的孩子则能自由自在地四处漫步，直到有关的记忆在他们的脑海里渐渐淡去。卡瑟尔出于某种原因一直记得很清楚，在不用去办公室的日子里，他有时便牵着萨姆的手，带他看公地上那些被人忘却的藏身之地以及种种危险所在。小时候，他在这里以一当十玩过多少次打游击啊。现在，打游击的时光又回来了，朝思暮想的生活成了现实。居住在熟识已久的地方，他感到了安全，正如年迈的老囚重返他所熟识的监牢一般。

---

1 The Old Contemptibles，一战时期英国远征军的绰号，源于德意志君主威廉二世对远征军的鄙视，称之为“不齿的部队”，后来远征军的幸存者就称自己是“老不齿部队”。伊珀尔，比利时西部边境城市，一战主要战场之一，也是世界上第一次被使用化学武器的地方。

卡瑟尔将自行车推上国王路。他回英国后通过一家建屋互助会买的房子。他本可以支付现金，从而少花些钱，但他不希望显得和左邻右舍的教书先生们有何不同——凭他们挣的薪水要积攒存款几无可能。出于同一原因，他保留了前门上那块绘有《微笑的骑士》[1]的华而不实的彩色玻璃。他不喜欢这种有色玻璃。他将其与牙科门诊联系起来——在外地小城市里，有色玻璃使外面的人没法看见椅子上牙科病人的痛苦神色——可还是由于邻居的门上都有，他也就情愿顺其自然了。国王路一带的教书先生是北牛津地区审美原则的拥护者，所以在这里他们中有很多都跟他们的助教一起喝茶，而要换了在班布里路[2]，他的自行车也不会水土不服，搁放在门厅或楼梯下面都很寻常。

他用耶鲁[3]钥匙打开了门。他曾想过买嵌入式插锁或是在圣詹姆斯街挑一把别致的丘博保险锁，但还是让自己打消了念头——他的邻居对耶鲁已很满意了，况且在近三年中唯一的偷盗案件也远在鲍克斯摩尔[4]，这也使他的想法失去了理由。门厅里没人；起居室似乎也是空的，他在敞开的门口就能看到；厨房里也静悄悄的。他立刻注意到餐具柜里苏打水旁并无威士忌酒瓶在那里恭迎主人。多年的习惯被打破了，卡瑟尔感到一阵虫噬般的焦灼。他叫了声"萨拉"，可没有回应。他立于门厅内的伞架旁，飞快地

---

1 荷兰黄金时代时期画家弗兰斯·哈尔斯（Frans Hals，1582—1666）所绘的名作。

2 Banbury Road，牛津市的一条主要街道。

3 美国锁具品牌，1868年由弹子锁发明人莱纳斯·耶鲁（Linus Yale，1821—1868）成立。下文的丘博为英国锁具品牌。

4 位于赫特福德郡的赫默尔亨普斯特德，临近伯克翰斯德。

扫视着熟悉的陈设。少了一样重要的东西——威士忌酒瓶——他屏住了呼吸。自从搬到这里，他总是很肯定地觉得有朝一日会有厄运尾随而来，他还明白真有祸事发生时自己决不能惊慌：他必须立即全身而退，不可留恋他们在一起生活的任何一块残片。

"朱迪亚的子民须往山中避难……"[1]出于某种原因，他想到了在财政部的表兄，好像后者便是可以保全他的护身符，辟邪之物。就在此时，他听见了楼上的说话声以及萨拉下楼的脚步声，便放心地舒了口气。

"亲爱的，我没听见你。我在和巴克医生说话。"

巴克医生跟随在她后面——一个中年人，左脸颊有一块火红的草莓色印记，穿浅灰色衣服，胸前口袋里插着两支水笔，也许其中一支是查看咽喉的袖珍电筒。

"出了什么问题吗？"

"萨姆得了麻疹，亲爱的。"

"他会痊愈的，"巴克医生说，"让他静养就行了。光线别太强烈。"

"来杯威士忌吧，大夫？"

"不了，谢谢。我还要去看两个病人，实际上我的晚饭已经迟了。"

"他会是在哪儿感染的？"

"哦，现在流行病很多。你们不必担心。只是轻度感染。"

医生离去后卡瑟尔吻了妻子。他的手抚过她坚韧的黑发，碰

1　语出《马太福音》第24章16节，朱迪亚为以色列南部山区的统称。

了碰那高高的颧骨。他触摸着她黑色的脸庞轮廓，就像从白人宾馆台阶上的那些平淡无奇且凌乱堆放的雕刻品中挑出了一件上佳作品。他让自己放宽心，他生命中最珍爱的依然安全。一天下来，他总感到仿佛自己已抛下无助的她而一去多年。可是这里没有人介意她的非洲血统。这里没有能够威胁他们共同生活的法律。他们可以安心地过日子——或许将来也一直能这么安心。

"怎么了？"她说。

"我刚才很担心。进来时一切都好像乱了套。你不在起居室，连威士忌都找不着……"

"你真是个习惯性的动物。"

她倒威士忌时他打开了公文包。"真的一点儿没关系吗？"卡瑟尔问，"我从来没喜欢过医生说话的样子，特别是当他们表现得要让你放心的时候。"

"没关系的。"

"我能去看看他吗？"

"他睡着呢。最好别弄醒他。我给他喂了片阿司匹林。"

他把《克拉丽莎》第一卷放回到书架。

"看完了？"

"没有，我现在怀疑自己还能不能看完。人生太短。"

"可我以前还认为你一直喜欢读大部头呢。"

"也许我得试试《战争与和平》，再不读就没机会了。"

"我们没有。"

"我明天就去买。"

她已细心地按照英国酒馆的标准调了四份威士忌，现在她端给他，将杯子塞在他手里，似乎那是一封旁人谁也不准看的密信。实际上，他的酒量唯有他俩清楚：与同事乃至和酒吧里的陌生人在一起时他通常不过喝些啤酒。在他的职业中，稍沾点儿酒精都会招来猜疑的目光。只有戴维斯满不在乎地以他那种优雅的狂放连饮数杯而毫不顾忌会被谁瞧见，可是话说回来，他胆敢如此也出于一种十足的光明磊落。卡瑟尔早在南非坐以待毙的时候，就永远失去了这种胆量和磊落。

"你不会介意的，对吧，"萨拉问，"如果只有一顿冷饭？傍晚我一直忙着照顾萨姆。"

"当然不会。"

他用臂膀搂住她。他们的爱之深，正像那四份威士忌一般隐秘。说与外人听只会招致危险。爱情也如同铤而走险。文学总是这样宣称。崔斯坦、安娜·卡列尼娜，甚至是勒夫莱斯[1]的情欲——他曾瞄了几眼《克拉丽莎》的末卷。即便对戴维斯，他说得最多的也不过是"我喜欢我的妻子"。

"真不知道没了你我怎么办。"卡瑟尔说。

"和你现在差不多。八点钟晚饭前喝两杯双份的威士忌。"

"当我到家没有看见你以及威士忌时，我很害怕。"

"害怕什么？"

"怕只剩我一个。可怜的戴维斯，"他补充道，"回家时什么人都没有。"

1　分别是12世纪欧洲民间故事《崔斯坦和伊索德》中的男主人公、列夫·托尔斯泰的小说《安娜·卡列尼娜》中的女主人公，以及《克拉丽莎》中英俊的浪荡子。

"也许他觉得这更有乐趣呢。"

"这就是我的乐趣，"他说，"一种安全感。"

"外面的生活就这么危险吗？"她从他的杯子里啜了一口，用唇碰他的嘴，以J. & B.¹使之润湿。他总是买J. & B.，因为喜欢它较淡的色泽——一大杯威士忌加苏打看上去并不比其他品牌的低度酒更强劲。

电话铃声从沙发旁的桌上响起来。他拿起话筒说了声"喂"，可无人应答。"喂。"他默数到四，然后在听到断线时便放下话筒。

"没有人？"

"我估计是拨错号了。"

"这个月已发生三次了。总在你忙着公务迟迟不归时。你觉得会不会是盗贼踩点，试探我们在不在家？"

"这里没什么好偷的。"

"不是读到过那些可怕的故事吗，亲爱的——脸上蒙了长筒袜的家伙。我讨厌太阳下山你又还没回来的那会儿。"

"所以我给你买了布勒。布勒**在哪儿**呢？"

"它在花园里啃草呢。有什么让它肠胃不舒服了。不管怎样，你明白它是怎么跟陌生人打交道的。它喜欢讨好他们。"

"碰到戴长筒袜面具的它还是会反抗的。"

"它会以为是人家戴上跟它逗乐的呢。你记得圣诞节的时候……那些纸帽子……"

---

1 即Justerini & Brooks，苏格兰威士忌著名品牌。

"在买它以前，我本来一直以为拳师狗是很凶猛的。"

"是很凶，在看到猫时。"

门吱呀一声开了，卡瑟尔迅速转过身：布勒用方正乌黑的鼻子将门顶得完全敞开，接着纵身像一袋土豆似的朝卡瑟尔躲闪的方向扑来。卡瑟尔挡住它。"下来，布勒，下来。"一长条唾液从卡瑟尔的裤子上挂下来。他说："如果这也算讨好，任何一个盗贼都会逃出去一英里。"布勒像要发作似的叫起来，扭动着臀部，好像身上爬了虫一般，同时又回头向门口走去。

"不要吵，布勒。"

"它只想出去遛遛。"

"在这个时候？我以为你说它病了。"

"看来它草吃得够多了。"

"别吵了，布勒，该死的。不去散步。"

布勒只好重重地伏倒，趴到地板上去寻找些慰藉。

"今早抄煤气表的人被它吓坏了，但布勒只是想表示友好。"

"可煤气公司的人认识它。"

"这一位是新来的。"

"新来的。怎么会这样？"

"哦，往常来的得了流感。"

"你要求看他的证件了吗？"

"当然。亲爱的，你现在**是不是**怕起盗贼来了？别这样，布勒。别这样。"布勒正带着市政议员喝汤的劲头舔着自己的私处。

卡瑟尔跨过布勒走进门厅。他仔细检查了气表，但并未发现异常，便又走回来。

"你**真**有什么担心？"

"倒也不是。办公室里发生了点事情。一个新上任的安全官员想滥用职权。这让我很不痛快——我在这里三十多年了，现在理应得到信任才是。下回我们出去吃午饭，口袋都要被翻出来看了。他**真的**检查了我的公文包。"

"宽容点吧，亲爱的。这不是他们的错。是这个职业的错。"

"现在要换工作太迟了。"

"做什么都不嫌迟的。"她说，而他也希望自己能相信她说的。她从他身旁走过到厨房取冷冻肉时又吻了吻他。

当他们坐下时，他又倒了杯威士忌。她说："说正经的，你**的确**喝太多了。"

"就在家喝点儿嘛。只有你能看见。"

"我这么说不是为了工作。我是为你的健康着想。我才不管那该死的工作呢。"

"是吗？"

"外交部的一个处。谁都知道这是什么意思，可你们还得做贼心虚似的到哪儿都守口如瓶。要是你告诉了我——我，你的妻子——今天你**干了**哪些事儿，他们就会把你炒了。我真但愿他们把你炒了。今天你干了哪些事儿？"

"我和戴维斯聊天来着；我在几张卡片上写了备忘；我发了个电报——噢，我还被召去见新来的安全官员。他在科珀斯时认识了我的表兄。"

"哪个表兄？"

"罗杰。"

"财政部里的那个势利鬼？"

"没错。"

去卧室时他说："我能去看看萨姆吗？"

"没问题。不过他现在该睡熟了。"

布勒跟进来，在床单上留下一小团像糖果似的唾沫。

"哦，布勒。"

它摇摇尾巴剩余的部分，好像得到了夸奖。作为一只拳师狗它不算聪明。当初买它花了不少钱，也许它的血统太过纯正了。

男孩仰卧在他柚木床的对角线上，头枕着的并非枕头，而是一盒玩具铅兵。一只黝黑的脚完全伸在了毯子的外边，而一个坦克军团的指挥官正夹在他的脚趾间。卡瑟尔看着萨拉为他重新整理好床被，把那个指挥官拿出来，又从一条大腿下掏出了个伞兵。她以行家里手的那种随意搬动他的身体，孩子仍睡得很沉。

"他看上去又热又渴。"卡瑟尔说。

"你要是有103度[1]的烧也会这样。"他比他母亲更像非洲人，卡瑟尔回想起了一幅关于饥荒的照片。一具小小的尸体横陈于沙漠，一只秃鹫在旁边注视着。

"的确体温很高。"

"这对小孩子不算什么。"

她的胸有成竹总是让他惊讶：她可以不看菜谱自创一道新菜，从不会忙乱地砸碗摔碟。现在她也丝毫不显踌躇，大咧咧地将孩子扳过来侧着睡，同时掖好毯子，而孩子连眼皮也不曾动

1　指华氏温度，相当于摄氏体温39.44度。

一下。

"他睡得挺不错的。"

"除了做噩梦。"

"有没有做其他的？"

"一直就是那个。我们都坐火车走了，把他一人丢下了。有人——他不知是谁——抓住了他的胳膊。没什么好担心的。他正是做噩梦的年纪。我在哪儿读到过，当上学的威胁来临时就会做噩梦的。我但愿他当初不用去上预备学校。也许他会有麻烦的。有时我简直希望你们这儿也施行种族隔离。"

"他是个跑步健将。在英国只要你擅长一种体育项目就不会有任何麻烦。"

那天夜晚在床上，当她迷糊一阵又醒来时说道——仿佛是在睡梦中想到的——"真奇怪，不是吗？你那么喜欢萨姆。"

"当然。为什么不喜欢？我以为你睡着了。"

"不存在什么'当然'。一个小杂种。"

"戴维斯总这么称他。"

"戴维斯？他不知道吧？"她不无担忧地问，"他肯定不知道吧？"

"不，别担心。对所有小孩他都这么称呼。"

"我很高兴他父亲已在地下六尺了。"她说。

"是啊。我也这么想，可怜的家伙。他本可以最终娶到你的。"

"不。我一直都爱着你。甚至在我怀上萨姆时我也爱着你。他更像是你的孩子而不是他的。在和他做爱时我试图想着你。他是那种不温不火的类型。在大学里人们喊他'汤姆叔叔[1]'。萨姆不会这样不温不火，是吧？要么热情，要么冷淡，但不会不温不火。"

"我们干吗要说这些陈年往事呢？"

"因为萨姆生病了。也因为你忧心忡忡。当我感到不安全时，我就回忆当时我明白不得不告诉你他的存在时的感受。越过边境后在马普托[2]度过的第一个夜晚。坡拉娜宾馆。我当时想：'他会把衣服再穿起来，一走了之。'可你没有。你留下了。而且尽管肚子里有萨姆，我们还做爱了。"

这么多年之后，他们安静地躺在一起，只是肩挨着肩。他不知道这是否就是晚年的快乐——有时他能在一个陌生人的脸上看到这种快乐——所带来的感受，不过等她步入晚年时，他早已长眠地下了。晚年是他们永远不能够一同分享的。

"我们没要孩子，你有没有感到难过？"她问。

"萨姆已经足够我们履行父母职责了。"

"我是认真的。你没想过要一个我们自己的孩子？"

此时他明白这是个无法回避的问题之一。

"不。"他说。

"为什么不呢？"

"你太爱刨根问底了，萨拉。我爱萨姆因为他是你的骨肉。因为他不是我的。因为我看着他的时候无须看见我自己。我只看得到你的影子。我不想一直这么解释下去，就此打住吧。"

1　出自斯托夫人的反奴隶制小说《汤姆叔叔的小屋》，书中顺从、坚忍并忠心于白人主人的汤姆叔叔成了此类人物的代名词。——编者注
2　莫桑比克首都。

第三章

1

"一项很好的晨间运动。"丹特里上校一边不冷不热地对哈格里维斯夫人说话,一边在进屋前把靴子上的泥跺掉,"鸟儿相当多。"与他同来的人也随后纷纷钻出自己的车,脸上挂着强装出来的快活,如同一支足球队试图表现得自得其乐,实则不堪忍受寒冷和泥泞。

"已备好酒水,"哈格里维斯夫人说,"请自便。十分钟后午餐。"

另一辆车正爬上山坡穿过庄园驶来,停在很远的地方。潮湿而凛冽的空气中传来响亮的笑声,接着有人嚷道:"巴菲终于来了。当然,正赶上午饭。"

"还有您出了名的肉排腰子布丁?"丹特里问,"久仰其名啊。"

"你是说我做的馅饼吧。你早上真玩得很痛快吗,上校?"她说话略带美国口音——这口音如同醇厚的昂贵香水,就来这么略微一点是最适宜的。

"野鸡不多，"丹特里说，"不过除此之外挺好。"

"哈里，"她越过他的肩头叫道，"迪基。"接着是，"杜杜在哪儿？不见了吗？"没有人叫过丹特里的名，因为没有人知道。他怀着一种孤独感看着姿态优雅、身材修长的女主人有些吃力地迈下石台阶去招呼哈里，并吻了吻他的两颊。丹特里独自走进餐厅，各色酒水正恭候在餐具柜上。

一个穿斜纹软呢衣服、面色红润且似曾相识的矮胖男人正在调制干马提尼[1]。他的银边眼镜闪烁着阳光。"也给我调一杯吧，"丹特里说，"如果你准备调得很干的话。"

"十兑一，"小个子男人说，"拔开苦艾瓶塞喷一下就够了是吗？我在自家一直是放在气雾喷口瓶里的。你是丹特里，对吧。你已把我忘了。我是珀西瓦尔，给你量过血压的。"

"哦，对了。珀西瓦尔医生。现在我们差不多可以说在同一部门了，是吗？"

"没错。专员想让我们不声不响地聚一聚——没必要在这里用什么荒唐的频扰器。我从来就没学会用我的那个，你会吗？不过我的麻烦是我不会打猎。只钓钓鱼。你第一次来这儿？"

"是的。你什么时候到的？"

"稍微早点。中午前后吧。我可是个玩捷豹[2]的疯子。一开起来时速就不下一百英里。"

丹特里看了一眼餐桌。每个位子前面都摆了一瓶啤酒。他不

1　即兑入很少或根本不兑苦艾酒的马提尼。
2　英国名贵跑车，原意为"美洲豹"。

爱喝啤酒，但出于某种原因，啤酒似乎很适合在打猎归来时饮用。也许它与孩子气的氛围有关，就像在伯爵俱乐部里喝姜汁啤酒一样。丹特里没有孩子气。打猎对于他而言是一种严格的竞技性锻炼——他曾经得过国王杯赛的亚军。桌子中央放了些盛糖果的银制小碗，他看见碗里正是他送的"麦提莎"。前一天晚上，当他给哈格里维斯夫人拿来几乎一板条箱的巧克力时，他感到有点儿尴尬。显然她不知送来了什么，也不知道该怎么处置。他觉得自己被那个叫卡瑟尔的故意捉弄了一回。他很高兴看到这些巧克力放在银碗里比装在塑料袋里显得有品位多了。

"你喜欢啤酒吗？"他问珀西瓦尔。

"我喜欢一切酒精饮料，"珀西瓦尔说，"除了费尔内–布兰卡[1]。"接着一干孩子气的人喧闹着冲进来——巴菲、杜杜、哈里、迪基以及其他所有人；觥筹交错之间充满着兴高采烈的气氛。丹特里很高兴有珀西瓦尔在这里，因为似乎大家也只知道珀西瓦尔的姓氏。

可不走运的是，他们在桌上被分开了。珀西瓦尔很快喝完了第一瓶啤酒，并打开了第二瓶。丹特里觉得被出卖了，因为珀西瓦尔看来很快就和邻座搭上了，轻松得就像单位里的熟人一般。他讲起了钓鱼的故事，使得那个叫迪基的人笑个不停。丹特里坐在那个他估计叫巴菲的人以及一位瘦削且年纪稍长、一副律师模样的男子之间。他曾做过自我介绍，他的家姓也很耳熟。他不是司法部长就是副司法部长，可丹特里记不清了。这些不确定的信

1　产于意大利米兰，号称"苦酒之王"。尤其用于醒酒、健胃。

息使得交谈无法进行。

巴菲突然发话道："我的天，那些不会是'麦提莎'吧！"

"你知道'麦提莎'？"丹特里问。

"那还是在什么猴年马月吃的哪。小时候总在看电影的时候去买。好吃得很。这一带肯定没电影院吧？"

"实际上是我从伦敦买来的。"

"你常去电影院？我有十年没去了。这么说他们还在卖'麦提莎'？"

"商店里也买得到。"

"这我一直不知道。你在哪里找到的？"

"在一家ABC。"

"ABC？"

丹特里带着犹疑重复了卡瑟尔的解释："充气面包公司。"

"真是不同凡响！什么是充气面包？"

"我不知道。"丹特里说。

"这些东西如今的确能做得出来。要是那些面包是用计算机烤出来的，我也不会感到奇怪，你觉得呢？"他探身拿了块"麦提莎"，像摆弄雪茄似的在耳边摩来擦去。

哈格里维斯夫人从餐桌那头叫道："巴菲！等吃了肉排腰子馅饼再说。"

"抱歉，我亲爱的。抵挡不住诱惑啊。长大后还没尝过呢。"他对丹特里说，"计算机是了不起的东西。有一回我花了五镑让它给我找老婆。"

"你还没结婚？"丹特里看着巴菲的金戒指问道。

"没有。一直戴着这个当挡箭牌。我不是正经的人，你明白。喜欢尝试那些新玩意儿。填一张跟你胳膊一样长的表。资格证明、兴趣爱好、职业，有什么都得填。"他又拿了块"麦提莎"。"喜欢甜食，"他说，"过去天天都吃。"

"那有没有申请者来找你？"

"计算机大老远地送了个姑娘来。还姑娘哪！至少有三十五岁了。我还得给她招待午茶。我妈妈去世后我就没喝过茶。我说：'我亲爱的，我们就喝点儿威士忌行吗？我认识这儿的服务生。他会偷偷塞给我们一瓶的！'她说她不喝酒。不喝酒！"

"计算机搞错了？"

"她有伦敦大学经济学学位。戴着大号眼镜。平胸。她说她厨艺很好。我说我总在怀特俱乐部[1]吃。"

"后来你又见过她吗？"

"应该算没有，只是有一回当我从俱乐部台阶走下来时，她从一辆公共汽车里向我招手。让我好尴尬！因为我是和迪基在一起的。圣詹姆斯街有了公交路线后这样的事就避免不了。谁也不安全。"

肉排腰子馅饼之后是甜点以及一大块斯蒂尔顿奶酪，约翰·哈格里维斯爵士把波尔图红酒传给众人倒了。餐桌上泛起一丝不安的气息，仿佛这假日过得太长了点。大家开始向窗外灰色的天空瞭去：日光再过几小时便要暗淡下去。他们负疚似的匆匆喝着波尔图——他们并非真来此休闲——除了心安理得的珀西瓦

---

1 White's，伦敦历史最悠久的绅士俱乐部，建立于1693年。——编者注

尔。他正在侃另一则垂钓趣闻，旁边有四个空啤酒瓶。

副检察长——抑或检察总长？——用厚重的声音说："我们该动身了。太阳正下山呢。"他肯定不是来享受的，只为完成任务，丹特里对他的焦急很有同感。哈格里维斯真的应该表示点什么，可他差不多要睡着了。在殖民地事务局干了多年之后——他年轻时曾在当时叫"黄金海岸"[1]的地方做过地区专员——他找到了在最糟糕的情况下睡午觉的诀窍，即便身边是吵吵嚷嚷的、比巴菲还啰唆的酋长，他也照睡不误。

"约翰，"哈格里维斯夫人从餐桌那头发话了，"醒醒。"他睁开安详的蓝眼睛说："打了个瞌睡。"据说他年轻时在阿散蒂[2]的某地没留神吃了人肉，不过他的消化功能并未因此而受损。当时他是这么跟总督讲述此事的："我真的没法抱怨，先生。他们邀我去吃点家常菜，是大给面子啊。"

"嗯，丹特里，"他说，"我们现在可以谈谈早晨的屠杀了。"

他从桌旁伸展开身子，打了个哈欠。"你的肉排腰子馅饼真是**太棒了**，亲爱的。"

丹特里羡慕地望着他。首先他羡慕他的职位。他是军界以外被任命为专员的极少数人之一。处里的人谁都不明白为什么就挑中了他——对其背后深藏不露的势力大家众说纷纭——他仅有的情报工作经验来自战时的非洲。丹特里还羡慕他的妻子。她那么

---

1 英国在几内亚湾建立的殖民地，因蕴藏大量黄金被称为黄金海岸，现属加纳共和国。
2 曾为阿坎族建立的阿散蒂王国，现为加纳第三大行政区。

富有，那么会打扮，那么毫无瑕疵地具有美国风范。看来跟美国人的婚姻不能被归为涉外婚姻：与外国人成婚得获得特别准许，且通常都遭到拒绝，但跟美国人永结连理也许能够巩固一种特殊关系。尽管如此，他还是怀疑哈格里维斯夫人是否受到过MI5[1]的积极审查，以及得到FBI的通过。

"今晚，"哈格里维斯说，"我们要好好聊聊，丹特里，怎样？你和我，还有珀西瓦尔。等这伙人走了。"

2

约翰·哈格里维斯爵士跛着脚四处递雪茄，倒威士忌，还拨了拨火。"我自己不怎么爱摆弄猎枪，"他说，"在非洲时从没玩过枪，除了照相机，不过我内人倒很是喜欢所有那些英国的旧风气。她说如果你有土地，就应该有鸟儿。恐怕这儿没多少野鸡，丹特里。"

"总的来说，玩儿得挺愉快。"丹特里说。

"但愿你哪天能去钓钓鳟鱼。"珀西瓦尔医生说。

"哦，对了，垂钓是你爱玩儿的，是吧？嗯，可以这么说，我们现在就要来钓一条。"

他用拨火钳夹碎一段木头。"真没治了，"他说，"可我就爱看这火花飞舞的样子。六部出现了情报泄露。"

1　英国情报部门军情五处，后文的MI6以及在别处提到的"六部"都指军情六处。

珀西瓦尔说："在国内还是外边？"

"不能肯定，但我有个不祥的感觉，是在国内这儿。分管非洲的6A部。"

"我刚查了一遍六部，"丹特里说，"只是例行检查。也为了熟悉一下人。"

"是的，他们跟我说了。所以我才请你来。当然也很高兴你能来打猎。有收获吗？"

"安全保密工作有些松懈。但其他部也好不到哪儿去。比如，我大致检查了工作人员在午饭时间都把什么装在公文包里带出去了。没什么严重的情况，但还是有几个公文包令我有些意外……当然只是敲敲警钟而已。不过警钟或许会吓着神经紧张的人。我们没法真让他们把衣服脱了。"

"他们在钻石矿里就这样干的，不过我也赞同在这伦敦西区，脱衣检查还是显得有些出格。"

"真有人破了规矩吗？"珀西瓦尔问。"不算严重。6A的戴维斯包里装了一份报告，称自己是想在吃饭时再看看。我当然对他进行了警告，责令其将报告留在汤姆林森准将那里。我把工作报告也都翻了一遍。自从布莱克案案发后，审查工作还是行之有效的，但还是有个别人在那个倒霉的年头里被列为怀疑对象。有几个甚至可以追溯到伯吉斯和麦克莱恩[1]的时代。我们**完全**可以把

1　盖伊·伯吉斯（Guy Burgess，1911—1963）和唐纳德·麦克莱恩（Donald Maclean，1913—1983），均为英国外交官，为苏联提供情报，1951年双双潜逃至苏联。他们与下文提到的金·费尔比（Kim Philby，1912—1988）被称为"剑桥五杰"，为剑桥间谍圈主要成员。

他们再重新彻查一遍，可年代隔得久了，不容易。"

"有可能，当然，仅仅是有可能。"专员说，"也许他们是在海外泄密而让迹象显露在国内。他们想从内部瓦解我们，动摇我们的军心，利用美国人来伤害我们。若是公之于众的话，这比泄密本身更有杀伤力。"

"这也是我一直在想的，"珀西瓦尔说，"要在议会接受询问。所有的冷饭又要给炒一遍——瓦瑟尔、波特兰事件[1]、费尔比。可是一旦公开化，我们就没什么可以做的了。"

"我估计上面会任命一个皇家委员会来收拾局面，"哈格里维斯说，"不过我们还是暂且假设他们要的是情报而不是丑闻。六部似乎是最没有情报价值的单位。非洲毫无核秘密可言：游击队、部族战争、唯利是图的官员、小独裁者、农业歉收、基建丑闻、黄金矿床，没有什么非常隐秘的东西。所以我才怀疑他们的动机或许不过是制造丑闻，以证明他们又一次渗透进了英国秘密情报部门。"

"泄露严重吗，专员？"珀西瓦尔问。

"可以说掉下了一滴水而已，主要是经济方面的，但引人注意的是除经济之外还与中国人有关。俄国人在非洲还是新手，他们想利用我们的情报机构来窥探中国人，有这种可能吧？"

"他们从我们这儿可学不到什么。"珀西瓦尔说。

1　约翰·瓦瑟尔（John Vassall，1924—1996），英国驻苏使馆工作人员，因同性恋倾向遭克格勃敲诈，被发展为间谍；波特兰事件指20世纪60年代在英国波特兰海港破获的间谍案，以哈里·霍顿（Harry Houghton，1905—1985）及其情人埃塞尔·吉（Ethel Gee，1914—1984）为首的波特兰间谍圈，因向波兰、苏联提供情报遭到逮捕。

"可你知道每家的情报枢纽都一个样。一件谁都无法容忍的事情就是自己手里只捏了张空白的牌。"

"我们何不干脆把送给美国人的东西用复写纸再给他们搞一份，附上我们的致意？想必会呈现'国际缓和'，不是吗？省却了大家那么多麻烦。"珀西瓦尔从衣袋里掏出个小针管对着眼镜喷了喷，然后用一块干净的白手帕擦起来。

"请自己倒威士忌吧，"专员说，"这场要命的打猎让我动弹不得了。有什么想法吗，丹特里？"

"六部里多数人都是布莱克事件之后来的。如果他们的来历也有问题的话，那么就没人靠得住了。"

"不管怎样，泄露来源似乎就在六部——而且很可能在6A。要么在国内，要么在海外。"

"六部的头儿沃森相对而言是新来的，"丹特里说，"通过了彻底的审核。接下来是卡瑟尔——他在我们这儿有不少年头了，七年前我们把他从比勒陀利亚调回来，因为6A需要他，也有个人原因——那个他想娶的姑娘遭遇了些麻烦。当然，他是从审查松懈的时期过来的，但我得说他应该没问题。性格有点沉闷，但肯定还是很优秀的，档案齐全——通常那些才华横溢又野心十足的人才是危险的。卡瑟尔的婚姻很安全，是续弦，他的前妻过世了。有一个孩子，一座贷款买的房子。人寿保险——一直按时缴费。生活很朴素。他连车都不买。我相信他是每天骑车去车站的。在基督教堂学院的成绩是三等。谨小慎微。财政部的罗杰·卡瑟尔是他表兄。"

"这么说你认为他是清白的？"

"他有古怪的地方，但都不是什么危险的因素。比如是他提议我买那些'麦提莎'送给哈格里维斯夫人的。"

"'麦提莎'？"

"说来话长。现在就不拿这种事烦扰你们了。接下来是戴维斯。对于戴维斯，我就不知道该不该乐观了，尽管以前的审查记录没问题。"

"再给我来一杯威士忌，好吗，珀西瓦尔，你真是个好伙计。每年我都说这是最后一次打猎了。"

"不过尊夫人做的肉排腰子馅饼真是美味啊。我可不愿错过。"珀西瓦尔说。

"我想咱们可以另找个借口吃。"

"你不妨在那条溪里放些鳟鱼。"

丹特里又体验到一阵羡慕，他再次感到自己成了局外人。在情报安全事务圈子以外，他与同事在生活上毫无共通之处。即便是打猎，他也觉得是职业需要。珀西瓦尔据说喜欢藏画，而专员呢？他富有的美国妻子为他开启了整个社交生活。肉排腰子馅饼是丹特里在工作时间之外可以与他们分享的唯一东西——第一次，大概也是最后一次。

"和我谈谈戴维斯。"专员说。

"他是雷丁大学的。学数学和物理。在奥尔德马斯顿[1]服过役。从未支持过示威人群，不管怎样没有公开支持过。属于工党，当然。"

1　位于英国伯克郡，原子武器研究机构所在地。

"和咱们人口的百分之四十五没什么两样。"专员说。

"是的，是的，那是自然，可说到底……他是个单身汉。一个人住。花钱挺随便。爱喝波尔图。赌马。当然，那是解释一个人花钱大手大脚的经典解释，他买得起……"

"他买得起什么，除了波尔图？"

"哦，他有一辆捷豹。"

"我也有，"珀西瓦尔说，"我琢磨着我们不该问你泄露是怎么发现的了？"

"如果我没法告诉你们，就不会把你们领这儿来了。沃森知道，但此外六部没人知道。情报来源很不一般——一个还在职的苏联版变者。"

"泄露会来自六部海外办事处吗？"丹特里问。

"有可能，但我表示怀疑。的确他们拿到的其中一份情报好像是直接从马普托来的。照第69300号抄的。简直就是原稿的影印件，如果不是有几处删改，我们真要以为泄露就是从那儿来的了。改动的地方确有误差，只有在这里把文档拿出来对照报告才能发现。"

"会不会是秘书干的？"珀西瓦尔假设道。

"丹特里是从她们那里查起的，是吧？她们的审查比其他人都要严格。这就剩下沃森、卡瑟尔和戴维斯了。"

"让我担心的一个情况是，"丹特里说，"将一份报告带出办公室的正是戴维斯。报告是从比勒陀利亚来的。没有明显的重要机密，但提到了中国。他说他想在吃午饭时再看一遍。晚些时候他和卡瑟尔得去找沃森谈这份报告。我和沃森核实过了。"

"你建议我们该做什么？"专员问道。

"我们可以在五处和特别行动小组的协助下进行最高级别的安全检查。监视六处的所有人。信件、电话，在房间安装窃听器、跟踪等等。"

"如果事情就这么简单，丹特里，我也不会惊动你大驾了。这里的狩猎场地只是二流的，而且我明白野鸡肯定让你失望了。"

哈格里维斯用两只手抬起自己那条坏腿，使之离火堆更近些。"假设我们真的证明罪犯是戴维斯——或者是卡瑟尔或沃森。那该怎么办？"

"那肯定就要上法庭了。"丹特里说。

"报纸的头版头条。另一场**秘密**审判。外界没人会知道泄露其实是多么微不足道。不管是谁干的，都不会像布莱克那样给定四十年的罪。也许他得服十年刑，要是监狱安全可靠的话。"

"那肯定不用我们操心了。"

"是的，丹特里，可我一点儿都不喜欢上法庭这个想法。我们以后还指望怎么跟美国人合作？还有就是我们的线人。我说过，他还在职。只要他还能派上用场，我们就不能不管他。"

"在某种意义上，"珀西瓦尔说，"更好的做法是像个乐于顺从的丈夫那样睁只眼闭只眼算了。不管是谁，把他调到某个无利害关系的部门，然后忘掉这些事。"

"纵容犯罪吗？"丹特里抗议道。

"哦，犯罪，"珀西瓦尔像对待同谋者一样对专员微笑着，"我们一直在某些地方犯着罪，不是吗？这是我们的工作。"

"麻烦在于，"专员说，"现在的情形**的确**有点儿像一桩摇摇欲坠的婚姻。在婚姻中，如果情人开始厌烦起那个乐于顺从的丈夫，他总能有办法煽动流言蜚语。他占据了制高点。他可以自行选择时机。我可不希望有任何流言蜚语被煽动出来。"

丹特里讨厌这种有一搭没一搭的闲扯。闲扯就像一本书里他还没掌握的密码。他有权读被标为"机密"的电报和报告，可这样的闲扯是如此讳莫如深，他想去弄懂却没有线索。他说："如果事发，我个人倾向于辞职而不是掩盖。"他把盛威士忌的杯子重重地放下，以致把水晶玻璃都碰碎了。又是哈格里维斯夫人，他想，一定是她坚持要用水晶器皿。他说："我很抱歉。"

"当然你是对的，丹特里，"哈格里维斯说，"别在意杯子了。千万不要认为我请你远道而来是要说服你弃事态于不顾，如果我们有足够证据的话……不过庭审并非一定为上策。俄国人通常不在法庭上处置自己的人。对潘科夫斯基[1]的审判使我们所有的人都信心倍增，他们甚至对他的重要性夸大其词，就像CIA那样。我现在还纳闷他们为什么要开庭审理。但愿我是个棋手。你下棋吗，丹特里？"

"不，我玩的是桥牌。"

"俄国人不打桥牌，就我所知。"

"这很重要吗？"

"我们都在玩游戏，丹特里，游戏，我们都在玩。重要的是别把游戏太当真，不然就可能输掉。我们得时时变通，不过要保

1　奥列格·潘科夫斯基（Oleg Penkovsky，1919—1963），苏联情报人员，冷战期间为英国和美国提供情报，暴露后于1963年受审，同年5月被判死刑。

证在玩同一个游戏，这自然也很重要。"

"很抱歉，爵士，"丹特里说，"可我不明白您在说什么。"

他意识到自己喝了太多的威士忌，也意识到专员和珀西瓦尔正刻意地回避彼此的目光——他们不想羞辱他。他们长着石头脑袋，他想，石头做的。

"我们再喝一杯威士忌吧，"专员说，"或许不喝也行。真是阴雨绵绵的一天。珀西瓦尔……？"

丹特里说："我想再来一杯。"

珀西瓦尔倒了酒。丹特里说："我很抱歉这样难缠，可我很想上床前把事情弄得有些眉目，否则我睡不着。"

"其实很简单，"专员说，"如果你愿意，就进行最高级别的安全检查好了。不用费多少工夫就会把这鸟儿惊起来。他很快就会明白出了什么事——就是说，如果他有问题的话。你可以想点什么测试手段——'钞票记号手段'[1]是屡试不爽的。等我们十分肯定他是我们要查找的人，那么我觉得只要将其清除即可。没有审判，不用公开。如果我们能捷足先登，得到关于他联系人的情报，那最好不过，但我们不能冒险，使得他公开叛逃，再到莫斯科去开记者招待会。逮捕也显然不合适。假设他在六部，那他所提供的情报的危害根本不可能像法庭庭审这种丑闻大。"

"清除？您是说……"

"我知道清除对于我们而言还比较新鲜。在KGB或CIA那儿使用得多些。所以我才要珀西瓦尔在此和你会面。我们也许会需要

---

1 指故意卖出破绽给泄密嫌疑人，试探其是否将"情报"传递出去的反间谍手段。

他那边搞科研的小伙子们的帮忙。绝不会有什么大场面。只有医生的一纸证明。如果能避免也不需验尸。弄一起自杀太容易了，但自杀总意味着验尸，这样又可能引起议会的疑问。现在大家都明白了'外交部的一个处'是什么意思。'会牵涉到安全问题吗？'你知道这样的问题准有下院议员要问的。而且谁也不相信官方的回答。美国人肯定不信。"

"是的，"珀西瓦尔说，"我非常能够理解。他将安静、平和地死去，没有痛苦，可怜的家伙。痛苦有时会挂在脸上，可能还要考虑到其亲戚的情绪。自然死亡……"

"我明白用那些新型抗生素都有点难，"专员说，"现在假定**就是**戴维斯，他刚过四十，正值壮年。"

"我同意。也许可能安排成心脏病突发。除非……有谁知道他喝酒多吗？"

"你说过波尔图什么的，没错吧，丹特里？"

"我没有说他有罪。"丹特里说。

"我们谁也没说他有罪，"专员说，"只是拿戴维斯做个可能的示例……以便我们探讨问题。"

"我想看看他的病史，"珀西瓦尔说，"还得找个借口认识他一下。从某种意义上说他算我的病人，不是吗？就是说如果……"

"你和丹特里可以一块儿看怎么安排一下。不用太着急。我们得很肯定他是我们要找的人。而眼下——漫长的一天呀——野兔太多，野鸡太少——好好睡觉吧。早饭会用托盘送来。鸡蛋培根？香肠？茶还是咖啡？"

珀西瓦尔说："来个全套，咖啡、培根、鸡蛋和香肠，如果行的话。"

"九点？"

"九点。"

"你呢，丹特里？"

"就只要咖啡和吐司。要是您不介意的话，八点。我从来睡不成懒觉，再说还有许多工作等着呢。"

"你得多休息休息。"专员说。

3

丹特里上校有剃须强迫症。晚饭前他已刮过一遍，现在他的"雷明顿"[1]又贴上了下巴。接着他又把一点碎屑掸到脸盆里，用手指触摸脸颊，感觉到再次动手是说得过去的。之后他打开了电动牙刷。低沉的嗡鸣足以淹没敲门声，因而当他在镜子里看见门被打开，珀西瓦尔医生有些踌躇地走进来时不免觉得惊讶。

"对不起打扰你了，丹特里。"

"请进，没事。忘记带什么了？能借给你什么？"

"不，不。我只是想上床前再说几句话。真是讨人喜欢的小玩意儿，你的那个。也很时髦。我估摸着确实比一般牙刷好用？"

1　英国老牌剃须刀品牌名。

"水能冲洗牙缝，"丹特里说，"是我的牙医推荐的。"

"我总带着一根牙签。"珀西瓦尔说。他从口袋里掏出个红色的卡地亚盒子。"很漂亮是吧？十八克拉。本来是我父亲用的。"

"我想这更卫生。"丹特里说。

"哦，我可不能肯定。这很容易清洗。我以前做过普科健康顾问，你知道，在哈利街[1]以及其他很多地方。之后我才跑到这个地界来。我不明白为什么他们要我——也许是为了签署死亡证明吧。"他在房间里快步地打着转儿，饶有兴趣地看着每件物品。"我希望你别信那些关于氟化物的扯淡。"他在一张装在梳妆台上的折叠盒里的照片前站住了，"是你太太？"

"不。我女儿。"

"漂亮姑娘。"

"我太太和我分居了。"

"我自己从没结过婚，"珀西瓦尔说，"说实话吧，我对女人从没多大兴趣。别误会啊——对男人也没有。现在要是有一条鳟鱼溪……知道奥博河吗？"

"不知道。"

"一条很小的溪，却有大鱼。"

"我说不上来对钓鱼有多大兴趣。"丹特里边说边开始收拾他的电动牙具。

"瞧我扯到哪儿去了，是吧？"帕西瓦尔说，"我总是没法

---

1 位于伦敦市中心，是世界上医疗机构最集中的一条街。

直入主题。这又像钓鱼了。有时候你得白费力气抛上百次线，才能把蝇饵放对位置。"

"我不是鱼，"丹特里说，"而且现在已过午夜了。"

"我亲爱的伙伴，我真的很抱歉。我保证再打扰你不超过一分钟。我只是不想让你心烦意乱地上床。"

"我心烦意乱吗？"

"我觉得你对专员的办事态度有些震惊——我是说对事情的总体处理。"

"是的，也许是这样。"

"你跟我们在一起时间还不长，是吗，否则你就会知道我们全都生活在箱子里——你知道——箱子。"

"我还是不明白。"

"是的，你以前说过的，不是吗？干我们这行当，不是非要弄明白不可的。我知道他们把你安排在了这间'本·尼科尔森[1]'室。"

"我不……"

"我住在'米罗'室。很出色的版画，是吧？实际上是我出的点子——这些装饰。哈格里维斯夫人想要有运动主题的画。去打野鸡什么的。"

"我不懂现代绘画。"丹特里说。

"瞧瞧这幅尼科尔森的吧。多么巧妙的平衡。那么多有差异的色块。而且又能相安无事。没有冲突。这人有双慧眼呢。只

1　本·尼科尔森（Ben Nicholson，1894—1982），与下文提到的米罗（Joan Miro，1893—1983）分别是20世纪英国和西班牙的画家。

变动其中一块颜色——哪怕就改一改色块的大小，效果就全没了。"珀西瓦尔指向一块黄色，"那就是你的六部。从今以后这就是你管的块儿了。你不用操心蓝色和红色。你只负责查出此人并告诉我。你不必为在蓝色块或红色块里发生的事承担责任，甚至在黄色块里出的事你也不用负责任。你只管报告。不用良心上说不过去。别有负疚感。"

"一个行动与其后果没有关系。这是你想告诉我的吗？"

"后果是在别处决定的，丹特里。你可别把今晚的谈话太当真。专员喜欢把想出的点子往空中一掷，看看它们怎么落下。他喜欢耸人听闻。你知道那个吃人肉的故事。据我所知，罪犯——如果有这么个罪犯的话——将以相当保守的方式递解给警方。该没什么让你睡不好觉的了。就好好地琢磨这幅画吧，特别是黄色块。如果你眼里只有它，今晚就能睡个好觉。"

第二部

第一章

1

卡瑟尔经过小康普顿路的街角时，一位显然是不服老的长者披着过肩的长发正在一家迪厅门口打扫，其眼神如同十八世纪的神父，空洞而悠远。

卡瑟尔坐的这班车比往常早，他可以再过四十五分钟去办公室。在这个钟点，苏豪区还保留着几分他记忆中的青年时代才有的魅力和纯洁。正是在此地，他第一次听到了外国人说话，在隔壁的廉价餐厅里喝到了第一杯葡萄酒。在那些岁月里，横穿老康普顿路就像现在横穿英吉利海峡，并非家常便饭的事。在早上九点，脱衣舞俱乐部还大门紧闭，只有他记忆中的那些熟食店仍开着。那些紧靠公寓门铃挂的铭牌——露露、蜜蜜之类的——都暗示着下午及傍晚的老康普顿路会发生些什么。排水沟里流着清澈的水，早起的家庭主妇在灰白朦胧的天色下从他身边走过，带着得胜的快乐提着鼓鼓囊囊的袋子，里面满是意大利腊肠和肝泥香肠。现在还看不到警察，不过天黑后他们就会两人一组开始巡逻。卡瑟尔穿过平静的街道，走进一家他近年来经常光顾的书店。

作为一家地处苏豪区的书店，它能使人肃然起敬。它不像对面的另一家书店那样只写了个鲜红的"书"字。红字下面的窗户里展示着看来无人问津的色情杂志——那些杂志如同一个早已被破译的代码，显示了店里都出售着何种私人器物，迎合着何种兴趣。然而"霍利迪父子"却以满满一橱窗的企鹅版、大众版图书以及"世界名著系列"旧书与那个鲜红的"书"字对峙着。那个儿子从未出现过，只有老霍利迪先生独自一人，他有些驼背，鬓发俱白，那谦恭的神色如同一件他为自己日后下葬准备的旧西装。他生意上的书信都是自己手写的，此刻他便正写着一封。

"多么好的一个秋天早晨，卡瑟尔先生。"霍利迪先生开口了，同时专注地描着那句"您忠实的仆佣"。

"今天早上乡下已能看到一点儿霜了。"

"稍微早了些。"霍利迪先生说。

"不知道你这儿有《战争与和平》吗？我一直没读过，好像应该看看了。"

"《克拉丽莎》**已经**看完了，先生？"

"没有，恐怕读不下去了。想想还有那么多卷……我需要换换口味。"

"麦克米伦[1]版停印了，但我想这儿有一册旧的'世界名著系

1　英国出版公司，1843年由麦克米伦兄弟成立。

列'中的单卷本，挺干净。艾尔默·莫德[1]的译本。艾尔默·莫德
是翻译托尔斯泰的最佳人选。他不仅是译者，还是作者熟识的好
友。"他放下笔，不无遗憾地看了看"您忠实的仆佣"。显然这
描摹的活儿做得不甚理想。

"我要的就是这个译本。当然还是两册。"

"您近来怎样，可否允许我问问，先生？"

"我儿子病了。麻疹。哦，没什么可担心的。没有并发症。"

"真为您高兴，卡瑟尔先生。时下麻疹会引发很多焦虑。工
作顺利吧，我想？国际事务没有危机吧？"

"据我所知没有。一切都平静。我在认真考虑退休了。"

"很遗憾，先生。我们需要像您这样见过世面的有识之士来
做外事工作。他们应该会给您一份不错的养老金吧，我猜？"

"我表示怀疑。你的生意怎样？"

"清淡，先生，清淡得很。世风变了。我还记得在四十年
代，人们是怎样排队买'世界名著'新上市的书呢。如今人们对
于那些大作家几乎已没有需求。老一代更老了，而年轻人呢——
唉，他们好像怎么也长不大，品位也跟咱们差很远……我儿子的
生意比我好——就在马路对面的那家店里。"

"他的顾客应该比较特别。"

"我宁愿不去多想这个，卡瑟尔先生。这是两类非常不同的
生意——我总是坚持这么认为。绝不会有警察到这里来查您和我

1　艾尔默·莫德（Aylmer Maude，1858—1938），与其妻路易斯·莫德
（Louise Maude，1855—1939）同为英国著名翻译家，1928—1937年间，
翻译出版了21卷的《托尔斯泰全集》。

之间有什么——我称之为——贿赂行为。这孩子卖的东西并不会真造成什么危害。就像对已改换信仰的人布道一样，我得说，已经腐烂的东西，你没法使它更腐烂。"

"我哪天得见见你儿子。"

"他每天傍晚过来帮我整理书目。他的算术比我强。我们常常谈到您，先生。听说您买的那些书后他觉得很有意思。我觉得他有时候很羡慕我拥有的顾客，虽然为数寥寥。他的客户都是些偷偷摸摸的，先生。不是像您和我这样可以谈书论典的那种。"

"你可以告诉他我有一本《尼古拉斯先生》[1]想出售。那不怎么对你胃口，我想。"

"我也不能肯定那就对他的胃口，先生。您得承认那也是名著——书名对他的顾客而言毫无提示意义，而且很贵。在编目时它会被描述为'色情艺术'而不是'淫书'。当然他也许能找到愿意借的。他的书大部分都能出租，您明白的。他们今天买一本，明天又换一本。他的书不是用作收藏的——就像过去沃尔特·司各特的很多作品那样。"

"你不会忘记告诉他吧？《尼古拉斯先生》。"

"哦，不会的，先生。勒迪夫·德·拉布里东。限量版。罗德克出版社。只要是说稍老一点儿的书，我的记性就跟百科全书一样。您准备把《战争与和平》带走吗？可否等五分钟，让我到

---

1 法国作家尼古拉斯·埃德姆·勒迪夫·德·拉布里东（Nicolas Edme Restif de La Bretonne，1734—1806）所著的自传体小说，勒迪夫惯以性爱寻求创作灵感。

地下室去找出来。"

"你可以寄到伯克翰斯德。我今天不会有时间读的。只是要记得告诉你儿子……"

"您让捎的信儿我还没忘记过，是吗，先生？"

卡瑟尔离店后便过了街，对那另一家店打量了一会儿。只见得一个长雀斑的小伙子神情沮丧地走过一排摆放《只为男性》和《阁楼》的书架。一条绿色棱纹平布窗帘挂在书店的尽头，那儿很可能遮掩着更高级也更昂贵的货架，以及羞怯的顾客，还可能藏着卡瑟尔尚未幸会的小霍利迪——倘若"幸会"没有用错的话，他心想。

2

戴维斯破天荒地在他之前到了。他道歉似的辩解道："我今天来得早。我对自己说那把新扫帚还在起劲呢。所以我想……表现得积极点……总没错。"

"丹特里周一早上不会来这儿。他周末到什么地方去打猎了。有扎伊尔来的消息吗？"

"什么都没有。美国佬想得到更多关于中国人在桑给巴尔[1]活动的情报。"

"我们没什么新情况告诉他们。那是MI5的事。"

---

1 坦桑尼亚联合共和国的半自治区，由两个大岛和其他小岛组成。

"他们大惊小怪的样子会让你觉得桑给巴尔离他们和古巴一样近。"

"差不多了——在这个喷气时代。"

辛西娅，那个少将的女儿，端了两杯咖啡和一份电报走进来。她身穿褐色长裤和高领毛衣。她和戴维斯有共通之处，因为她也在演一场喜剧。如果说忠实的戴维斯看似一个靠不住的赛马场赌棍，那么大家闺秀辛西娅表现得则像位横冲直撞的少年突击队员。很遗憾她的拼写实在太差了，不过她的拼写就如其芳名那样，有一种伊丽莎白时代的风韵。她大概在寻觅一位菲利普·西德尼[1]，然而迄今她还只能找到戴维斯。

"从马普托来的。"辛西娅告诉卡瑟尔，"你的活儿，戴维斯。"

"真是很有意思，"戴维斯说，"'你们9月10日发的253遭损毁。请重发。'那是你的活儿，辛西娅。乖乖地再去发一遍，注意这回拼写别错了。这么说管用。你知道，卡瑟尔，我刚来的时候还有很浪漫的想法，核机密什么的。他们要我就因为我数学好，还有我的物理也不赖。"

"核机密归八部管。"

"我以为至少会学到点精灵古怪的玩意儿，比如使用隐形墨水什么的。我相信你对隐形墨水知道得肯定不少。"

"的确学过——甚至还有如何使用鸟粪。战争临近尾声时他们派给我一项任务，出发前我就学了这样一门课。他们给我一个

---

1 菲利普·西德尼（Philip Sidney，1554—1586），英国历史上一位才华横溢、英年早逝的诗人。

好看的小木箱，里面全是瓶瓶罐罐，就像现在那种为孩子准备的化学橱。还有一只电水壶——附带一捆塑料编织针。"

"到底做什么用？"

"拆信。"

"那你干过吗？拆信，我是说。"

"没有，不过有一次我倒是想拆的。课上说不用从封口处，而要沿着边拆，但接下来当我想重新密封时还得用原来的胶。麻烦的是我用的那胶不行，所以看完后只好把信烧了。反正也不重要，只是封情书。"

"那鲁格[1]呢？我想你有过一把鲁格的。或是笔形炸弹？"

"没有。我们这儿一向不需要詹姆斯·邦德那样的心思。那时我是不准配枪的，唯一的车也是辆二手的小莫里斯[2]。"

"至少得给我们俩配一把鲁格吧。这是个恐怖主义时代。"

"不过我们有架扰频器。"卡瑟尔说，希望能安抚一下戴维斯。他明白当戴维斯情绪低落时，满腹的牢骚怪话会很容易倒出来。情绪低落是由于喝了太多的波尔图，还有对辛西娅的失望。

"你搞过微缩照片吗，卡瑟尔？"

"从来没有。"

"像你这样从战争过来的老手也没有过？你得到过的最机密的情报是什么，卡瑟尔？"

1　1898年由奥地利人格奥尔格·鲁格（George Luger，1849—1923）设计，两次世界大战期间为德军制式手枪。
2　英国莫里斯汽车公司1948—1972年生产的车型，也是英国第一款销量超过百万的车型。

"我曾知道过一次入侵行动的大概日期。"

"诺曼底？"

"不，不。亚速尔群岛而已。"

"亚速尔群岛**受到过**入侵？我忘记了——或许我就从没知道过。哦，好吧老伙计，我想我们该张开獠牙把这要命的扎伊尔方面过一遍了。你能告诉我美国佬为什么对我们关于铜产量的预测那么感兴趣？"

"我估计这会影响到预算。而那又关系到援助计划。也许扎伊尔政府会经不住引诱从别处增加其援助。你瞧，这儿有——397号报告——某个很有斯拉夫姓氏特征的人在24号与总统共进午餐。"

"我们连这个也得交给CIA？"

"当然。"

"那你估计他们会透露点儿导弹秘密来回报我们？"

这肯定是戴维斯最糟糕的日子之一了。他的眼睛里泛出一丝黄色。天知道昨夜在爬上大卫斯街寓所的单人床之前，他喝了什么混合饮料。他阴郁地说："要换了詹姆斯·邦德，早就把辛西娅追到手了。在炎炎夏日的海滩上。把菲利普·迪巴的卡片递给我，好不？"

"他的编号多少？"

"59800/3。"

"他怎么了？"

"有传言说他被迫从金沙萨邮政总长的职位上退休。他为了个人收藏的需要，让人印错了太多的邮票。我们在扎伊尔最有权力的特工就这么没用了。"戴维斯把脑袋放在双手之间，像狗一样发出由衷的哀号声。

卡瑟尔说："我能理解你的感受，戴维斯。有时候我自己也想退休……或者换份工作。"

"太迟了吧。"

"我看未必。萨拉总对我说我可以写书。"

"《官方机密》。"

"不是关于咱们的。关于种族隔离。"

"那可写不成你所说的畅销书。"

戴维斯放下了正在写的迪巴的卡片，他说："说正经的，老伙计，拜托你别打那主意。没了你这活儿我也干不下去了。要是没有个能听我整天这么冷嘲热讽的人，我会爆炸的。我害怕和其他任何人在一起时保持着微笑。甚至辛西娅也不行。我爱她，可她忠诚得要命，她会把我当作安全隐患向上报告。向丹特里上校报告。就像詹姆斯·邦德那样干掉跟他睡觉的姑娘。只是她还没跟我睡过呢。"

"我没真这么想，"卡瑟尔说，"我怎么**能**离得了呢？我离开了到哪儿去？除非退休。我今年六十二了，戴维斯。已过了正式的退休年龄。有时候我觉得他们已经把我忘了，或许他们弄丢了我的档案。"

"瞧他们正在请求查找一个叫阿格波的家伙的来历档案，扎伊尔电台的雇员。59800推荐他做助理特工。"

"为什么找他？"

"他跟加纳电台有联系。"

"这似乎价值不大。不管怎样，加纳不是我们的领地。交给6B吧，看他们能派他什么用场。"

"别这么轻率下结论，卡瑟尔，我们可别随手送掉一笔财富。谁知道阿格波特工会弄出什么消息？我们甚至也许可以从加纳渗透到几内亚电台。那潘科夫斯基可就相形见绌了。多大的胜利呀。CIA从来没能渗透进非洲那最黑暗的部分。"

这是戴维斯最糟糕的日子之一。

"也许我们只看到了6A最没趣的一面。"卡瑟尔说。

辛西娅拿了一个信封回来给戴维斯。"你得在这里签字确认收到。"

"里面装的是什么？"

"我怎么知道？是公函。"她在外送盘子里拾起一张纸，"就这么多？"

"眼下还没有忙得不可开交，辛西娅。有时间吃午饭吗？"

"没有，我得为晚饭去买点东西。"她坚决地关上了门。

"哦，那好，下次吧。总是下次。"戴维斯打开信封。他说："他们接下来有什么打算？"

"出什么事了？"卡瑟尔问。

"你没收到过这种东西？"

"哦，体检表？当然。这辈子不知道检查过多少次了。跟健康保险——或是养老金有关。在我被派往南非之前，珀西瓦尔医生——可能你没见过珀西瓦尔医生——一心想确诊我有糖尿病。他们送我看一位专家，结果是我的糖分太少而不是太多……可怜的老珀西瓦尔。我想他跟我们待得一久，常见病都不会看了。在我们这种单位，安全工作比确切诊断更重要。"

"单子上签名的**真**是珀西瓦尔，以马内利[1]·珀西瓦尔。什么名字嘛。以马内利不是传福音者吗？你觉得他们也会把我外派吗？"

"你想去吗？"

"我一直梦想能有一天给派到马普托去。咱的人总要换吧。那儿的波尔图肯定不错，是吧？我猜哪怕是闹革命的也得喝波尔图吧。但愿我能和辛西娅一同……"

"我还以为你更喜欢独身呢。"

"我没说要成家啊。邦德从不结婚。我喜欢葡萄牙的饮食[2]。"

"现在大概已是非洲风味了。除了69300的电报，你对那地方还知道多少？"

"我收集了整整一文件夹的资料，都是关于那该死的革命前的夜总会和餐馆的。没准儿现在已关门了。话说回来，对于那儿发生了什么，我估计69300知道得不会有我的一半多。他没有档案可查，倒是认真得要命——我猜他上床都带着文件。想想我俩去了多节省开支。"

"你俩？"

"辛西娅和我。"

"你真会做梦呀，戴维斯。她永远不会找上你的。别忘了她

---

1 希伯来姓名，意为上帝与我们同在，也是很多《旧约》中的人物的姓名，包括耶稣，故下文戴维斯如是说。
2 莫桑比克曾为葡萄牙殖民地。

爸爸，那个少将。"

"每个人都有自己的梦。你的梦是什么，卡瑟尔？"

"哦，我想有时候我会梦到安全的问题。我的意思不是丹特里的那种安全，而是退休。享受不错的养老金，足够我和妻子……"

"还有你的小杂种？"

"是的，当然还有我的小杂种。"

"在这个部里，养老金给得可不大方啊。"

"是的，我觉得我们的梦都不会**实现**。"

"不管怎么说——这体检**应该**意味着什么，卡瑟尔。那回我到里斯本——我们的人带我去在埃斯托里尔地区之外的一个岩洞，在那儿你可以听见桌子下面潮水拍打的声音……那儿的龙虾是我吃过的最好的。我读过马普托一家餐馆的资料……我甚至也喜欢他们的新酿葡萄酒，卡瑟尔。我真应该在那儿——而不是69300。他不懂得享受美好生活。你了解那地方，对吧？"

"我和萨拉在那儿待了两晚——七年前，在坡拉娜旅馆。"

"就两晚上？"

"我是仓促间离开比勒陀利亚的——你知道的——刚好赶在BOSS[1]之前。离边界那么近，我感到很不安全。我想让BOSS与萨拉之间隔开一个大洋。"

"哦，是的，你得到了萨拉。你真走运。在坡拉娜旅馆。外面便是印度洋。"

---

1 南非秘密警察机构（South African Bureau of State Security）的简称。

卡瑟尔想起了戴维斯的那套单身公寓——杯盘狼藉，《阁楼》和《自然》随处乱扔。"如果你是认真的，戴维斯，我就和沃森谈谈。我可以提议你去，轮换一下。"

　　"我非常认真。我想逃离这个地方，卡瑟尔。想疯了。"

　　"这儿至于那么糟糕吗？"

　　"我们坐在这里写毫无意义的电报。我们感到自己重要是因为我们比别人略微多知道了点儿落花生的事，或是蒙博托[1]在私人晚宴上说了些什么……你知道我到这儿来工作要的是刺激吗？刺激，卡瑟尔。我真是个傻瓜。我不明白这些年你是怎么熬过来的。"

　　"也许结了婚会感到好些。"

　　"如果我结婚，这辈子就不住这儿了。我烦透了这个该死的古老国家，卡瑟尔，断电、罢工、通货膨胀。我倒不担心食品价格——让我失望的是上好的波尔图太贵了。我来这儿就是希望能远涉重洋，我甚至学了葡萄牙语，可此时我却在这里接扎伊尔的电报，报告蒙博托吃了花生。"

　　"我还一直以为你过得很滋润呢，戴维斯。"

　　"哦，在我喝了几盅时是感到滋润的。我爱那小妞儿，卡瑟尔。我没法不想她。所以我像小丑似的逗她高兴，而我越装小丑她就越不喜欢我。也许要是我能去马普托……她说过她也想出国。"

　　电话铃响了。"是你吗，辛西娅？"但不是的。是沃森，六

1　蒙博托·塞塞·塞科（Mobutu Sésé Seko，1930—1997），非洲独裁者，1965—1997年间担任刚果民主共和国总统和扎伊尔共和国总统。

部的长官。"是你吗，卡瑟尔？"

"是戴维斯。"

"让卡瑟尔接电话。"

"嗯，"卡瑟尔说，"我在。什么事儿？"

"专员想见我们。你下楼时能叫我一下吗？"

3

下楼的路很长，因为专员的办公室在地下一层，建在十九世纪九十年代一个百万富翁的酒窖里。卡瑟尔和沃森在紧邻的房间等候着专员门口的绿灯亮起，这里过去是堆放煤和木料的地窖，而专员的办公室却曾拥有伦敦最好的酒。有传言说，当部里在一九四六年接管这幢房子、建筑师准备重新翻修时，酒窖里发现了一堵假墙，其后如木乃伊一般堆满了那个百万富翁的秘藏佳酿。酒被一些无知的建筑公司职员卖了——传说是这样——以家常酒的价格卖给了陆军和海军的商店。这十之八九是个谣传，可每当一瓶历史名酒摆到佳士得拍卖行时，戴维斯都不无忧伤地说："那本是咱们的。"

红灯遥遥无期地亮着。就像坐在车里等着前面清理交通事故现场。

"你知道出了什么麻烦吗？"卡瑟尔问。

"不知道。他就让我介绍一下所有他还没见过的六部员工。他已了解过了6B，现在该你了。我的任务就是介绍你，然后便离开。规程上就是这样。对我而言，这就像殖民主义遗留下来的恶习。"

"我见过老专员一次。在我第一次外派之前。他戴了一个黑色眼镜。被一个圆圆的墨镜盯着让人挺害怕，不过他只是过来握了握手，祝我好运。他们不大可能考虑再派我出去吧？"

"不会。怎么？"

"这提醒我要跟你谈谈戴维斯。"

绿灯亮了。

"我但愿今早胡子能刮得再干净点。"卡瑟尔说。

约翰·哈格里维斯爵士和卡瑟尔描述的老专员不同，一点儿都不让人感到畏惧。他桌上摆了一对野鸡标本，他本人则忙着打电话。"我今天早晨带过来的。玛丽觉得你会喜欢的。"他用手指指两张椅子。

这么说丹特里上校就是在那儿度的周末，卡瑟尔想。是打野鸡还是汇报安全问题？他心照不宣地坐了那把小一些、硬一点的椅子。

"她很好。她那条坏腿有些风湿而已。"哈格里维斯说着挂了电话。

"这是莫瑞斯·卡瑟尔，爵士，"沃森说，"他负责6A。"

"'负责'听起来有点言过其实，"卡瑟尔说，"其实我们就两人。"

"你们跟提供机密情报的线人打交道，是吗？你——和你指挥的戴维斯？"

"还有沃森的指挥。"

"是的，当然。但沃森要照管整个六部。你在很多时候都得把工作委派下去，我想你一直做得很好，沃森？"

"我发现只有6C全要我操心。威尔金斯跟我们时间还不长。他还需要时间让自己适应。"

"好了，我就不久留你了，沃森。谢谢你把卡瑟尔带下来。"

哈格里维斯捋了捋其中一只死鸟的羽毛。他说："和威尔金斯一样，我也在让自己适应这里。在我看来，这有点像我年轻时在西非的情形。沃森就像个省级专员，而你就是地区专员，在你管辖的范围内很是得心应手。当然，你也了解非洲，是吗？"

"只是南非。"卡瑟尔说。

"对，我都忘了。南非对于我似乎总也不像真正的非洲。北非也不像。那是6C管的，对吧？丹特里一直在说给我听。整个周末。"

"打猎很有收获吗，爵士？"卡瑟尔问。

"马马虎虎。我想丹特里不会太满意。明年秋天你也要来一试身手。"

"我肯定不行，爵士。这辈子我什么也没打过，连人也没打过。"

"啊，是的，人是最好打的了。说实在的，我对打鸟也没兴趣。"

专员看了看桌上的一张纸。"你在比勒陀利亚干得不错。你被形容为一流的行政官员。你大幅削减了驻地开支。"

"我的前任善于用人，但没有多少经济头脑。这对我很容易。战前我在银行待过一段时间。"

"丹特里在这里写到，你在比勒陀利亚遭遇了一些个人麻烦。"

"我觉得那不叫麻烦。我恋爱了。"

"是的。我看到了。跟一个非洲姑娘。那些家伙不明就里全管他们叫班图人。你触犯了他们的种族法律。"

"现在我们的婚姻已安全了。可在那会儿我们有段很难挨的日子。"

"是的。你当时也是这么报告的。我希望我们所有的人在遇上点麻烦时都能表现得如此正确。你害怕南非警察会盯上你，会把你撕得粉碎。"

"给你们留下个手无寸铁的代表，似乎并不妥当。"

"你瞧，我正相当仔细地阅读你的档案。当时我们叫你立即撤离，不过我们怎么也没想到你会带上那姑娘。"

"总部让人对她进行了核查。他们没发现她有任何问题。从您的角度看，我带她出走有什么不对吗？我曾让她做我与非洲特工之间的联络人。我遮人耳目的说法是我在业余时间计划对种族隔离进行认真的批判研究，但警察也许会从她那儿打开一个突破口。所以我带走了她，借道斯威士兰逃往马普托。"

"哦，你做得很对，卡瑟尔。现在你结了婚，有了个孩子。一切都好吧，我想？"

"嗯，这几天儿子得了麻疹。"

"啊，那你得多留心他的眼睛。眼睛是软弱部位。我真正请你来的目的，卡瑟尔，是在几周后我们要接待一位科尼利厄斯·穆勒先生，BOSS的一个头头。我想你在比勒陀利亚时认识他。"

"的确认得。"

"我们准备给他看看你负责的一些材料。当然，只要足够确立这样的事实，即我们以某种方式**正在**保持合作态度就行了。"

"扎伊尔的情况他知道得会比我们还多。"

"他更感兴趣的是莫桑比克。"

"那样的话戴维斯才是您的人选，爵士。他对那儿的最新情况比我了解得多。"

"哦，是的，当然，戴维斯。我还没见过戴维斯。"

"还有一件事，爵士。我在比勒陀利亚时与这个穆勒相处得不好。如果您再往下看我的档案——就是他企图用种族隔离法律来讹诈我。这也就是为什么您的前任让我尽快撤出的原因。我觉得这样安排无助于我们个人关系的改善。还是让戴维斯对付他比较好。"

"无论如何你是戴维斯的上司，自然便是会晤他的官员。是不容易，我知道。双方剑拔弩张，不过感到措手不及的该是他。你完全明白什么是不能给他看的。保护我们的特工非常重要——即便这意味着要隐藏一些重要材料。戴维斯不具备跟BOSS及其穆勒先生打交道的经验。"

"我们为什么一定得给他看些什么呢，爵士？"

"你有没有想过，卡瑟尔，如果南非的金矿因为种族战争关闭了，西方会出什么事？而且也许是一场赢不了的战争，就像在越南。在政治家就由什么来替代黄金达成协议之前，俄罗斯将成为主要的黄金来源。这比石油危机还要更复杂些。还有那些钻石矿……戴比尔斯[1]比通用汽车更重要。钻石不像汽车那样会老化。还有比黄金和钻石更严重的方面，那就是铀。我想还没人告诉过你一项白宫的秘密文件，关于一次他们称之为'瑞摩斯大叔'的行动。"

"没有。听过这样的传言。"

"不管喜欢与否，我们、南非和美国都是'瑞摩斯大叔'的合作伙伴。而这意味着我们得对穆勒先生表示友好——哪怕他曾敲诈过你。"

"那我得给他看……？"

"关于游击队、穿越封锁线到罗德西亚[2]的情报，还有莫桑比克新当权派，俄国和古巴的渗透……以及经济情报……"

"剩下的就没多少了，不是吗？"

"关于中国人的情况就要谨慎点了。南非人总是太倾向于把他们和俄国人混为一谈。可能有一天我们会需要中国人的。我和你一样对'瑞摩斯大叔'的主意没有好感。这是政治家们所谓的现实主义政策，在我以前所了解的那个非洲，现实主义从未让谁尝过甜头。我的非洲是个多愁善感的非洲。那时我真的很爱非洲，卡瑟尔。中国人不爱非洲，俄国人、美国人都不爱——但我们得与白宫和'瑞摩斯大叔'以及穆勒先生保持合作。以前那些日子是多么好过，跟我们打交道的是酋长、巫医、丛林学校、魔

1　De Beers，世界钻石业巨头公司，一度控制着世界90%的钻石产业。
2　津巴布韦共和国1980年独立前的旧称。

鬼、雨皇后。我心中的非洲还是有些像莱特·哈葛德[1]笔下的非洲。真是个不赖的地方。祖鲁皇帝恰卡[2]比陆军元帅阿明·达达[3]强多了。哦，好吧，尽量和穆勒搞好关系。他是庞大的BOSS的个人代表。我建议你在家跟他见第一次面——不啻为对他的一个下马威。"

"我不知道我妻子是否同意。"

"告诉她是我求你的。最后由她决定——如果这太过痛苦的话……"

卡瑟尔转向门口时记起了他的许诺。"可以跟您谈一下戴维斯吗，爵士？"

"当然。什么事？"

"他在伦敦的办公室待太久了。我想一有机会就派他去马普托，把69300换回来，后者也该换换环境了。"

"是戴维斯提议的？"

"不完全是，但我认为他会很高兴离开的——哪儿都行。他的精神现在处于相当不安的状态，爵士。"

"怎么回事？"

"追女孩子的苦恼，我估计。还有对案头工作的厌倦。"

"哦，我能理解对案头工作的厌倦。我们会酌情考虑他的。"

"我对他的现状真有点担忧。"

1　亨利·莱特·哈葛德（Henry Rider Haggard，1856—1925），英国作家，一生写了50多部小说，最有名的一本是《所罗门王的宝藏》。
2　恰卡（Chaka Shaka，1787—1828），19世纪非洲祖鲁王国国王，1816—1828年在位。
3　阿明·达达（Amin Dada，1923?—2003），乌干达残暴的独裁者。

"我保证会把他记在心里的，卡瑟尔。顺便说一下，穆勒的来访是极为秘密的。你明白我们是多么希望我们这些小箱子都密不透风。这可是你个人负责的箱子。我连沃森都没告诉。你不能和戴维斯说。"

第二章

　　十月的第二周，萨姆说起来仍处于隔离期。没有并发症，也就少了一些威胁孩子未来的危险——对卡瑟尔而言这未来如同一个难以预知的埋伏圈。在一个周日的早晨，当他沿高街散步时，忽然觉得有一种要为萨姆的安全而感恩的愿望，尽管感恩的对象只是虚构的神话。于是他由着自己，花了几分钟来到地区教堂的后面。礼拜仪式已接近尾声，穿着考究的中年人和老年人肃穆地站立着，带着一种挑衅、仿佛内心在怀疑这一切似的唱道："远山青青，城郭寥寥。"简练的歌词，和着单一的色调，使卡瑟尔想起经常在原始绘画中看到的那种地域背景。这城郭就像警察局旁边那座城堡的废墟，而在公地的翠绿山坡上，在那些荒废的射击靶垛之间，曾经矗立着一根高柱，也许那儿有人遭过绞刑。有这么一会儿，他差不多要与他们分享那难以置信的信仰了——向他儿时的上帝，那公地与城堡的上帝吐露一句感恩的祷告，感谢其未令萨拉的孩子受无妄之灾。可接着隆隆的飞机声碾碎了赞美诗的歌词，摇撼着西面窗户上的古旧玻璃，将高悬于梁柱上的十字军头盔震得咔嗒响，于是他重又记起这已是一个长大的世界。他快步走出去，买了星期天的报纸。《星期日快报》头版的大字标题是"林中发现儿童尸体"。

下午，他带萨姆和布勒去公地散步，让萨拉在家睡觉。他本想把布勒留下的，但它愤怒的抗议声会惊扰萨拉的睡眠，所以他自我安慰道，布勒不大可能会在公地上发现流浪猫。自从三年前的夏季，老天开了个恶作剧式的玩笑之后，这种担心就一直伴随他。当时他带布勒走到一片榉树林，正巧那儿有个野餐会，其中还有一只系了蓝领结、挂着红色丝带脖绳的名贵猫。那只猫——暹罗猫——还没来得及发出愤怒或疼痛的叫唤便被布勒扑断了背部。布勒将其尸首抛过背，就像一个人将麻袋抛到卡车上那样。接着它又十分留心地一溜小跑进了林子，不停地转动着脑袋——捉猫要成双——只剩下卡瑟尔独自面对愤怒而伤心的野餐游客。

然而十月不大可能有人来野餐了。尽管如此，卡瑟尔还是等到将近日落时才出门，而且从国王路经过高街街角的警察局，他一路都拴着布勒。刚过运河、铁路桥以及一些新房子（其实建起已有四分之一个世纪了，可任何在卡瑟尔的童年中不存在的对他而言都是新的），他就放开了布勒，布勒立刻像训练有素的狗那样叉开腿，悠闲地将粪便拉在路边。眼睛盯着前面，目光却是内敛的。只有在这些搞清洁卫生的场合，布勒才表现得像只聪明的狗。卡瑟尔不喜欢布勒——买它只为一个目的，让萨拉安心，但作为看家狗布勒并不太称职，所以它现在只是卡瑟尔的另一个负担而已，尽管它像所有的狗那样缺乏判断力，对卡瑟尔的爱胜过对其他任何人类。

那些欧洲蕨正在变成朦胧的金秋之色，而金雀花开得也不多了。卡瑟尔和萨姆徒劳地寻找着曾经矗立于公地荒野的射击靶垛——一处红色的黏土绝壁，如今已埋没在一片灰暗的草木中。

"他们从那儿对着间谍射击吗？"萨姆问。

"不，不。你怎会这么想呢？这儿只是用来练习射击的。在以前的战争中。"

"可间谍是有的，是吗——真正的间谍？"

"我想是有的。问这个干吗？"

"我只是要肯定一下，没别的。"

卡瑟尔回想起自己在这个年纪时曾问父亲有没有真正的仙女，而得到的答案则不像刚才的答案那么真实。他的父亲是个多愁善感的人，他愿意不惜一切代价使自己幼小的儿子相信生活有其价值。指责他不诚实是不公平的：他可以辩解道，仙女作为一种象征，代表某种至少大约是真实的东西。到今天还有父亲在对孩子说上帝是存在的。

"像007这样的间谍吗？"

"嗯，不完全是。"卡瑟尔试图换个话题。他说："小时候我以为这儿有条龙，就住在那些壕沟中间的一个很古老的深坑里。"

"那些壕沟在哪儿？"

"给欧洲蕨遮住了，你瞧不见。"

"什么是龙？"

"你知道的——全身披着铠甲、会吐火的动物。"

"就像坦克？"

"嗯，是的，我想就跟坦克一样。"他俩的想象空间缺乏联系，这使他挺泄气。"更像个大蜥蜴。"他说。然后他意识到这孩子见过不少坦克，可在他出世前他们就已离开了那片生养蜥蜴的土地。

"你见过龙没有？"

"有一次我看见有烟从一条沟里冒出来，我想那就是龙。"

"你害怕吗？"

"不，那时候我害怕的是非常不同的东西。我讨厌我的学校，我的朋友很少。"

"你为什么讨厌学校？我会讨厌学校吗？我是说**真正的**学校。"

"我们的敌人不一定都是一样的。可能你不需要有条龙来帮助你，而我就需要。全世界都恨我的龙，想杀掉它。他们害怕它发脾气时从嘴里喷出的烟和火焰。我常常趁晚上悄悄溜出宿舍，从我的饭盒里拿了沙丁鱼罐头给它。它用呼吸就把罐头里的鱼煮熟了。它爱吃热的。"

"可**真**有这事吗？"

"没有，当然没有，但现在觉得差不多就像有过一样。有一次我躺在宿舍床上，躲在被褥下哭，因为那是新学期的第一周，还得等十二个望不到头的星期才能放假，而且我对周围一切都很害怕。那是冬天，突然我看见我的小卧室的窗户上蒙了水汽。我用手指擦掉水汽往下瞧。龙在那儿呢，平卧在湿漉漉黑漆漆的街上，像条鳄鱼伏在河里。以前它从来没离开过公地，因为人人都跟它作对——就像我当时以为人人都在和我作对。警察甚至在食品橱里放了步枪，只等它来了就打它。可它还是来了，朝我大口大口地吐着云雾般的热气。你瞧，它听说学校开学了，知道我难过又孤单。它比狗聪明，比布勒聪明多了。"

"你在逗我玩儿哪。"萨姆说。

"不是，我就是在回忆。"

"后来呢？"

"我向它发了个暗号。意思是'危险。快走'，因为我不能肯定它是否知道有拿枪的警察。"

"它走了吗？"

"走了。慢腾腾的。看着自己尾巴后面，好像它舍不得离开我似的。可我再也不觉得害怕或孤单了。至少不经常感到了。我知道只消发个信号，它就会离开公地的那个坑，跑到这儿来帮助我。我们有很多秘密信号、代号、密码……"

"就像间谍。"萨姆说。

"对，"卡瑟尔失望地说，"我想是的。跟间谍一样。"

卡瑟尔记得自己曾如何绘制了一张公地地图，标出了所有的沟渠和隐藏在蕨草下面的秘密通道。那也挺像间谍干的。他说："该回家了。妈妈要着急了……"

"不，她不会的。我和你在一起。我想看看那个龙住的坑。"

"并不是真的有龙。"

"可你不能肯定，对吗？"

卡瑟尔好不容易找到了那条旧沟渠。龙住过的坑被黑莓丛堵住了。当他吃力地拨开灌木往前走时踢到了一个生锈的罐头，踢得它翻了个身。

"你看，"萨姆说，"你真带过吃的来。"他挤向前，但没有龙，骨架也没有。"可能警察最后还是抓住它了。"萨姆说。然后他捡起罐头。

"是香烟的，"他说，"不是沙丁鱼。"

那天晚上躺在床上时，卡瑟尔对萨拉说："你真觉得不算太迟？"

"说什么呢？"

"说辞职的事。"

"当然不迟。你还不算个老人呢。"

"我们也许得从这儿搬走。"

"为什么？这里不比别的地方差。"

"你不想离开这儿吗？这房子——不算很好的房子，或许我能在国外找到份工作……"

"我很愿意让萨姆定居在一地，这样当他出远门后还能够回来。回到他童年熟识的事物中，就像你当初回来一样。重返旧地。回到一个安全的地方。"

"就是铁道边的一堆遗迹？"

"是的。"

他记起了冷峻的教堂里那些中产阶级庸常的嗓音，就和发出这些嗓音、穿着礼服的人一样安静持重，表达着每周表达一次的信仰。"远山青青，城郭寥寥"。

"那些遗迹很美。"她说。

"可**你**永远不可能回到你的童年了。"卡瑟尔说。

"那不是一回事，我总是提心吊胆地过日子。直到认识了你。而且那儿没有遗迹——只有棚屋。"

"穆勒很快要来了，萨拉。"

"科尼利厄斯·穆勒？"

"是的。他现在是大人物了。我不得不友好地接待他——依照命令。"

"没什么可担心的。他没法再伤害我们了。"

"是的。不过我不想让你感到不安。"

"我怎么会呢？"

"专员要我带他到这儿来。"

"带他来吧。让他好好看看你和我……还有萨姆……是怎么在一起的。"

"你同意？"

"我当然同意。一个黑皮肤的女主人招待科尼利厄斯·穆勒先生。还有一个黑人孩子。"他们大笑起来，笑声中带着一丝恐惧。

第三章

1

"小杂种怎样了？"戴维斯问着三个星期以来每天都问的话。

"哦，一切都过去了。他又活蹦乱跳了。他想知道你哪天再来看我们。他喜欢你——真想象不出为什么。他常常说起去年夏天我们一块儿野餐、捉迷藏的事。似乎他觉得谁也没有你躲得好。他觉得你是个间谍。他谈起间谍就像我小时候孩子们谈仙女一样。那时候小孩子就爱谈这个，不是吗？"

"今晚我能借他父亲用一下吗？"

"为什么？怎么了？"

"昨天你不在时珀西瓦尔医生来了，我们聊得不错。你知道吗，我真认为他们可能要外派我了。他问我是否介意做几项检查……血、尿、肾射频检查等等。他说到了热带地区得非常小心。我挺喜欢他。他看起来像是个爱运动的。"

"赛马？"

"不，实际上就喜欢钓鱼。那可是一项挺孤独的运动。珀西瓦尔有点像我——光棍儿。今晚我们打算好了，准备一起去逛逛街。我好久没去市中心了。那些环境部的哥们儿真没劲。就跟你老婆分居一晚上，不行吗，老伙计？"

"我在尤斯顿坐的末班车十一点半发车。"

"今晚公寓全归我。两个环境部的人都出差去一个污染地了。你可以睡床。单人的双人的任你挑。"

"拜托了——单人床吧。我快成老人了，戴维斯。我不知道你和珀西瓦尔是怎么计划的……"

"我想好了，在烤肉馆吃晚饭，之后看会儿脱衣舞。雷蒙德滑稽戏院。他们请来了丽塔·罗尔斯……"

"你觉得珀西瓦尔喜欢这种东西吗？"

"我试探过了，你相信吗？他一辈子都没看过脱衣舞。他说他很想跟他信得过的同事一同去开开眼界。你明白干我们这一行的德行。他的感受也一样。参加晚会的时候出于安全保密的原因什么也说不了。约翰·托马斯[1]甚至根本没机会抬一下脑袋。蔫得很，就是这个词。可要是约翰·托马斯死了，愿上帝拯救你，你大概也活不了。当然你不一样——你已经成家了。你的话匣子随时可以向萨拉和……"

"工作上的事即便对我们的妻子也是不能说的。"

"我打赌你肯定说了。"

"我没有，戴维斯。而且如果你打算着找两个妞儿来，我也不会跟她们说话。她们中有不少是MI5的探子——哦，我总记不

1　英国俚语，指男性生殖器。

住他们已经改了我们的名字。我们现在都是DI[1]了。我不懂为什么要改？我估计肯定有个'语义研究部'。"

"你的口气也有些厌烦嘛。"

"是的。也许小聚一下对我有好处。我会给萨拉打电话的，就跟她说——说什么？"

"就跟她说实话。你和处里一个大人物吃饭。对你的前途很重要。我会给你张床睡。她信得过我。她知道我不会把你带坏。"

"是的，我想她会这么想。"

"而且，该死的，也的确如此，不是吗？"

"我出去吃午饭时给她打个电话。"

"为什么不在这儿打，省点钱？"

"我希望自己的电话有私密性。"

"你真以为他们会操这份心监听我们？"

"你处在他们的位置上会吗？"

"估计会的。可他们得录下那么多枯燥得见了鬼的东西。"

2

晚上的计划只成功了一半，尽管开头进行得不错。珀西瓦尔医生那种慢热的性子使他成为很好的同伴。卡瑟尔和戴维斯都没有觉得他是部里的上级。当提及丹特里上校的名字时，他略微揶

1　国防情报部（Defence Intelligence）简称。

揄了一下——见过的，他说，周末打猎的时候。"他不喜欢抽象艺术，也不大认可我。因为我不打猎，"珀西瓦尔医生解释道，"我只钓鱼。"

那时他们正坐在雷蒙德滑稽戏院的一张小桌旁喝酒，桌子小得仅够放三瓶威士忌，一个年轻艳丽的女孩在一张吊床上摆着各种奇特的姿态。

"我真想用我的话儿把她**钓**上来。"戴维斯说。

女孩喝着用绳子悬在吊床上方的一瓶高度干红，每干掉一口就带着自暴自弃的神色脱去一件衣服。终于他们看到了她赤裸的臀部，只蒙了一层网，宛如苏豪区家庭主妇拎的网兜里隐约可见的鸡屁股。从伯明翰来的一伙生意人使劲地鼓起掌来，其中一个甚至将一张大来卡[1]举在头顶挥舞，也许是在炫耀其经济实力。

"你钓什么鱼？"卡瑟尔问。

"主要是鳟鱼和河鳟。"珀西瓦尔说。

"有很大区别吗？"

"我亲爱的朋友，去问问打猎的人狮子和老虎有区别不。"

"你更喜欢哪一种？"

"并不是更喜欢哪一种的问题。我就是喜欢钓——任何形式的飞蝇钓[2]。河鳟没有鳟鱼聪明，但这不是说它就总是容易捉。需要不同的技巧。而且它是个斗士——不斗到最后一息绝不

1　大来卡（Diners Club Card），也叫食客俱乐部卡。1950年由大来俱乐部发行的记账卡，最初是与餐厅合作为顾客提供记账消费，为后来的信用卡原型。
2　用皮、毛与线等材料制成的仿生饵模仿飞虫落水，吸引凶猛掠食性鱼类的钓法。

罢休。"

"那鳟鱼呢？"

"哦，它才是王者，肯定的。它容易吓着——钉靴、手杖，只要你发出任何声响它就游走了。接下来你首先得把蝇饵放在合适的位置。否则……"珀西瓦尔挥了挥胳膊，仿佛正朝着另一个脱光了且被灯光照得黑白相间如同斑马似的女孩在招手。

"好漂亮的屁股！"戴维斯惊叹道。他端着一杯快要送入口的威士忌坐在那里，盯着那两瓣臀部像瑞士表齿轮一般精确地转动着。

"这可对你的血压没什么好处啊。"珀西瓦尔告诉他。

"血压？"

"我跟你说了，挺高。"

"今晚你没法打扰我，"戴维斯说，"那就是了不起的丽塔·罗尔斯了。独一无二的丽塔。"

"如果你真考虑出国的话，得做个更全面的检查。"

"我感觉很好，珀西瓦尔。从来没这么好过。"

"危险就是这么来的。"

"你简直有点儿让我害怕了，"戴维斯说，"钉靴和手杖。我明白为什么鳟鱼……"他吸了口威士忌，仿佛那是什么难吃的药似的，又把杯子放下来。

珀西瓦尔捏了捏他的手臂说："只是跟你开个玩笑，戴维斯。你更像条河鳟。"

"你的意思是我只是条可怜的鱼？"

"你可别看轻了河鳟。它有非常精密的神经系统。它还很好斗呢。"

"这么说我更像条鳕鱼。"戴维斯说。

"别和我谈鳕鱼。我对钓那个提不起兴趣。"

灯亮起来。表演结束了。这儿的经理肯定觉得丽塔·罗尔斯之后的任何演出都只是狗尾续貂。戴维斯又到吧台盘桓了一会儿，在水果赌博机上试运气。他用光了所有的硬币，还跟卡瑟尔要了两个。"这个晚上不是属于我的。"他的语气里又有了愁闷。显然珀西瓦尔医生使他很扫兴。

"到我那儿小酌一杯怎样？"珀西瓦尔医生问。

"我还以为你警告我别碰酒呢。"

"亲爱的伙计，我那是夸张的说法。不管怎样，威士忌是最安全的饮品了。"

"可我现在觉得想上床了。"

大温德米尔街上，妓女们站在透着红光的阴暗里，倚门问道："来玩玩儿，亲爱的？"

"我估计你要警告我也别碰那个？"戴维斯说。

"嗯，婚姻生活的规律性是比较安全的。对血压有益。"

珀西瓦尔医生和他们分手时，门房正擦洗着阿尔巴尼的台阶。他在阿尔巴尼的寓所用一个字母和一个数字标了出来——D.6——好像这里是他们那个单位里的另一分支。卡瑟尔和戴维斯看见他小心翼翼地朝绳道街走去，生怕湿了鞋——对一个惯于在齐膝深的冰冷小溪里涉水的人而言，这么谨小慎微显得有点古怪。

"我很后悔他来，"戴维斯说，"没有他，我们晚上可以过得很好。"

"我原以为你挺喜欢他。"

"本来是的，但今晚他那些该死的钓鱼故事弄得我神经紧张。还有关于我血压的那些话。我的血压跟他有什么相关？他真是医生？"

"我觉得他已多年不行医了，"卡瑟尔说，"他是专员与制造生化武器那些人之间的联络官——我估计有个医学文凭的人在那儿是比较方便的。"

"波顿[1]那个地方真让我不寒而栗。人们整天谈论原子弹，可他们差不多忘了在我们乡下的那个小机构。谁也没有操份心到那儿去游行。也没有戴抗菌罩扣，可如果核弹被废除了，还有那细细的致命试管……"

他们在克拉里奇酒店的街角转了弯。一个穿长裙的瘦高女人钻进了一辆劳斯莱斯，后面跟着一个面色阴沉、打白领带的男人，他偷偷地瞟了一眼手表——他们看起来就像爱德华七世时代的剧院演员：已是凌晨两点。通往戴维斯寓所的台阶很陡，上面铺的黄色亚麻油地毡已磨出了洞，看上去就像瑞士干酪。有着顶级公寓的头衔，谁也不会在意这种细节。厨房门开着，卡瑟尔看见水池里放了一大堆脏碗碟。戴维斯打开一个橱柜的门，架子上堆的几乎都是空瓶子——环境保护并没有从自家做起。戴维斯想要找一瓶够倒出两杯的威士忌。"哦，好吧，"他说，"我们就掺和着喝吧。反正全是混在一起的。"他用一瓶喝剩的"乔

---

1 英国威尔特郡的一座村庄，为英国国防科技实验室所在地。

尼·沃克"兑了点儿"白马"[1]，得到了四分之一瓶的酒。

"谁都不洗碗？"卡瑟尔问。

"有个女人一周来两次，我们都留给她了。"

戴维斯打开一扇门。"这是你的房间。恐怕床铺没整理。她明天才来呢。"他捡起地上的一条脏手帕塞进抽屉，使屋子看起来整洁一些。然后他领卡瑟尔进了客厅，将一张椅子上的杂志全清理到地板上。

"我在考虑通过单方契约来改一下名字。"戴维斯说。

"改成什么？"

"把Davis加个e。大卫斯街的大卫斯[2]有某种优雅的语调。"他把脚搁上了沙发，"你要知道，我的这种混合饮料味道相当不错。我该称之为'白沃克'。这个点子里也许藏着财路呢——你可以搞一幅凄艳女鬼的画来做广告。说真的，你对珀西瓦尔医生有什么看法？"

"他看起来挺友好。可我还是忍不住纳闷……"

"什么？"

"是什么让他大驾光临，花了一个晚上跟我们在一起。他想要什么。"

"和能畅所欲言的人在一起待一个晚上。干吗还要追究这个？跟不知底细的人在一起什么都不敢说，你不觉得累吗？"

1　Johnnie Walker、White Horse，均为苏格兰威士忌的品牌。Walker亦有"徒步者"之意，故在下文中，当戴维斯将两种酒混合后戏称之"白沃克"（"白色行者"）时，提及了"女鬼"。

2　戴维斯原文为Davis，大卫斯街原文为Davies Street。

"他可没透多少口风。哪怕跟咱们在一起。"

"你来之前他话还挺多。"

"说什么了？"

"在波顿的那个机构。显然在某项研究上我们大大领先于美国人，他们已请求我们把重点放在一种致命的小家伙上，它能应用于特定的海拔高度，同时也能在沙漠条件下存活……所有的细节、温度之类的，都指向了中国。或者也可能是非洲。"

"为什么他要跟你讲这些？"

"噢，他们希望我们通过在非洲的联系人了解中国的一些情况。自从有了桑给巴尔的那份报告，我们的声誉就一直很好。"

"那是两年前的事了，而且那份报告一直没得到证实。"

"他说我们不可采取任何公开行动，不能对特工进行问卷调查。此事的高度机密性要求我们不能那样干。只要留份心就行了，看看所有的报告中是否有蛛丝马迹表明中国人对'地狱营业厅'感兴趣，然后直接向他报告。"

"他为什么对你而不对我说？"

"哦，我估计他本来是要对你说的，但你来迟了。"

"丹特里留我的。珀西瓦尔若是想谈，可以到办公室来找我。"

"干吗为这个心神不定？"

"我只是有疑问，他对你说的是不是实情。"

"他到底出于什么原因……？"

"他可能想制造一个假传闻。"

"不会从我们入手的。我们又不真的是那种喜欢饶舌的人，你、我和沃森。"

"他和沃森说了吗？"

"没有——事实上，他又唠叨起那什么密不透风的箱子。高度机密，他说——但那不适用于你，对吧？"

"不管怎样，最好还是别让他们知道你告诉了我。"

"老伙计，你得职业病了，疑心病。"

"是的。很严重的传染病。所以我才想着要退出。"

"去种菜吗？"

"去做任何没秘密可言，没重要意义，相对而言也没有害处的事情。有一回我差点儿就要去一家广告公司上班了。"

"得留神。他们也有秘密——商业秘密。"

楼梯口的电话响了起来。

"在这个钟点，"戴维斯抱怨道，"违反社交准则。会是谁呢？"他挣扎着从沙发里起来。

"丽塔·罗尔斯。"卡瑟尔提示道。

"自己再倒一杯'白沃克'吧。"

卡瑟尔还没来得及倒就听戴维斯叫他。"是萨拉，卡瑟尔。"

时间已是近两点半了，恐惧袭向了他。孩子在隔离期这么晚的时候也会有并发症吗？

"萨拉？"他问道，"怎么了？是萨姆吗？"

"亲爱的，我很抱歉。你还没上床吧，是吗？"

"没有。出什么事了？"

"我很害怕。"

"是萨姆？"

"不，不是萨姆。可从午夜到现在，电话已响过两次了，没人答话。"

"是打错了，"他释然地说，"常有的事。"

"有人知道你不在家。我怕，莫瑞斯。"

"国王路能发生什么事呢？哎，两百码之外就有警察局。还有布勒呀，布勒在的，不是吗？"

"它睡得倒快，打呼噜呢。"

"要是能的话我就回来了，可现在没火车了。这会儿出租车也不会带我。"

"我开车送你过去。"戴维斯说。

"不，不，当然不行。"

"什么不行？"萨拉说。

"我在跟戴维斯说话。他说要开车送我来。"

"哦不，我不想这样。和你说了后我现在觉得好点儿了。我去把布勒叫醒。"

"萨姆好吗？"

"他很好。"

"你有警察局电话的。他们两分钟就可以赶到。"

"我很傻，是吗？只是个傻瓜。"

"我心爱的傻瓜。"

"对戴维斯说声对不起。好好喝吧。"

"晚安，亲爱的。"

"晚安，莫瑞斯。"

用他的名来称呼是一种示爱——当他们在一起时，那是一种爱的邀请。表示亲昵的称呼——亲爱的，心爱的——是有众人在场时的日常通用语，但叫名字严格属私人范畴，绝不可向部族之外的人透露。在爱的高潮时，她会大声呼喊他秘密的部族名。他听见她挂断了电话，但他仍用听筒抵着耳朵停留了片刻。

"没什么大问题？"戴维斯问。

"萨拉没问题，没有。"

他回到客厅给自己倒了杯威士忌。他说："我觉得你的电话给监听了。"

"你怎么知道？"

"我不知道。我仅仅有一种直觉。我正在回忆是什么让我想到这个的。"

"我们不是活在石器时代。如今要是电话被监听了，谁也无法知道。"

"除非他们做得毛手毛脚。或者除非他们想让你知道。"

"他们为什么要让我知道？"

"也许是吓唬你。这谁弄得明白？"

"不管怎样，为什么要监听**我**呢？"

"这是个安全保密的问题。他们谁都不信任，特别是处在我们这种位置上的人。我们是最危险的。我们据认为是知道那些该死的机密的。"

"我没觉得危险。"

"把唱机打开。"卡瑟尔说。

戴维斯收集了不少流行音乐，对于这个他保管得比屋里其他任何东西都要好。编目的仔细程度不亚于大英博物馆的藏书室，而戴维斯说起那些热门曲目就像报出赛马会赢家一样脱口而出，如数家珍。他说："你喜欢来点儿老派的，古典的，对吗？"他说着放上了《一夜狂欢》[1]。

"开响些。"

"不该再响了。"

"只管把音量开大。"

"这么做不好。"

"我觉得更有私密性。"卡瑟尔说。

"你认为他们也在窃听我们？"

"是的话，我也不奇怪。"

"你肯定得上那病了。"戴维斯说。

"珀西瓦尔和你的谈话——让我很担心——我就是不相信……听起来太不着边际。我认为他们是故意卖出破绽，以便引蛇出洞。"

"好吧，算你对。这是他们的职责，不是吗？但要是轻而易举地能识破这伎俩，那做得也不太聪明啊。"

"是这样，不过珀西瓦尔的话也许就是真的。真的而且已开始有所动作。一个特工，不管他怎么怀疑，都觉得消息传递出去，以……"

"你觉得**他们**认为是我们走漏了风声？"

"是的。我们其中的一个，或许两个都是。"

"但既然我们都不是，还管这么多干吗？"戴维斯说，"早

1　披头士第一部电影的同名歌曲专辑，发行于1964年。

过了睡觉时间了，卡瑟尔。如果枕头下有支麦克风，他们只能听到我打呼噜。"他关掉音乐，"我们不是做双重间谍的料，你和我。"

卡瑟尔脱了衣服，熄了灯。小卧室凌乱不堪，通风也不好。他想拉开窗户，可窗绳是断的。他凝视着凌晨的街道。没有行人，连警察也没有。只有一辆出租车形单影只地停在离大卫斯街不远的站台上，朝着克拉里奇酒店的方向。一阵防盗警铃在邦德区的什么地方徒劳地响着，蒙蒙细雨开始落了下来。潮湿的路面黑亮亮的，如同警察的雨衣。他把窗帘拉严并上了床，但没有入睡。一个问号久久地停留在头脑里使他无法入眠：离戴维斯公寓这么近的地方是否一直有这么个出租车站台？肯定有一回他不得不走到克拉律治的对面才找到一辆？快要睡着时，另一个问题又开始困扰他：他想知道他们有没有可能在利用戴维斯监视他？抑或他们在利用不明就里的戴维斯递给他一张做了标记的钞票？他对珀西瓦尔医生关于波顿的说法没几分相信，可是，正如他告诉戴维斯的，那也未必就是假的。

第四章

1

卡瑟尔真有点儿为戴维斯担心起来。的确，戴维斯会拿自己的忧郁来调侃，但无论如何那忧郁仍深切地驻留着，而且在卡瑟尔看来，一个不祥的兆头是戴维斯不再纠缠辛西娅了。他说出来的想法越来越跟手头的工作无关。有一次卡瑟尔问他："69300/4，那是谁？"戴维斯说："坡拉娜的一间双人海景房。"尽管如此，他的健康状况并没有什么大问题——珀西瓦尔医生最近对他做过检查。

"和往常一样，我们在等扎伊尔方面的电报，"戴维斯说，"59800从来不为我们着想，在炎热的傍晚独自喝着他的小酒，对什么都不闻不问。"

"我们最好给他发一个提示。"卡瑟尔说。他在一张纸上写下"我们的185未递交副本，未收到回答"，并放在给辛西娅的盘子里。

戴维斯今天打扮得像要去参加赛舟会。一条簇新的丝质红底黄格手帕在衣袋口晃荡着，好似无风天气里的旗子，深绿色的领带上印着鲜红的图案。就连从衣袖里露出来、他准备要用的那块手帕也像是新的——一块孔雀蓝的。显然是花了番心思。

"周末过得不错？"

"是的，哦，是。可以这么说。很平静。治理污染的小伙子到格洛斯特去闻工厂烟尘了。橡胶工厂。"

一个叫帕特里夏的姑娘（从不让人叫她"帕特"）从秘书组过来取他们唯一的那份电报。和辛西娅一样，她也是将门之后，汤姆林森准将的侄女——他们认为聘用在职人员的近亲有利于安全保密，而且也许能减轻繁重的溯查社会关系的工作，因为他们的许多联系人情况自然都已查过了。

"**就**这些？"姑娘问道，似乎她是惯于在比6A更重要的部门做事的。

"恐怕我们就只能做这么多，帕特。"卡瑟尔告诉她，她走时将门一摔。

"你不该招惹她，"戴维斯说，"她没准儿会去讲给沃森听，那样的话放学后咱就要留下来写电报了。"

"辛西娅呢？"

"今天她休息。"

戴维斯像爆破了什么东西似的清了清喉咙——好像打响了赛舟会的发令枪——脸上则扯起了红军旗。

"想问问你……要是我十一点开溜，你介意吗？一点钟回来，我保证，而且也没什么可做的。如果有人问起来，就说我去看牙医了。"

"你得穿一身黑，"卡瑟尔说，"才能让丹特里相信。你穿这些个兴高采烈的破布不像是去看牙医。"

"我当然不是真去看牙医。实际情况是辛西娅答应了在动物园见我，一起去看大熊猫。你觉得她是不是开始招架不住了？"

"你真的恋爱了，是吧，戴维斯？"

"我想要的，卡瑟尔，只是一场认真的冒险。一场持续时间不确定的冒险。一个月，一年，十年。我厌烦了露水夫妻的想法。从国王路的一个聚会回来，到家四点，像只醉猫似的睡觉。第二天早晨——我想：哦，还不错，那姑娘好极了，我希望自己还能干得再漂亮点，要是没把酒掺和着喝该多好……接着我又想，和辛西娅待在马普托又会怎样。我可以和辛西娅真正地**畅所欲言**。能谈些工作上的事，对约翰·托马斯也有益。那些切尔西来的饶舌妇，刚尽兴完就开始打听。我干什么的？办公室在哪儿？原本我假装还在奥尔德马斯顿，但现在人人都知道那个该死的地方已经关闭了。我能怎么说？"

"在城里做事？"

"毫无诱惑力，这些娘们儿会比较呢。"他开始整理东西。他将卡片文档合上锁好。他的桌上有两页打好的纸，他将其放入口袋。

"把东西带出办公室？"卡瑟尔说，"小心丹特里。他已经抓到你一次了。"

"我们这个部他已经查完了。现在是七部在忙活。这毕竟只是通常的废话而已：'仅供您个人参阅。看完销毁。'意思是去他妈的。我会在等辛西娅时'把它转交给记忆'。她肯定要迟到。"

"别把德雷弗斯忘了。不要扔垃圾筒里让清洁工捡走。"

"我会把它作为贡品在辛西娅面前烧了。"他走出去又快步返回，"我希望你祝我好运，卡瑟尔。"

"当然。全心祝愿。"

这句毫无新意的话，此刻说来却很温暖，而且是脱口而出。卡瑟尔感到惊异，就仿佛他在某个假日的海边穿行在一个熟悉的岩洞里，在一块熟悉的石头上发现了一幅原始的人脸画，而此前他一直误以为是菌类凑巧形成的图案。

半小时后电话响了。一个姑娘的声音说："J.W.想和A.D.[1]说话。"

"真糟，"卡瑟尔说，"A.D.没法和J.W.说话。"

"您是谁？"那声音带着猜疑问。

"某个叫M.C.的。"

"请稍等。"一阵尖厉的叫嚣声传回到他的听筒。接着沃森的声音清楚地从似狗圈般吵嚷的背景中冒出来："我说，是卡瑟尔吗？"

"是的。"

"我必须和戴维斯说话。"

"他不在这儿。"

"他在哪儿？"

"他一点钟回来。"

---

1 分别是J.沃森和阿瑟·戴维斯名字的缩写，下文的M.C.则是莫瑞斯·卡瑟尔。

"那太晚了。他现在在哪里？"

"在看牙医。"卡瑟尔不情愿地说。他不喜欢卷入别人的谎话里，那会把事情复杂化。

"我们最好启用扰频。"沃森说。接着是一阵惯常的忙乱：其中一人按了该按的键，但动作太快，等返回正常电信传输状态时，对方还在忙着扰频。当最终两人的声音被滤出来时，沃森说："你能把他找回来吗？需要他来开会。"

"我没法好端端地把他从牙医的椅子上拽下来。而且我不知道他的牙医是谁。没有登记在档案里。"

"没有吗？"沃森责怪地说，"那他也得在便条上留个地址。"

沃森曾尝试做律师，但没有成功。他的那种显而易见的正直也许惹恼了法官。多数法官似乎认为道德腔是为他们保留的，而不应由一个初级辩护律师来擅用。不过正因为具备那种使他在律师界被排挤的品质，在"外交部的一个处"里他擢升得很快。他轻易地把像卡瑟尔这样稍老一代的人抛在了后面。

"他出去时应该让我知道的。"沃森说。

"可能牙疼得很突然吧。"

"专员特意要他到场。会后还要和他讨论一个报告。他收到了吧，我想？"

"他是提到了一个报告。他好像觉得那都是通常的废话。"

"废话？那是机密。他怎么处理的？"

"我想他锁在保险柜里了。"

"你可以去检查一下吗？"

"我去请他的秘书——哦,很抱歉,我没法开,她今天休息。那么重要吗?"

"专员肯定这么觉得。我想如果戴维斯不在的话,你最好去开会,不过那可是戴维斯分管的。十二点准时在121房间。"

2

会议并没有显得那么紧要。参会的有一个卡瑟尔从未谋面的MI5成员,因为主要议题是进一步厘清MI5和MI6之间的职责。在上一场战争之前,MI6从来不在英国领土上执行任务,安全工作都留给了MI5。随着法国的陷落,英国有必要从本土派遣特工进入维希的殖民地[1],这样的职权分配体系也就在非洲瓦解了。恢复和平之后,旧的体系再也没有得以很好地重建。坦桑尼亚和桑给巴尔正式合并为一个国家,但鉴于桑给巴尔的中国训练营,已很难将这个岛屿称为英国领土。如今情况更为混乱,因为MI5和MI6都有代表驻达累斯萨拉姆,而且两者间的关系并不总是很亲密友好。

"竞争,"专员在会议开场白上说,"在某一点上是健康的。但有时会导致缺乏信任感。我们并非一直在交换特工的背景报告。有时候我们既在当间谍,同时又要做反间谍工作。"说罢他便坐回去休息,让MI5的人发言。

到会的人除沃森外没有几个是卡瑟尔认识的。一个瘦削、灰

---

1 1940年6月德国占领巴黎后,以贝当为首的法国政府向德国投降,7月迁都维希,故被称为维希政府。大多法国海外殖民地仍由维希政府管辖。

发、喉结凸出的人据说是处里的头号元老。他名叫希尔顿。希特勒战争前他就在这儿了，而令人惊奇的是，他没有树过任何敌人。现在他主要处理埃塞俄比亚事务。他还是仍健在的研究十八世纪贸易代币的第一权威，常被索斯比拍卖行请去指点。雷克是退伍近卫兵出身，长着淡黄色的头发和小胡子，他负责北非的各个阿拉伯共和国。

MI5的人说完了交叉责任的问题。专员说："好了，就这样。《121室条约》。我确信现在大家对自己的职责理解得更好了。十分感谢您的到来，坡勒。"

"坡伦。"

"对不起。坡伦。现在，如果不认为我们礼待不周，我们还有些家务事要商量……"坡伦关上门后他说，"我对这些MI5的人从来没好印象。不知道为什么，他们总带着一股警察的架势。当然也不奇怪，他们干的就是反间谍的活。在我看来谍报更像是绅士的职业，可当然我已经过时了。"

珀西瓦尔从远处的角落里开了腔。卡瑟尔先前没注意到他在那儿。"我一直梦想着自己能去九部。"

"九部是做什么的？"雷克捋着小胡子问道。他明白在MI各处的人手中，自己是为数极少、真正行伍出身的人之一。

"我早忘了，"珀西瓦尔说，"可比较之下他们总是很友好。"希尔顿发出短促的咆哮声——他大笑起来一贯如此。

沃森说："他们不是研究战时逃生手段的吗，要不是十一部？我不知道他们还在忙活。"

"噢，嗯，我的确很久没见他们了。"珀西瓦尔用他那种医生式的亲切鼓励的语气说，他好像在描述流感的症状，"也许他们已经卷铺盖走人了。"

"顺便提一句，"专员问道，"戴维斯在吗？我想和他讨论一个报告。我去六部朝拜时似乎还没见过他。"

"他去看牙医了。"卡瑟尔说。

"他从没跟我说过，爵士。"沃森抱怨道。

"哦，行，不急。非洲的事从来都不急。变化总来得很慢，通常也是暂时的。我希望欧洲也如此。"他收拾好自己的文件悄然离去，像一个感到自己不在场时家庭聚会会进行得更好的主人。

"真奇怪，"珀西瓦尔说，"那天我看见戴维斯时，他嘴里那些大夹子还好端端的。还说他的牙从来没给他找过麻烦，连牙垢都没有。顺便说一句，卡瑟尔，你可以把他牙医的名字给我。就在我的医疗文档中备个案。如果他有什么问题，我们希望推荐自己的人。这样对安全保密更有利。"

第三部

第一章

1

珀西瓦尔医生邀请了约翰·哈格里维斯爵士去他的俱乐部"革新"吃午饭。他们已养成每月的一个周六轮流在"革新"和"旅行者"吃午饭的习惯,那时俱乐部的成员大多已去了乡间。铁灰色的帕尔购物街像一幅维多利亚时代的雕版画,其建筑多镶嵌着颀长的窗户。深秋初冬的宜人天气即将结束,钟表都已调过,能感觉到冬天的脚步正隐蔽在那最轻柔的风里。头一道菜是熏鳟鱼,这使约翰·哈格里维斯爵士想起来告诉珀西瓦尔医生他正认真考虑在隔开他的庄园与农田的那条小溪里放养鱼苗。"我会请教你的,以马内利。"他说。在两人独处不受打扰时,他们以名字互称。

有好一会儿工夫他们只是谈钓鳟鱼,或者说是珀西瓦尔在谈——这始终是个哈格里维斯可谈不多的话题,但他明白珀西瓦尔医生完全有本事从午饭一直说到晚饭。然而,通过一个偶然的关于其俱乐部的话题转移,他从鳟鱼换到了另一个他最喜欢的谈资。"如果我有良心的话，"珀西瓦尔医生说，"我就不会在这儿做会员了。我加入是因为这里的食物——还有熏鳟鱼，如果你原谅我的话，约翰——是伦敦最好的。"

"我同样也喜欢'旅行者'的菜。"哈格里维斯说。

"啊，但你忘记了我们的肉排腰子布丁。我知道你不喜欢我这么说，可是比起你夫人的饼，我更喜欢这儿做的。馅饼皮能盛住肉汁，布丁却能把肉汁吸收了。可以说，布丁和肉汁更合得来。"

"可就算你有良心——一个最不可能的假设——你的良心为何会受打扰呢，以马内利？"

"你要知道我想成为这儿的会员，得签署一份支持《1832革新法案》的声明。不错，这个法案不像它的后继那么糟糕，比如十八岁可赋予投票权，但它为一人一票的这种有害学说敞开了大门。连俄国人现在也为了宣传鼓动的目的赞同那种说法，只是他们聪明得很，能够确保在他们国家，人们投票表决的都是无关紧要的事。"

"你真是个反动分子，以马内利。不过我对你关于布丁和馅饼皮的高论还是有几分相信的。明年也许可以试一下布丁——如果还打得了猎的话。"

"如果你打不了，那可都是因为一人一票制。说实话，约翰，得承认吧，这个馊主意把非洲糟蹋成什么样了。"

"我想要让真正的民主开始运转还得假以时日。"

"那种民主永远不会奏效。"

"你真希望回到一户一票制吗，以马内利？"哈格里维斯永远也无法判断珀西瓦尔医生的话在多大程度上是正经的。

"是啊,有什么不可以的?对获得投票权的个人收入要求当然也可根据通货膨胀做适当调整。在当今,年收入四千可以作为有投票权的合适标准。那样就可以照顾到矿工和码头工人了,省去了我们很多麻烦。"

喝完咖啡,他们不用商量便一齐走下格莱斯顿[1]时代修建的硕大台阶,步入寒意弥漫的帕尔购物街。圣詹姆斯宫的老式砖结构建筑在灰蒙蒙的天气里如同即将熄灭的火堆,而摇曳着点点红色的岗哨卫兵就像那最后一息火焰了。他们穿过广场进了公园,珀西瓦尔医生说:"再回头说会儿鳟鱼吧……"他们挑了一张能看见在池塘里游水的鸭子的长凳,这些水禽像磁性玩具一般在水面上毫不费力地游弋着。他俩都穿着厚实的斜纹软呢大衣——那些情愿居于乡村的绅士的装束。一个戴圆顶硬礼帽的男子从他们身边走过。他拿着伞,因自己的什么心事而皱了皱眉。"他姓布朗,带e的[2]。"珀西瓦尔医生说。

"你认识的人真多,以马内利。"

"首相的一个经济顾问。不管他挣多少我都不会把票投给他。"

"好了,稍微谈点儿正事吧,好吗?现在只有我们。我估计你在'革新'担心会被窃听。"

"干吗不在那儿说?被一人一票制的狂热支持者围着。他们

---

1 威廉·厄尔特·格莱斯顿(William Ewart Gladston,1809—1898),英国政治家,曾四度出任英国首相。
2 Browne,另有不带e但发音相同的姓氏Brown。

要是能够给一伙吃人的野人投票权……"

"你可不要贬低吃人的野人,"哈格里维斯说,"我最好的朋友中就有一些是吃人的野人,现在带e的布朗听不见我们了……"

"我和丹特里仔细核查了,约翰,我个人确信戴维斯就是我们要找的人。"

"丹特里也确信?"

"不。从所有的情况来看,应该没错,但丹特里的脑子就会死抠法律。我不想假装我喜欢丹特里。他缺乏幽默感,不过自然是非常尽职。我和戴维斯一起待过一个晚上,在几星期前。他不像伯吉斯和麦克莱恩那种十足的酒徒,但喝得也可以了——而且自我们核查开始后他喝得更凶,我觉得。就像那两人以及费尔比,他显然处于某种压抑之中。有点儿躁郁症——躁郁症患者都有那么点儿精神分裂,也是双重间谍的本质。他急着想出国。大概因为他知道自己受监视,也许因为他们不允许他撤逃。当然一到马普托我们就无法控制他了,而对于他们那也是一个非常有用的据点。"

"但证据呢?"

"这一点的确还有漏洞,但我们能等到铁证如山吗,约翰?反正我们没打算让他出庭受审。另一种可能是卡瑟尔(你已赞同我的看法,可以把沃森排除),我们也做了彻底调查。幸福的二次婚姻,第一位夫人在希特勒闪电战中丧身,良好的家庭背景,父亲是医生——就是那种老派的普科医师,自由党成员,不过请注意,不是那种'革新派'。照料了病人一辈子,常常忘了寄账单，母亲还健在——闪电战时她当过防空组长，得过乔治奖章。可以说爱国热情很高，参加保守党集会。他的家世很不错，你得承认。卡瑟尔没有酗酒的迹象，用钱也很谨慎。戴维斯在波尔图、威士忌和他的捷豹上开销很大，常去赌马——伪称判断准确，赚了不少钱——那是花销大于收入的经典托词。丹特里告诉我，有一次他被查到将一份59800来的报告带出了办公室。他自称要在午饭时看看。接下来你记得我们和MI5开会的那天，你要他到场，他却离开办公室去看牙医了——他根本没去（他的牙没有任何问题——这我自己知道得很清楚），而两个星期后我们得到了情报再次泄露的证据。"

"了解过他去哪儿了？"

"丹特里已经把他置于特别行动小组的监视之下。他去了动物园。从会员入口进去的。跟踪他的人只得在普通入口排队，结果把他丢了。干得挺漂亮。"

"知道他和谁碰头吗？"

"他很聪明。准知道自己被盯梢了。经查他已向卡瑟尔坦白过自己不是去看牙医，说是去找他的秘书（那天她休息）看大熊猫。可是还有那份你要和他讨论的报告。从没有进过保险柜——丹特里查过了。"

"不是什么重要的报告。噢，这都是些疑点，我得说，可我不能称之为确凿的证据，以马内利。他和秘书会面了吗？"

"哦，会面倒是有的。他和她一起出了动物园，可中间发生了什么？"

"有没有使用钞票记号手段？"

"我以极秘密的方式给他编造了一个波顿的研究，可现在这口风还没传出去。"

"我认为就你现在掌握的情况，我们不能采取任何行动。"

"假设他惊慌失措，企图逃跑呢？"

"那我们就得迅速行动了。你想好了我们到时该怎么办吗？"

"我正在琢磨一个很妙的点子，约翰。花生。"

"花生！"

"那种腌过的就着鸡尾酒吃的小东西。"

"我当然知道花生是什么，以马内利。别忘了我也在西非当过专员。"

"嗯，这就是答案。花生变质时会产生一种霉菌。由'黄曲霉素'产生——不过这个名字你可以不管。不重要，我知道你的拉丁语一直不怎么样。"

"继续说，看在老天的分上。"

"为了让你更好懂，我就集中说那霉菌吧。霉菌产生一系列剧毒物质，统称黄曲霉毒素。这黄曲霉毒素便是我们那小小麻烦的解决办法。"

"它是怎么起作用的？"

"我们不能确定它对人类的影响，但似乎没有动物能够抵挡得了，所以我们能对它免疫的可能性极小。黄曲霉毒素可以杀死肝细胞。只须使肝细胞与该物质接触约三小时。动物身上的症状是没有食欲、嗜睡。鸟类的翅膀变得虚弱。尸体解剖时可见肝部有大量出血、坏疽；肾部充血，请原谅我用了这么多医学行话。通常一周内死亡。"

"该死的，以马内利，我一直爱吃花生米。现在我再也不想碰了。"

"哦，你不用担心，约翰。你吃的腌花生是人工挑拣的——尽管我估计也可能会有意外，但照你吃完一罐的速度，它们不大可能变质。"

"看来你对自己的研究工作很是乐此不疲。有时候，以马内利，你真让我觉得毛骨悚然。"

"你得承认这是个干净利落、简单易行的解决办法。尸检只会显示肝脏坏死，我估计验尸官会向公众警告滥喝波尔图的危险。"

"我猜你已经研究出来怎么获取这个王曲——"

"黄曲霉毒素，约翰。没什么太大的困难。我有个波顿的朋友正在制备一些。你只需很少的量。每千克体重需0.0063毫克。当然我已给戴维斯称过体重。0.5毫克就能搞出名堂了，但为保险起见就说0.75吧。不过我们也许还是先试验下再小一些的剂量。当然做这些还有一个额外的好处，就是我们能得到黄曲霉毒素如何作用于人类的宝贵资料。"

"你从来就没被自己吓着吗，以马内利？"

"这没什么吓人的，约翰。想想看戴维斯所有其他可能的死法。真正的血管硬化时间要长得多。摄入一定剂量的黄曲霉毒素后他几乎不会有什么痛苦。人越来越没精神，可能腿会有点儿麻烦，在没有翅膀的情况下，当然某种程度的呕吐还是可以预期的。只花一个星期死去还是挺好的命，你想想有很多人得受多大的罪。"

“听你的口气好像他已经被判有罪了。”

“嗯，约翰，我相当肯定他就是我们要的人。我只等你开绿灯。”

“如果丹特里也对此满……”

“哦，丹特里，约翰，我们无法等到丹特里要求的那种证据。”

“给我一条**确凿**的证据。”

“我还给不出，但最好别等太久了。你记得打猎之后那天晚上你说的话——乐于顺从的丈夫总任那个情人摆布。我们这个处再不能出丑闻了，约翰。”

另一个戴圆顶硬礼帽、竖着大衣领的人经过他们身边，走入十月的黄昏中。外交部大楼里的灯一个接一个亮起来。

“我们再谈些鳟鱼溪的事吧，以马内利。”

“啊，鳟鱼。让其他人去吹什么鲑鱼吧——滑不溜秋的笨家伙，盲目地一个劲朝上游挤，太容易抓了。你只需一双大靴子、一条强壮的胳膊和一个伶俐的跟班。可是鳟鱼——哦，鳟鱼——它才是真正的鱼中之王。”

2

丹特里上校在圣詹姆斯街有一套两居室的公寓，是通过处里另一个职员介绍的。战争期间MI6曾用这屋子来约见应征者。楼里只有三套公寓，由一位上了年纪的女管家照看，她住在同一栋楼的一间不大看得见的屋里。丹特里住二楼，在一家餐馆（其欢闹声总使他久久不能入睡，直到凌晨最后一辆出租车开走）上面。头顶上住的是位退休商人，曾与他们战时的竞争单位SOE[1]有联系，还有一位退休将军，曾在西部沙漠作战。将军年事已高，很少能在楼梯上遇见，但患有痛风病的那个生意人过去则经常穿过马路，一直走到卡尔顿俱乐部去。丹特里不会做饭，通常为凑合一顿就到伏特南酒家买些冷的小香肠盘菜。他从不喜欢俱乐部，如果感觉饿——很少会这样——楼下就是欧佛顿饭店。他的卧室和卫生间面朝一个极小又古老的院子，里面有一架日晷和一件银器。走过圣詹姆斯街的人很少有知道这个庭院的。这是个毫不张扬的公寓，对于一个孤单的人而言也挺相称。

这已是丹特里用他的"雷明顿"第三次刮脸了，所换来的那点微不足道的洁净感与孤独一起滋生，仿佛一具死尸上仍在生长的毛发。他正准备和他女儿共进难得一次的晚餐。本来他建议在欧佛顿请她吃饭，那儿他算是常客，可她告诉他想吃烤牛肉。尽管如此，她又拒绝去丹特里也挺熟悉的辛普森饭店，因为她说那儿的气氛太男性化。她坚持要在潘顿街的斯通餐厅，八点与他见面。她从不来他的寓所——那会不忠于她母亲，即便她知道这儿并没有女人同住。也许连欧佛顿也由于太接近他的寓所而受到了牵连。

丹特里每回走进斯通都觉得恼火，因为总有个戴着滑稽的大礼帽的人问他是否预订了。记忆中他年轻时的那家老式小餐馆已

1　英国特别行动处（Special Operations Executive，简称SOE）。

在闪电战中遭毁，重建时花了大价钱装饰得很豪华。丹特里不无遗憾地想起了那些穿着满是灰尘的黑色燕尾服的侍者、地上的锯木屑，以及在特伦特河上的波顿特酿的浓啤酒。如今，一路走上楼梯都只见墙上镶嵌着毫无意义的巨型扑克牌，和赌场的氛围倒是更合适。餐厅尽头的厚玻璃窗外有喷泉池，其中立着些白色裸体雕塑，它们看上去使这里秋天的气息比外面的空气更凛冽。他的女儿已在那儿等候了。

"要是我来迟了我很抱歉，伊丽莎白。"丹特里说。他知道自己早到了三分钟。

"没关系。我自己已经要了点儿喝的。"

"我也来杯雪利。"

"我有新闻要告诉你。现在还只有妈妈知道。"

"你妈妈好吗？"丹特里用社交场合的礼貌口吻问道。这总是他的第一个问题，他也很高兴终于将其打发掉了。

"她挺不错的，总的来说。她正在布赖顿，准备待一两周，换换空气。"

他们好像在说一个鲜为他了解的熟人——不可思议的是竟有过这么一个时刻，他和妻子亲密无间并分享了一次性爱的喷发，从而造出了此刻优雅地坐在他对面喝着缇欧佩佩[1]的美丽姑娘。丹特里每次见到女儿总是有一种若即若离的忧伤，而此时，正如往常一样，这忧伤笼罩住了他——如同一种负疚感。为什么要负疚？他会与自己争论。他一直恪守着所谓的忠诚。"我希望天气

1　Tio Pepe，西班牙Gonzáles Byass公司出品的著名雪利酒品牌。

会好起来。"他说。他知道妻子觉得他很没趣，但那应该成为负疚的原因吗？毕竟她是在相当了解他的情况下同意结婚的；她自觉迈进了这个冷清而长久寂静的世界。他羡慕那些在普通的办公室上班，回家可以自由自在谈笑风生的男人。

"想知道我的新闻吗，爸爸？"

他的目光越过她的肩膀突然捕捉到了戴维斯。戴维斯独自坐在一张双人桌旁。他在等人，指节敲着桌面，眼睛盯着餐巾。丹特里希望他别抬头。

"新闻？"

"我刚才跟你说的。只有妈妈知道。当然还有另一位。"她不好意思地笑着补充道。丹特里看了看戴维斯两边的桌子。他怀着些许指望能看见有人盯梢戴维斯，但旁边桌上已快用完餐的两对上了年纪的夫妇显然不像是特别行动小组的成员。

"你看来一点儿没兴趣，爸爸。你的心思不知飘走多远了。"

"对不起。我刚才看了一个认识的人。什么秘密新闻？"

"我要结婚了。"

"结婚了！"丹特里叫道，"你妈妈知道吗？"

"我刚才说过我告诉她了。"

"抱歉。"

"我结婚你为什么要抱歉？"

"我不是这个意思。我是说……当然如果他配得上你的话，我不会难过的。你是个漂亮的女孩子，伊丽莎白。"

"我不是在待价而沽，爸爸。我猜你们那个时候，一双漂亮腿能出个好价钱。"

"他是做什么的？"

"他在广告公司。他负责詹生婴儿爽身粉的项目。"

"产品不错吧？"

"很好的。他们花巨资想把强生婴儿爽身粉挤出老大的位置。科林安排了不少动人的电视场景。他甚至还亲自写了一首主题歌。"

"你很喜欢他？你**十分**肯定了……？"

戴维斯要了第二杯威士忌。他在看菜单——可他准是已经读了很多遍了。

"我俩都很肯定了，爸爸。毕竟过去一年我们都生活在一起。"

"对不起，"丹特里又说——这个晚上将成为一个道歉之夜，"我一点儿都不知道。估计你妈妈知道。"

"她猜到了，很自然。"

"她见你的次数比我多。"

他觉得自己就像个行将被放逐远方的人，从甲板回首，遥见祖国依稀的海岸就要沉入地平线之下。

"他今晚本想来，让我介绍他一下，可我告诉他这次我希望单独跟你在一起。""这次"——听起来像要久别。现在他只看得见空落的地平线了，陆地已杳无踪影。

"你们准备什么时候办婚事？"

"星期六,二十一号。在登记处。我们谁也没请，当然除了妈妈。还有我们的几个朋友。科林没有父母。"

科林，他纳闷，谁是科林。他当然就是那个给詹生做广告的人。

"欢迎你来——但我总有一个感觉，就是你害怕碰见妈妈。"

不论戴维斯怀有怎样的希望，他还是放弃了。在付酒钱时，他从账单上一抬头看见了丹特里。仿佛两个背井离乡的人为了同一目的上了船，看了故国最后一眼，又看见了对方时一时无言。戴维斯转身朝门口走去。丹特里遗憾地看着他——不过毕竟还不急于相识，他们在船上的日子还长呢。

丹特里猛地放下杯子，将雪利酒泼出了一点儿。对珀西瓦尔的恼怒遽然升起。他根本没有证据让戴维斯出庭受审。他不信任珀西瓦尔。他记得珀西瓦尔在那个狩猎周末上的表现。珀西瓦尔从不寂寞，说话时常常乐呵呵的，他懂得赏画，他自来熟。他没有女儿与一个他从未谋面的陌生人同居——他甚至不知他们住哪儿。

"我们本想之后到宾馆或者妈妈的住处喝点酒，吃些三明治。完了以后妈妈还得回布赖顿。不过如果你愿意来的话……"

"我恐怕来不了。我那个周末不在。"他撒谎道。

"你的预约工作计划可排得真早啊。"

"没办法。"他继续说着惨淡的谎言，"事情太多了。我很忙，伊丽莎白。早知道的话……"

"我想着要给你一个惊喜的。"

"我们该点菜了，对吧？你吃烤牛肉，不来点羊脊肉？"

"只要烤牛肉吧。"

"你们去度蜜月吗？"

"哦，我们就在家过周末。也许等春季时……眼下科林正忙他的詹生婴儿爽身粉呢。"

"我们应该庆祝一下，"丹特里说，"来一瓶香槟？"他不爱喝香槟，但一个男人必须尽自己的义务。

"我真的只想喝杯葡萄酒。"

"我得想想送你一件什么样的结婚礼物。"

"支票最好——也更方便你。你不喜欢上街买东西的。妈妈要送一条漂亮地毯给我们。"

"我没带支票本。我在周一左右把支票寄来。"

饭后他们在潘顿街上道了别——他提出叫一辆车送她，但她说想走走。他一点儿都不清楚她与科林合住的公寓在哪里。她和他一样小心守护着自己的私生活，只是对于他，从来就没有什么需要守护着。他并不怎么热衷于和她一起吃饭，因为他们可谈的话题太少了，然而现在，当他认识到以后再无可能单独在一块儿时，他感到被遗弃了。他说："说不定我能把那个周末的工作往后拖一拖。"

"科林见到你会很高兴的，爸爸。"

"或许我可以带个朋友来？"

"当然。任何人都行。你带谁呢？"

"还不能肯定。可能是同事吧。"

"那很好。不过你得知道——你真没必要害怕。妈妈喜欢你的。"他目送她向东朝莱斯特广场走去——然后呢？——他全然不知——之后他朝西走向圣詹姆斯街。

第二章

1

小阳春的气候又回光返照，卡瑟尔答应去野餐——萨姆经漫长的隔离期之后已蠢蠢欲动，而萨拉的奇思妙想则是随着秋叶飘落，山毛榉树林中任何残留的病菌都将被清除干净。她准备了一暖水瓶的热洋葱汤，半只用手撕了吃的冷鸡，一些岩皮饼，给布勒的一块羊骨，另有一只暖瓶则灌了咖啡。卡瑟尔还捎上了他的威士忌酒瓶。有两条可以坐的毯子，连萨姆也同意带了件外套大衣以防起风。

"十月天里去野餐真是疯了。"卡瑟尔愉快地嘲弄着这种心血来潮。野餐省却了办公室里的种种麻烦：谨小慎微，噤若寒蝉，瞻前顾后。可接着，就在他们把袋子装上自行车时，电话理所应当地响了起来，叮叮当当吵得如警铃一般。

萨拉说："又是那些见不得人的家伙。他们会搅了我们的野餐。我会老在想家里发生了什么事。"

卡瑟尔沮丧地去回答（他把手盖在话筒上）："不，不，别担心，只是戴维斯。"

"他想干什么？"

"他正开着车在鲍克斯摩尔。天气那么好，他想来看看我。"

"哦，这该死的戴维斯。都万事俱备了。家里没什么其他东西可吃了。除了晚饭。而且不够我们四个人。"

"如果你想去就和萨姆单独去吧。我和戴维斯到天鹅酒店吃午饭。"

"你不来，野餐就没意思了。"萨拉说。

萨姆说："是戴维斯先生？我要戴维斯先生。我们可以玩捉迷藏。戴维斯先生不在我们人就不够。"

卡瑟尔说："我们可以带上戴维斯，我想。"

"四个人分半只鸡……？"

"岩皮饼够一个团的人吃的。"

"他不会喜欢在十月天里去野餐的，除非他也疯了。"

可戴维斯果然跟他们一样疯了。他说即使在黄蜂苍蝇乱飞的大热天他也爱野餐，但他更喜欢秋天。他的捷豹坐不下多少人，于是他和他们约定了在公地某处会合，午饭时他手脚麻利地得到了那半只鸡的叉骨部分。然后他介绍了一种新游戏。其他人得通过提问来猜他的愿望，而只有他们猜不出来时他的愿望才能保证实现。萨拉凭直觉猜他的愿望是有朝一日能成为"流行天王"。

"哦，算了，我可不希望这梦想能成真。我连音符都不会写。"

吃完最后几个岩皮饼时，午后的太阳已沉至金雀花丛之上，风也悄然而起。铜黄色的树叶飘下来，覆盖了去年掉落并堆积于地面的坚果。"捉迷藏。"戴维斯提议道，卡瑟尔看见萨姆带着崇拜英雄的眼光盯着戴维斯。他们抓阄决定谁先躲，戴维斯赢了。他迈着大步不慌不忙地走进树林，裹着厚厚的驼毛大衣，看起来像是一头从动物园跑出来四处游荡的熊。在数过六十后其他人开始了搜捕，萨姆奔向公地的边缘，萨拉朝阿什瑞奇方向找，卡瑟尔则走进了戴维斯刚才躲入的林子。布勒跟着他，大概指望能捉到一只猫。一声低低的口哨将卡瑟尔引到了戴维斯藏身的一块被欧洲蕨围起来的凹地。

"躲在这没太阳的地方冷死了。"戴维斯说。

"是你自找的。我们都准备走了。趴下，布勒。趴下，该死的。"

"我知道，但我看得出小杂种是多么想要玩。"

"你好像比我更懂得孩子。我还是叫他们过来吧。我们会冻死的……"

"不，先别叫。我本来就希望你会来找我。我要单独跟你说几句话。挺重要。"

"不能等明天在办公室里谈吗？"

"不，你已经让我对办公室起疑心了。卡瑟尔，我真的觉得有人在盯梢我。"

"我跟你说过我认为你的电话被窃听了。"

"我那会儿没信你。可自从那晚上后……星期四我带辛西娅去司各特酒店。下电梯时里面有个男的。后来他又在司各特喝黑香槟。接着就在今天，当我开往伯克翰斯德时，我在马布尔阿齐注意到有辆车跟在后面——很偶然，因为我一时间觉得我认识这个人——我并不认识，可当我开到鲍克斯摩尔时我又在后面看见了他。一辆黑色奔驰。"

"跟在司各特酒店看到的是同一人？"

"当然不是。他们不会笨到这种地步。我提了捷豹的挡速，再加上星期天路上的车多，在到达伯克翰斯德之前甩掉了他。"

"他们不信任我们，戴维斯，谁都不信任，不过如果心中无愧也不在乎。"

"哦，是的，这我都明白。像一首老的主题歌里唱的，是吧？谁在乎？'我没做亏心事/谁在乎？/要是冷不防被他们抓了，我说/我去买了些金黄的苹果还有梨……'我也许能做流行天王的。"

"你真的到伯克翰斯德之前把他甩了吗？"

"是的。据我的判断是这样。可这都是怎么回事，卡瑟尔？只是例行检查吗，就像丹特里上回那样？你在这个要命的行当里干得比我们都长。你应该知道。"

"和珀西瓦尔喝酒的那天晚上我告诉过你，我认为准是有什么情报泄露了，他们怀疑存在一个双重间谍。于是他们正在实施安全检查，而如果你注意到了，他们也不是太在乎。他们认为如果你心里有鬼，就会失魂落魄的。"

"我是双重间谍？你不会相信的，卡瑟尔？"

"不，当然不信。你不必担心。耐心点就是。让他们检查完，他们自己也不会信的。我料想他们也在查我——还有沃森。"

萨拉在远处叫道："我们认输。我们认输了。"一个细小的声音从更远处传来："噢不，我们不认输。继续藏好，戴维斯先生。求你了，戴维斯先生……"

布勒叫起来，戴维斯打了个喷嚏。"小孩子都是冷酷无情的。"他说。

他们藏身的欧洲蕨里传来沙沙声，萨姆出现了。"抓到啦，"他说，然后他看见了卡瑟尔，"哦，你骗我们。"

"没有，"卡瑟尔说，"我没法喊。他用枪逼着我呢。"

"枪呢？"

"看他胸口的衣袋。"

"只有一支钢笔。"萨姆说。

"那是支毒气枪，"戴维斯说，"伪装成了钢笔。你瞧见这个捏手了。它喷出的像是墨水——只不过不是真的墨水，是神经毒气。詹姆斯·邦德都拿不到这个——太机密了。举手投降吧。"

萨姆举起了手。"你真是个间谍？"他问。

"我是为俄国工作的双重间谍，"戴维斯说，"你要是想活命的话就离我五十码。"他冲出欧洲蕨丛，裹着厚重的大衣笨拙地在山毛榉林间跑着。萨姆追着他上了坡又奔下去。戴维斯跑上了阿什瑞奇路的路肩，旁边停着他那辆鲜红的捷豹。他用钢笔指着萨姆，喊了一句像辛西娅的电报那样错误百出的话："野餐……爱……萨拉。"然后随着尾气管里的轰鸣，他一溜烟跑了。

"下次再叫他来，"萨姆说，"求你下次再叫他来。"

"当然。干吗不叫他呢？等春天来了。"

"春天还早着呢，"萨姆说，"那时我要上学了。"

"总会有周末的。"可是卡瑟尔的答话似乎信心不足。他很清楚地记得童年里时间是如何蹒跚而行的。一辆车经过他们向伦敦驶去，黑色的——也许是奔驰，但卡瑟尔对车几乎一无所知。

"我喜欢戴维斯先生。"萨姆说。

"是啊，我也喜欢。"

"捉迷藏谁都没有他玩得好。连你也不行。"

2

"我发现《战争与和平》读起来真慢，霍利迪先生。"

"哦，真的，哦，真的吗。它是本了不起的书，如果您有耐心的话。您读到莫斯科撤退了吗？"

"没有。"

"那真是个可怕的故事。"

"对于我们今天的人来说已没那么可怕了，不是吗？毕竟那些法国人是士兵——而且雪没有凝固汽油弹那么吓人。你只是安眠了，他们这么说——你不会给活活烧死。"

"是啊，当我想到越南的那些可怜的孩子……我那时很想参加这儿常有的游行，但我儿子不让。他对于警察光顾他那家小小的门面很是紧张，虽然我没觉得那几本淘气的书有多大害处。就像我常说的——那些买书的人——嗯，你没法子再去毒害他们了，对吗？"

"是这样，他们可不会像清白、尽忠职守的美国小伙子那样去扔凝固汽油弹。"卡瑟尔说。有时候他发觉，要完全掩盖生活里那座隐没的冰山是不可能的。

"而我们却束手无策，"霍利迪说，"政府大谈民主，可是政府什么时候曾过问我们举的旗帜和喊的口号？除非在选举期间，有助于他们挑一个有希望帮自己拉选票的，就这么回事。到了第二天还是可以在报纸上读到又一个手无寸铁的村子因失误被整个抹掉了。哦，他们很快要在南非干同样的事了。首当其冲的是黄皮肤的小娃娃——其实比我们黄不了多少——再去对付黑皮肤的小娃娃……"

"说点儿别的吧，"卡瑟尔说，"给我推荐一些跟战争无关的书。"

"特罗洛普[1]的书一直有，"霍利迪先生说，"我儿子非常喜欢特罗洛普。不过他的书和他卖的那一类并不合拍，是吧？"

"我从没读过特罗洛普。他好像有点传教士的口气？不管怎样，就请你儿子给我挑一册寄到家里。"

"你朋友也不喜欢《战争与和平》？"

"是的。实际上他比我还不耐烦。可能对于他来说，打打杀杀太多了。"

"我不用费什么工夫就可以过街跟我儿子说说。我知道他偏爱政治小说——或者他所谓的社会学类别。我听他谈过《我们如今的生活方式》。标题不错，先生。总让人感到是当代的。今晚您想带回去吗？"

"不，今天不用。"

1　安东尼·特罗洛普（Anthony Trollope，1815—1882），英国小说家，最著名的作品是他以假想的巴塞特郡为背景创作的"巴塞特郡纪事"系列小说。下文提到的《我们如今的生活方式》是他晚期的作品。

"我猜和往常一样还是两本，先生？我很羡慕你有个可以讨论文学的朋友。现在对文学有兴趣的同道太少了。"

卡瑟尔离开霍利迪先生的店门后，走到皮卡迪利广场车站去找电话亭。他挑了一排电话的最后一台，并隔着玻璃看了看唯一邻着他的人：一个长雀斑的胖姑娘，嚼着口香糖，一边听着什么令她高兴的事情一边咯咯傻笑着。一个声音说："喂。"卡瑟尔说："很抱歉，又打错了。"旋即离开了电话亭。女孩将口香糖贴在电话簿背面，又继续兴高采烈、滔滔不绝地谈开了。他等候在一台售票机旁看了她一会儿，以确信她对他毫无兴趣。

3

"你在做什么？"萨拉问，"没听见我叫你？"

她看着他桌上的书，说："《战争与和平》。我以为你看厌了《战争与和平》。"

他收起一张纸，折好放进口袋。

"我正试着写一篇文章。"

"给我看看。"

"不。等发表了才行。"

"你准备投到哪儿？"

"《新政治家》……《会面》……谁知道？"

"你好久没写东西了。我很高兴你又重整旗鼓了。"

"是这样。看来我注定了总是要重整旗鼓。"

第三章

1

卡瑟尔又给自己倒了杯威士忌。萨拉早已带着萨姆上楼了，他独自等着钟敲响整点，就这样等着……他的思绪飘到了另一场合，那是在科尼利厄斯·穆勒的办公室，他等了至少四十五分钟。他们给了他一份《兰特每日邮报》——一个奇怪的选择，因为该报所抨击的，大多是穆勒的主子BOSS所支持的。他在早餐时已把当天的这份看过了，可他还是逐页重读了一遍，只为打发时间。每当他抬头看钟时都会遇见那两个下级军官其中一个的目光，他们僵硬地坐在桌旁，估计是轮流监视他。他们认为他会拿出个刀片划开血管吗？不过拷问，他告诉自己，一直是秘密警察专享的——抑或他相信是如此。而且对于他的案子，毕竟还绝不用担心任何人会对他严刑逼供——他受外交豁免权保护，他是排除在刑具之外的一个。然而任何外交豁免权都不能够延伸至萨拉，过去在南非的一年已使他学到了古老的一课：恐惧与爱是无法分割的。

卡瑟尔喝完了威士忌，又给自己倒了一小杯。他得小心。

萨拉在楼上叫他："你在干什么，亲爱的？"

"就是等穆勒先生了，"他答道，"还有在喝另一杯威士忌。"

"别喝太多，亲爱的。"他们已打算好，由他先单独接待穆勒。穆勒无疑将乘使馆的车从伦敦过来。是黑色奔驰吗，就像所有南非高官用的那种？"克服掉最初的尴尬场面，"专员交代过，"正事肯定还是留到办公室里谈。在家里比较恰当的是提一两句有用的暗示⋯⋯我的意思是我们掌握的和他们没有的。不过看在上帝的分上，卡瑟尔，可要保持冷静。"于是现在，在第三杯威士忌的帮助下他努力保持着冷静，同时侧耳倾听汽车的声音，任何一辆车，然而在这个时候，国王路上的车辆寥寥无几——下班的人都早已平安返家了。

如果恐惧和爱是无法分割的，那么恐惧与恨也如此。仇恨是对恐惧的一种自动反应，因为恐惧带来的是屈辱。当他们最终允许他放下那份《兰特每日邮报》，并打断他第四遍阅读相同的头条新闻时，当他对卑鄙的种族隔离的邪恶进行例行而无用的抗议时，他深深意识到了自己的胆怯。他很清楚，三年在南非的生活和六个月对萨拉的爱将他变成了懦夫。

两个人在里间办公室等着他：穆勒先生坐在一张大写字桌后，桌子用的是南非最好的木料，桌上除一本空白的吸墨水便笺簿、一个磨光锃亮的笔架以及一卷别有意味地打开的文档别无他物。他比卡瑟尔略微年轻些，也许快五十了，有一张卡瑟尔在平时很容易就会忘记的面孔：一张常年躲在室内的脸，如银行职员或初级公务员那般平滑苍白，一张丝毫没有受过人性或宗教信仰折磨的脸，一张随时准备接受命令并立刻毫无异议地去执行的脸，一张英国国教徒式的脸。肯定不是那种惯于以强凌弱者的脸——不过那倒可以形容穿制服的第二个人，他坐着，将腿搭在椅子扶手上，傲慢地晃荡着，似乎要昭示他可以跟任何人干一场；**他**的脸没有躲避日照：有一种恶魔似的殷红，仿佛在一种非常人能承受的灼热下曝晒了太久。穆勒的眼镜镶了金边——这是个镶金的国度。

"请坐。"穆勒对卡瑟尔说，客气的程度仅够作为礼节的表达，可他唯一能坐的只是把又硬又窄的椅子，就像教堂里的那种，基本上不以舒适为目的——倘若他真被要求下跪，坚硬的地板上也没有跪垫支撑他的膝部。他默默地坐着，那两人，苍白面色的和烧红面色的，又看了他一眼，没有言语。卡瑟尔不知这沉默还将持续多长时间。科尼利厄斯·穆勒前面有一张单独从文档里抽出的纸，过了一会儿，他开始用纯金圆珠笔的笔尖敲那张纸，总敲在同一处，似乎在锤打一枚大头针。轻轻的敲击声像手表的嘀嗒声一般记录着沉默的长度。另一个人挠着袜子以上的皮肤，于是就这样延续着，敲啊敲啊，挠呀挠呀。

穆勒终于愿意说话了。"我很高兴你能抽空在这里，卡瑟尔先生。"

"是的，不算很方便，但，嗯，我来了。"

"我们是想避免通过给贵方大使写信而造成不必要的丑闻。"

现在轮到卡瑟尔保持沉默了，他很想弄明白他们说"丑闻"这个词的意图。

"范·丹克上尉——这就是范·丹克上尉——把材料带给了我们。他觉得此事由我们接手比秘密警察处理更合适些——正因为你在英国使馆的特殊职位。我们已注意你很长时间了，卡瑟尔先生，不过我觉得对于你这个案子，下逮捕令并不现实——你们的使馆会要求外交豁免权。当然我们随时可以到地方官员那里去争议，这样一来他们肯定要送你回家。那差不多就等于断送了你的职业生涯，是不是？"

卡瑟尔什么也没说。

"你行事一直很鲁莽，甚至愚蠢，"科尼利厄斯·穆勒说，"不过话说回来，我个人不认为这种愚蠢必须要当作犯罪来加以惩罚。不过范·丹克上尉和秘密警察不这样看，他们是尊重法律的——而他们也许是对的。他更愿意执行逮捕程序，然后和你对簿公堂。他觉得外交豁免权经常不适当地延伸给了使馆下级工作人员。他很想依照原则拿下这个案子。"

硬质的椅子坐着开始感到疼了，卡瑟尔很想挪一下大腿，但他想这个动作会被认为他示弱了。他努力想弄清楚他们究竟掌握了些什么。他想知道他手下有多少特工受到了指控。他自身相对的安全使他感到羞愧。在真正的战争中，指挥官总要与手下将士同生共死以捍卫个人尊严。

"说话，卡瑟尔。"范·丹克上尉责令道。他把双腿从椅子扶手上荡下来准备起身——或者说摆出了这个架势——大概是要恐吓他。他打开又合拢一只拳头，盯着自己的图章戒指。接着他用手指擦拭着这纯金戒指，仿佛那是一把需上油保养的枪。在这个国家你是躲不开黄金的。它飞扬在城市的沙尘里，画家用它当颜料，而警察用它来击打人的面部也相当自然。

"说什么？"卡瑟尔问。

"你和大多数到我们共和国来的英国人一样，"穆勒说，"你们对黑种非洲人怀着一种无意识的同情。我们能理解你的感受。这也更是由于我们自己是非洲人。我们在这儿生活了三百年。班图人跟你们一样是新来的。不过我没必要给你上历史课。正如我说过的，我们理解你的观点，即使是很无知的观点。但如果它致使一个人情绪激动，就会很危险，而当你快要触犯法律时……"

"什么法律？"

"我认为你很清楚是什么法律。"

"的确我在计划一个有关种族隔离的研究，使馆没有表示异议，可那是一项严肃的社会学课题——相当客观——而且仍在我的头脑里。你们很难说有什么权利审查这个。无论如何，我可以想见，在这个国家里，我的研究也不可能出版。"

"要是你想嫖一个黑人婊子，"范·丹克不耐烦地打断说，"你干吗不去莱索托或斯威士兰逛窑子？它们还算在你们那所谓的英联邦里哪。"

这时卡瑟尔第一次意识到处于凶险之中的是萨拉而不是他。

"我太老了，对婊子没兴趣了。"他说。

"你二月四号和七号晚上在哪儿？还有二月二十一号的下午？"

"显然你们是知道的——或认为自己知道，"卡瑟尔说，"我办公室里有活动安排记录本。"

他有四十八小时未见萨拉了。她是否已落入范·丹克上尉之流手中？他的恐惧和仇恨在同步增长。他忘记了不论级别如何低，从理论上说他也是外交官。"真见鬼，你到底在说什么？还有你呢？"他又转向科尼利厄斯·穆勒，"你想让我怎样？"

范·丹克上尉是个残暴而简单的人，但不管怎么令人厌恶，却还有自己笃信的东西——他是那种可以原谅的人。卡瑟尔永远不能说服自己原谅的是这个皮肤光洁、受过教育的BOSS官员。正是这种人——受过教育、知道他们在干什么的人——正在建一座地狱来对抗天堂[1]。他想起他的朋友、共产主义者卡森常对他说的——"在这里，我们最险恶的敌人不是那些无知和头脑简单的人，不管他们有多么残忍，我们最险恶的敌人是那些富有智慧而又邪恶的人。"

穆勒说："你应该很清楚你跟你那位班图族女友交往已触犯了《种族关系法》。"他用的是一种理性的责备口气，就像银行职员向一个小客户指出一个无法接受的透支款项，"你应该认识到，如果不是外交豁免权，你现在就得蹲监狱了。"

"你把她藏在哪儿了？"范·丹克上尉责问道，听到这个问题，卡瑟尔如释重负。

"你是说我把她藏起来了？"

范·丹克上尉站起来，摩擦着他的金戒指。他甚至在上面吐了口唾沫。

1　出自英国诗人威廉·布莱克（William Blake, 1757—1827）的诗歌《土块和石子》（*The Clod and the Pebble*），原诗句为builds a hell in heaven's despite，此处使用了宋雪亭的译文。

"好吧，没事了，上尉，"穆勒说，"我会照管好卡瑟尔先生的。我不占用你更多的时间。谢谢你给我们部门那么多援助。我想和卡瑟尔先生单独谈谈。"

门关上后，卡瑟尔知道自己正面对着——如卡森所说——真正的敌人。穆勒继续道："你别太在意范·丹克。像他这样的人最远只能看到鼻子底下。我们有其他比诉讼更妥善解决你这档子事的办法，否则你毁了，我们也得不到便宜。"

"我听见汽车了。"一个不在场的女人声音在叫他。

是萨拉在楼上叫他。他走到窗前。一辆黑色奔驰缓缓驶过国王路上一排排不起眼的工薪阶层的住房。司机显然是在找门牌号码，可如往常一样，有好几盏街灯的保险丝断了。

"是穆勒先生。"卡瑟尔大声答道。当他放下威士忌时，他发现手因将杯子握得太紧而有些抖。

随着门铃响声，布勒叫起来，可当卡瑟尔开门后，布勒却全然不分青红皂白地讨好起这位生客，还将表示亲昵的唾液留在科尼利厄斯·穆勒的裤子上。"好狗，好狗。"穆勒小心地说。

岁月给穆勒带来了显著的改变——头发几乎已全白，脸面也远不如以前那么光滑。他看起来不再像个唯命是从的公务员。他的神态与上次见面也有了不同：看上去有了些人情味儿——也许正因如此他才得以擢升，担当了更多的职责，说话有了回转的余地，对问题也学会了存而不答。

"晚上好，卡瑟尔先生。很抱歉我来这么迟。沃特福德的交通很糟糕——我想那地方是叫沃特福德吧。"

你几乎要把他当成一个挺害羞的人，或许这只因没有了他所熟悉的华丽木制办公桌以及外间的两个低级同僚，他感到手足无措。黑色奔驰无声无息地开走了——司机得去找地方吃饭。穆勒只身在一个陌生的城市里，在一片外国的土地上，邮箱上写的是君主的首字母E II[1]，没有任何一个市场上会供奉克留格尔[2]的塑像。

卡瑟尔倒了两杯威士忌。"自上次见面已过了很长时间了。"穆勒说。

"七年？"

"请我到贵府来共进晚餐，你真是太好了。"

"专员觉得这再合适不过。打破坚冰嘛。看来我们要紧密合作了。在'瑞摩斯大叔'上。"

穆勒的目光移至电话，接着是台灯、花瓶。

"没事的。放心。如果我们在这儿被窃听了，那也是自己人干的，"卡瑟尔说，"而且我很肯定没有窃听。"他举起酒杯。"为我们上次的会面。记得那会儿你提议让我同意为你效力吗？好了，我就在这儿。我们要一起共事了。历史的讽刺，或说注定如此？你们的荷兰教派信那个。"

"当然，在那时候对你的真实职责我一无所知，"穆勒说，"如果我知道了，是不会拿那个可怜的班图姑娘来威胁你的。我现在明白她当时是你的一员特工。我们甚至可以跟她合作的。可是，你瞧，我把你当成了那些自视甚高、反种族隔离的感伤主义

---

1 即英国女王伊丽莎白二世。
2 南非前身布耳共和国最后一任总督保罗·克留格尔（Paul Kruger，1825 —1904）。

者中的一个。当你的上司告诉我们将由你来和我商讨'瑞摩斯大叔'时，我感到万分惊讶。我希望你能尽释前嫌。毕竟你我都从事这种职业，而且现在也在同一条战壕里了。"

"是的，我想我们是这样。"

"不过我仍希望你能告诉我 —— 已经没有关系了，是吗？——你是怎么带那个班图女孩走的。我猜是去斯威士兰了？"

"是的。"

"我以为边境都已被有效封锁了——对真正的游击专家是例外。我从没想过你有这个专长，尽管我意识到你和共产党人有些关系。可我只推想你需要他们是为了你那本从没能出版的关于种族隔离的书。你整个儿把我骗了。范·丹克就更别说了。还记得范·丹克上尉吗？"

"哦，是的。记得很清楚。"

"我不得不因你的风流账，要求秘密警察给他降级处分。他做得太蠢了。我觉得很肯定的是，如果我们稳妥地把那姑娘关到监狱里，你就会同意听命于我们的，而他竟让她逃脱了。你瞧——可别笑——我当时深信这是一起不折不扣的风流事。我知道有那么多的英国人一开始起劲地攻击种族隔离，结果却被我们引上班图女孩的床而着了我们的道儿。他们迷恋的就是这种破坏他们所认为的不公正法律的浪漫想法，还有那黑人的扭摆舞。我做梦也没想过那姑娘——萨拉·玛恩柯西，我想是这名吧？——竟一直是MI6的人。"

"她自己并不知道。她也相信我是为了写书。再来杯威士忌。"

"谢谢。我很乐意。"卡瑟尔倒了两杯，他在赌自己的头脑能够保持得更清醒。

"所有的记录表明她是个聪明姑娘。我们相当仔细地查了她的背景。上的是德兰士瓦省的非洲大学，那儿汤姆叔叔式的教授们总在培养危险的学生。我个人倒一直认为，非洲人越聪明就越容易转变——以这样或那样的方式。如果我们能把那姑娘在监狱里关一个月，我敢肯定我们能把她转过来。嗯，那样的话她在'瑞摩斯大叔'行动中也能发挥作用呢。或者也不一定？我们总容易忘记'时间'那个老恶魔。现在她的牙有点儿松动了吧，我猜。班图女人老得很快。她们一般早在三十岁不到的时候——总之对白人的胃口来说——就完了。你得知道，卡瑟尔，我真的很高兴我们可以共事，而且你也不是我们在BOSS时以为的那种人——企图改变人类本性的理想主义者。我们知道你接触的那些人——或他们中的大多数，我们也知道他们会对你说些什么胡话。可你骗了**我们**，所以你肯定也就骗了那些班图人和共产分子。我想他们也以为你是在写一本能服务于他们需要的书。请注意，我不是像范·丹克那种反非洲的类型。我自认为是百分之百的非洲人。"

说话的显然已非比勒陀利亚办公室里的科尼利厄斯·穆勒了，那个脸色苍白、只知奉命行事的职员绝不可能有这么悠闲和胸有成竹的谈吐，甚至几分钟前的羞怯和犹疑也荡然无存。威士忌起了作用。他如今是BOSS高官，肩负着外交使命，只接受不低于将军一级的命令。他可以放松了。他完全能够——一个令人不快的想法——把握自己，而且在卡瑟尔眼里，在他那粗鄙和粗暴的语气之下，他开始越来越与他所藐视的范·丹克上尉相像了。

"我在莱索托有过相当愉快的周末，"穆勒说，"在假日酒店的赌场和我那些黑人兄弟挨在一起。我承认甚至还有过一次小小的——嗯，艳遇——那儿反正是很不一样的——当然不违法。我不是在南非共和国。"

卡瑟尔叫道："萨拉，把萨姆带下来跟穆勒先生道晚安。"

"你们结婚了？"穆勒问。

"是的。"

"那我受邀来府上真是荣幸之至啊。我从南非带了些小礼品，也许有你夫人喜欢的。但你还没回答我问题呢。既然现在咱们共事了——正像我先前想问的，你记得——可否告诉我你是怎么带那姑娘走的？这现在已不可能给你的老部下带来什么危害了，而且这和'瑞摩斯大叔'以及我们得一起面对的其他问题也有某种关系。贵国和敝国——当然还有美国——现在有着共同的战线。"

"也许她会自己告诉你。我来介绍一下她和我儿子，萨姆。"科尼利厄斯·穆勒转身时他们一起从楼上走下来。

"穆勒先生正在问我是怎么把你带进斯威士兰的，萨拉。"

他低估了穆勒。他所计划的出其不意全未奏效。"很高兴见到你，卡瑟尔夫人。"穆勒说着握住了她的手。

"七年前我们失之交臂。"萨拉说。

"是的。虚度了七年。你有位非常美丽的夫人，卡瑟尔。"

"谢谢。"萨拉说，"萨姆，和穆勒先生握握手。"

"这是我儿子，穆勒先生。"卡瑟尔说。他明白穆勒对肤色的细微变化有很强的判断，而萨姆是非常黝黑的。

"你好呀，萨姆。上学了吗？"

"他再过一两个礼拜去。快上楼睡觉吧，萨姆。"

"你会玩捉迷藏吗？"萨姆问。

"以前会的，但现在我总是忙着学新规则。"

"你和戴维斯先生一样是间谍吗？"

"我说了上床睡觉，萨姆。"

"你有毒气笔吗？"

"萨姆！上楼！"

"现在关于穆勒先生的问题，萨拉，"卡瑟尔说，"你是从哪儿，又是怎么越过边境进入斯威士兰的？"

"我觉得我不该告诉他，你觉得呢？"

科尼利厄斯·穆勒说："哦，我们忘了斯威士兰吧。都是陈年往事，又发生在另一个国家。"

卡瑟尔看着他像变色龙适应土地的颜色那样自然地随机应变。他在莱索托度周末时肯定也是如此。也许穆勒若是应变得不这么快，还能稍稍讨他喜欢些。整个晚餐过程中穆勒都谦恭地侃侃而谈。是的，卡瑟尔想，我更情愿会会范·丹克上尉。范·丹克见到萨拉第一眼就会立刻走出屋子。偏见与理想是有某种共通之处的。科尼利厄斯·穆勒没有偏见，也没有理想。

"你觉得这里气候怎样，卡瑟尔夫人，在离开南非以后？"

"你是说天气？"

"是的，天气。"

"不像南非那么极端。"萨拉说。

"你有时候会想念非洲吗？我是借道马德里和雅典来的，所以我已在外好几周了，你知道我最想念什么吗？约翰内斯堡周围的矿石堆。它们在太阳西斜时的色泽。你想念什么？"

卡瑟尔以前并不知道穆勒还有某种审美情趣。那是升迁带来的更大的品位变化，还是如同他的礼节一样是为应对这样的场合和这样的国家？

"我的记忆是不一样的，"萨拉说，"我的非洲也和你的不同。"

"哦，嘿，我俩都是非洲人。对了，我给这里的朋友带了些礼物。我不知道你是我们中的一员，只给你带了一条披肩。你知道在莱索托他们有手艺很好的织工——御用织工。你愿意收下一条披肩吗，从过去的敌人那里？"

"当然。你客气了。"

"你认为哈格里维斯夫人会接受一只鸵鸟皮做的包吗？"

"我不认识她。你得问我丈夫。"

这很难能与她鳄鱼皮的标准看齐，卡瑟尔想，不过他说："肯定会……既然是你的礼物……"

"我对鸵鸟有种家传的兴趣，你知道，"穆勒解释道，"我祖父是他们现在所说的鸵鸟百万富翁——一九一四年的战争断了他的生意。他在开普省曾有套大宅，壮观极了，但现在只剩下废墟。鸵鸟毛再也没能真正重返欧洲，我父亲也就破产了。不过我几个兄弟仍养了些鸵鸟。"

卡瑟尔记得参观过这样一处豪宅，是当作博物馆保留的，经营那鸵鸟庄园残余部分的人就住里面。该经理说起建筑的奢华和低劣品位时带着些歉意。参观浴室是游览的高潮部分——参观者总是在最后被领到浴室——浴缸像一张白色的大双人床，水龙头镀着金片，墙上是对意大利早期艺术的拙劣模仿：画中人光环上的纯金箔已开始脱落。

晚餐结束时萨拉离开了他们，穆勒接受了一杯波尔图。自去年圣诞节后这瓶酒一直原封未动——戴维斯的礼物。"还是要讲讲正经的，"穆勒说，"我希望你能告诉我一点儿你夫人去斯威士兰的路线。不必提名字。我知道你结识了几个共产党朋友——我现在明白了那都是你工作的一部分。他们认为你是个多愁善感的同行者——我们那时也这样以为。比如，卡森就准是这样想的——可怜的卡森。"

"为什么说可怜的卡森？"

"他走得太远了。他和游击队有牵连。从他的角度看他是个好人，很棒的宣传鼓动家。他当年给实施《通行法》[1]的秘密警察找了很多麻烦。"

"他现在难道不干了？"

"哦，干不了了。他一年前死在监狱里了。"

"我没听说过。"

卡瑟尔踱到餐柜前给自己倒了双份威士忌。在加了大量苏打以后，J.&B.看起来与单份的没什么两样。

"你不喜欢这波尔图吗？"穆勒问，"以前我们常从马普托搞来上好的波尔图。唉，好日子一去不复返了。"

<hr />

1　即恶名昭彰的 *Pass Law*，规定黑人不能与白人同车、日落后不能滞留在白人居住的城市等。

"他怎么死的？"

"肺炎，"穆勒说，他又补充道，"嗯，给他省却了旷日持久的受审之苦。"

"我挺喜欢卡森。"卡瑟尔说。

"是的。他总是将非洲人等同于有色人种，这太遗憾了。这是第二代人常犯的错误。他们拒绝承认白人能像黑人那样成为名副其实的非洲人。例如我的家族是一七〇〇年来的。算很早的居民了。"他看了看表，"我的上帝，和你在一起我都不想走了。我的司机肯定等了我有一小时了。你得原谅我。我该说晚安了。"

卡瑟尔说："也许你走之前我们得谈谈'瑞摩斯大叔'。"

"那可以等到在办公室谈。"穆勒说。

走到门口，他又转过身，说："卡森的事我真的很难过。如果我知道你并不知情，就不会这么唐突地讲出来了。"

布勒怀着盲目的友爱舔着他的裤脚。"好狗，"穆勒说，"好狗。什么也比不过狗的忠诚。"

2

午夜一点时，萨拉打破了冗长的沉寂。"你还醒着。别装了。见了穆勒先生就这么糟糕吗？他还挺客气。"

"哦，是的。到了英国他就换上了英国的一套。他适应得非常快。"

"要不要给你来一片硝基安定？"

"不用。我很快就会睡。只是——有件事得告诉你。卡森死了。在监狱里。"

"是被他们杀害的吗？"

"穆勒说他死于肺炎。"

她把头放在他臂弯下，脸埋在枕头里。他猜她在哭。他说："晚上我禁不住在回忆他留给我的最后那张便条。我见过穆勒和范·丹克后回使馆时看到的。'别为萨拉担心。坐最早的一班飞机去马普托，在坡拉娜等她。她处境很安全。'"

"是的。我也记得那便条。他写的时候我就在他那儿。"

"我一直没能感谢他——除了七年的沉默和……"

"和什么？"

"哦，我不知道该怎么说了。"他用了对穆勒的说法，"我挺喜欢卡森。"

"是的。我很信赖他。远胜过我对他朋友的信任。你在马普托等我的那个星期里，我们有时间进行了很多辩论。我总爱对他说他不是真正的共产主义者。"

"为什么？他是党员。留在德兰士瓦省最早的一批党员之一。"

"当然。这我知道。但党员有很多很多，不是吗？甚至在告诉你之前我就告诉他萨姆的事了。"

"他有本事能把人吸引到他身边。"

"大多数共产党员我是了解的——他们逼迫你，而不是吸引你。"

"不管怎么说，萨拉，他是真正的共产党员。他在斯大林迫害中幸存下来，就像罗马天主教徒挺过了波吉亚家族[1]的统治一样。"

"不过他从没有把你吸引得很远，是吗？"

"哦，好像总有什么东西如鲠在喉。他常说我见到蠓虫犹豫不决，见到骆驼倒一口吞下。你知道我过去从不信仰宗教——我把上帝留在了学校的小教堂里，但我有时候在非洲遇到的牧师使我又信了——有这么一会儿——浅尝即止。假如所有的牧师都像那样，而我也能经常看到他们，也许我会通读耶稣复活、童女生子、拉撒路[2]，所有的典籍。我记得有一位我遇见过两次——我想把他用作特工，就像我用你那样，可他没法用。他名叫考诺利，要不是欧考耐尔？他在索韦托的贫民窟工作。他对我说的跟卡森的话一模一样——见到蠓虫犹豫不决，见到骆驼倒一口吞下……有这么一段时间，我对他的上帝有一半相信了，就像我对卡森的上帝那样。也许我生来就是个半信半疑的人。当人们说起布拉格和布达佩斯以及如何在共产主义那里找不出一张人性的面孔时，我保持着沉默。因为我见过人性的面孔——至少一次。我对自己说如若不是卡森，萨姆就会生在监狱里，而你很可能性命不保。

1　文艺复兴时期占据罗马教廷极有争议的家族，统治手段狠毒但促进了文艺繁荣。

2　《圣经·新约全书》记述基督使拉撒路起死回生的故事。拉撒路病倒后，他的姐姐玛丽和玛莎去请基督帮忙。基督到来时，拉撒路已断气。玛莎开始责怪基督姗姗来迟，基督回答说："我带来生命，也使人复活；信我者，虽死犹存；信我而生者，经久不亡。"然后，基督到拉撒路墓前，命令墓石移开，指示拉撒路出墓；话音刚落，拉撒路站了起来，身上仍然穿着寿衣。

有一种共产主义——或共产分子——救了你和萨姆。我不相信什么马克思或列宁，正如我不相信圣·保罗一样，但是难道我没有表达感激的权利吗？"

"为什么你对这个那么担心呢？没有人说你的感激是错的。我也很感激。感谢没什么不对，如果……"

"如果……？"

"我想我是准备说如果没有让你走得太远的话。"

连续几小时他都不能安然入睡。他清醒地躺着，想着卡森和科尼利厄斯·穆勒，想着"瑞摩斯大叔"和布拉格。他不想入睡，直到萨拉的呼吸使他确信她已先睡着。之后，他才允许自己纵身——像儿时的英雄阿兰·夸特曼[1]那样——跳进那条悠长而舒缓的地下河，水流将他带到这黑暗大陆的内部，在那儿他希望能寻觅到一片永久的家园，一个他能够作为公民得到接纳的城市，做一个无须为什么信仰起誓的公民，这个城市里也没有上帝或马克思，只称作"心之安宁"。

---

1 莱特·哈葛德的小说《所罗门王的宝藏》中的主人公。

第四章

1

卡瑟尔每个月习惯上要拿出一个休息日，带萨拉和萨姆去萨塞克斯郡内那松树与沙地遍布的乡村看望母亲。没有人质疑过这种拜访的必要性，但卡瑟尔很怀疑母亲是否喜欢，尽管他得承认她总是尽心尽力地满足他们——根据她认定的他们的乐趣所在。总会有固定分量、冻得硬邦邦的香草冰淇淋等着萨姆——他更爱吃巧克力的——而且虽然她的住处离车站只有半英里，她总要叫出租车接他们。卡瑟尔自回英国后一直不想要车，他感到母亲将他视作一个不成器的穷儿子，而萨拉曾告诉他**她**的感受——像一个黑人应邀参加一场反种族隔离花园聚会一样受宠若惊。

此外还有一个制造紧张因素的是布勒。卡瑟尔已经不再争辩他们应该把布勒留在家里。萨拉坚信失去了他们的保护它会被蒙面客杀害的，尽管卡瑟尔指出当初买它是为了保护他们而非受保护。时间长了卡瑟尔觉得让点儿步也没什么了，只是他母亲对狗有着深深的厌恶，她还养了只缅甸种的猫，而干掉这只猫是布勒坚定不移的夙愿。卡瑟尔夫人在他们到达之前将猫锁在卧室，在这漫长的一天中，她会不断向他们暗示那猫无人照顾的悲惨命运。有一次，他们发现布勒大鹏展翅般守在卧室外伺机而发，呼吸粗重，就像莎士比亚剧本里的杀人凶手。之后，卡瑟尔夫人为此给萨拉写了封长信以示责备。显然那猫过了一星期都惊魂未定，拒吃"喜跃"牌猫粮，只靠牛奶维系——显然是在绝食抗议。

当出租车驶进种植了月桂的阴暗的林荫车道时，沉闷的气氛很容易地在他们中间弥漫开来。这条路通往那座爱德华七世时代风格的、建有高大山墙的房子，那是他父亲退休后购置的，看中它是因与一家高尔夫球场相邻。（不久他就中风了，连俱乐部的会所都走不到。）

卡瑟尔夫人一如既往地在门廊迎候，她身形高挑挺直，穿着件过时的裙子，展露出其纤细优雅的脚踝；衣领则是如亚历山德拉皇后的那种高耸式样，以遮盖老年人的皱纹。为掩饰自己的沮丧，卡瑟尔不自然地装出兴高采烈的样子，以一个夸张的拥抱问候母亲，后者则几乎没有回应。她相信任何外露的情感都是虚假的情感。她本配得上一位大使或是殖民地总督，而非一个乡村医生。"你气色好极了，妈妈。"卡瑟尔说。"在这岁数上我感觉还好。"她八十五岁了。她转过一面白净、散发着薰衣草香味的脸颊让萨拉亲吻。"我希望萨姆已经康复了。"

"哦，是的，他感到好极了。"

"过隔离期了？"

"当然。"

卡瑟尔夫人这才放心地准予他简短地吻一下。

"你很快要上预备学校了，我想，是吗？"

萨姆点点头。

"你会喜欢跟别的男孩子玩的。布勒呢？"

"它已经到楼上去找'叮当小仙女'[1]了。"萨姆得意地说。

午饭后，萨拉带萨姆和布勒去花园，让卡瑟尔跟他母亲单独待一会儿。这是每月的惯例。萨拉是好意，可卡瑟尔感觉到当这私下会面结束时母亲总会很高兴。卡瑟尔夫人又倒了两杯他们谁也不想喝的咖啡，而此间总有长长的沉默；接着她会提一个可供谈论的话题，而卡瑟尔明白这是花了不少时间准备的，以打发这段尴尬的时间。

"上周那场空难真可怕。"卡瑟尔夫人说，同时放着方糖，一块给自己，两块给他。

"是啊。的确如此。太可怕了。"他试图回忆出事的航空公司及事发地点……环球航空公司？加尔各答？

"当时我禁不住想，要是你和萨拉在机上，萨姆会怎么样。"

此时他正好想起来了："可那是发生在孟加拉国，妈妈。我们怎么会……"

"你可是在外交部。他们可以派你去任何地方。"

"哦不，他们不会的。我被拴在伦敦的办公室了。而且不管怎样你很清楚的，如果有什么三长两短，我们已指定你为监护人。"

---

1 《彼得·潘》里的角色之一。

"一个年近九旬的老太婆。"

"八十五，妈妈，准确地说。"

"每周我都能读到老太太在公共汽车事故中丧身。"

"你从不上公共汽车。"

"我看不出为什么我非得以不上公共汽车为**原则**。"

"如果你真会有意外，我们会另外指定可靠的人。"

"那恐怕太迟了。应该有祸不单行的准备。而且对于萨姆而言，还有特殊的问题。"

"我想你的意思是他的肤色。"

"你不能在大法官那儿给他找个监护。那些法官——你父亲总这样说——很多都是种族主义者。如果那样的话——你想过吗，亲爱的，如果我们都不在了，有没有人——在海外——会要求领养他？"

"萨拉没有父母。"

"你留下的——无论是不是很少，也许在某人看来——我是说海外的，那可是一笔财富。如果同时死了，年龄最长者被判定为先去世，我听人说的。那我的钱就加在了你那里。萨拉肯定有**某些**亲戚，而他们会宣称……"

"妈妈，你自己是不是也有点种族偏见？"

"不，亲爱的。我完全不是种族主义者，不过也许比较老派，比较爱国。不管谁说三道四，萨姆生来就是英国人。"

"我会考虑的，妈妈。"他们的讨论大多以此结束，但换个话题也未尝不是好事。"我一直在想，妈妈，我该不该退休。"

"他们给你的养老金不算优厚，是吗？"

"我有些积蓄。我们生活得很节俭。"

"你积攒得越多，就越有理由额外指定一个监护人——以防万一。我但愿能跟你爸爸一样开明，可我很不喜欢看到萨姆被拖回非洲……"

"可你看不到的，妈妈，如果你不在人世的话。"

"我总有点怀疑，亲爱的，仅此而已。我不是**无神论者**。"

这是他们最难熬的拜访之一了，救他的只有布勒，它一从花园回来便踌躇满志、乒乒乓乓地冲上楼梯去寻找被禁闭的"叮当小仙女"。

"至少，"卡瑟尔夫人说，"我希望我永远不会做布勒的监护人。"

"这我可以保证，妈妈。在孟加拉国的致命事故与萨塞克斯祖母协会的巴士撞毁正巧同时发生的情况下，我肯定已留下了嘱托，严格指定布勒被妥善处理——以尽可能无痛苦的方式。"

"那可不是我个人会给孙子挑选的狗种。像布勒这样的看家狗总对颜色有很强的意识。而萨姆是个容易紧张的孩子。他使我想到了你那么大的时候——当然肤色除外。"

"我小时候容易紧张吗？"

"你对一丁点儿的善意总报以过分的感激。这是缺乏安全感的表现，不过为什么有我和你父亲在你会感到不安全呢？……有一次，你把一支很好的钢笔给了一个同学，因为他送了你一块夹巧克力的小圆面包。"

"哦，嗯，妈妈。现在我一直精打细算的。"

"我怀疑。"

"而且我差不多不会感激了。"可他这么说的时候，想起了死在监狱里的卡森，也想起了萨拉的话。他补充道："不管怎说，我没有做得太过。我现在的要求比一个便士的面包高了。"

"我一直觉得你有件事情比较奇怪。自从遇到萨拉后，你再也不提玛丽了。我那时很喜欢玛丽。我真希望你能和她有个孩子。"

"我在努力忘掉死者。"他说，但那不是真的。在婚姻的早期他便知道自己不能生育，所以一直没有孩子，但他们过得很快活。妻子在牛津街被呼啸而来的炸弹爆炸中粉身碎骨，这种痛苦绝不亚于失去了独生子。当时他正安然无恙地在里斯本与人会谈。他没能保护她，也就没有和她一同葬身火海。因此他从不与人谈她，甚至对萨拉也如此。

2

当他们在床上回顾白天在乡下的经历时，萨拉说："让我对你妈妈总感到惊讶的是，她那么容易就接受了萨姆是你的孩子这一事实。她就从没想过，若父亲是个白人，他怎么会那么黑的？"

"她好像不大注意肤色的细微变化。"

"穆勒先生就能。我敢肯定。"

楼下的电话响了。已近午夜。

"哦，见鬼，"卡瑟尔说，"谁会在这个钟点给我们打电话？又是你的蒙面大盗？"

"你不准备去接？"

铃声停了。

"如果是你的蒙面大盗，"卡瑟尔说，"我们会有机会捉住他们。"

电话再次响起。卡瑟尔看了看表。

"看在上帝的分上，去接吧。"

"肯定打错了。"

"你不接的话我就去。"

"穿上晨衣。会着凉的。"可就在她下床时，电话又不响了。

"肯定还会打来，"萨拉说，"你不记得上个月了——凌晨一点响了三次？"可这回电话保持着沉默。

过道里传来一阵哭声。萨拉说："他们真该死，把萨姆吵醒了。不管他们是谁。"

"我去看看他。你在发抖。快回到床上来。"

萨姆问："是有盗贼吗？为什么布勒不叫？"

"布勒明白得很。没有盗贼，萨姆。就是我的一个朋友，电话打得太迟了。"

"是穆勒先生吗？"

"不是。他不是朋友。睡吧。电话不会响了。"

"你怎么知道？"

"我知道的。"

"它响了不止一次。"

"是的。"

"可你总不接。那么你怎么知道是朋友打来的？"

"你问题太多了，萨姆。"

"是秘密暗号吗？"

"你有秘密吗，萨姆？"

"有的。很多呢。"

"告诉我一个吧。"

"我不干。告诉你就不是秘密了。"

"嗯，那我也有秘密呀。"

萨拉仍然醒着。"他现在没事了，"卡瑟尔说，"他以为是盗贼打来的。"

"说不定是的。你跟他怎么说？"

"哦，我说那是暗号。"

"你总有办法让他平静下来。你爱他，是吗？"

"是的。"

"真怪。我一直理解不了。我但愿他真是你的孩子。"

"我不希望这样。你知道的。"

"我总不明白为什么。"

"我和你说了很多次了。每天刮胡子时，我看自己就看够了。"

"你看到的只是一个善良的人，亲爱的。"

"我没这样看自己。"

"对于我而言，当你不在了，你的亲生骨肉将是我的生活寄托。你不会长生不老的。"

"是啊，感谢上帝。"他不假思索地说出来，并立即后悔了。每次都是她的同情心使他倾诉得太多。无论他如何试图让自己心肠硬些，他总禁不住想对她和盘托出。有时他玩世不恭地把她和一个机智的、善于利用同情心并能适时递根烟的讯问者相比。

萨拉说："我知道你忧心忡忡。我希望你能告诉我为什么——但我知道你不能说。也许有一天……等你自由了……"她又忧伤地补充道，"如果你还能有自由的话，莫瑞斯。"

第五章

1

卡瑟尔在伯克翰斯德车站把自行车留给检票员，然后登上去伦敦的月台。这些上班的人都很眼熟——他甚至跟其中几个点头示意。十月的寒雾栖于城堡前的草绿色池塘上，并顺着垂柳滴入铁路那头的运河。他在月台上来回踱步。他觉得他能认得所有面孔，只除了一个穿着破旧的兔毛大衣的女人——女人在火车上并不多见。他看着她上了一节车厢，于是也选了同一车厢以便更近地观察她。男人们看起了报纸，这个女人则打开一本丹尼斯·罗宾斯的平装本小说。卡瑟尔开始读《战争与和平》的第二卷。在公开场合用这本书来消闲是违背安全条例的，甚至是小小的挑战。"向这条似可划分生者与死者的界线跨出一步，就会面临未知的痛苦和死亡。那儿是什么？谁在那儿？在这片田野、树木、阳光照耀的……"他转向窗外，似乎在用托尔斯泰的士兵的眼光看着平静如镜的运河指向鲍克斯摩尔。"屋顶后面？谁也不知道，又很想知道。逾越这条界线是很可怕的，但又很想逾越它。"[1]

　　火车停靠沃特福德时，卡瑟尔是唯一离开车厢的人。他站在一字排开的出口处，看着最后一个乘客通过栅栏——那女人不在其中。出站后，他在等公共汽车的队列之后犹豫了片刻，同时留心着人们的面孔。然后他看了看表，刻意做出个任何一个想观察他的人都能注意到的不耐烦的表情，然后继续向前走。没有人跟着他，他可以肯定，但还是对火车里的那个女人和自己对制度的小小挑战感到有些担忧。真是得谨慎小心。路过第一家邮局时，他给办公室打电话找辛西娅——她总是比沃森、戴维斯或他自己早到半小时。

　　他说："请你告诉沃森我要稍迟些到好吗？没办法，我在沃特福德下了，去找一位兽医。布勒得了一种很古怪的皮疹。也跟戴维斯说一下。"他考虑了一会儿，心想有没有必要真去找兽医，以证明自己的托词，但他拿定了主意不去，有时候太过小心与太过粗心一样危险——简单永远是最佳方案，这跟尽可能说实话是一个道理，因为实话远比谎言要容易记住。他走进了他脑子里那张表里列的第三家咖啡屋，并在那里等候。他没有认出尾随入内的、穿了件旧大衣的瘦高男子。男子在他桌旁停下说："对不起，请问您是威廉·哈特查德吗？"

　　"不是，我名字叫卡瑟尔。"

　　"很抱歉。你们长得像极了。"

　　卡瑟尔喝了两杯咖啡，拿起了《泰晤士报》。他很欣赏这家

1　引文出自《战争与和平》第二卷第八章。

报纸一贯尊重读者的风格。他看见那人在五十码开外的马路上系着鞋带，他体验到一种熟悉的安全感，他曾在从医院病房被推去做一个重要手术时有过类似的感觉——他感到自己重又成为传送带上的一件物品，被送往一个既定的终点，不用肩负对任何人、任何事甚至他自己身体的职责。不论好坏，反正有别人照管了。一个顶尖的行家里手。这也应该是死亡最终降临时的情形，他寻思着，同时慢悠悠又轻快地跟着陌生人。他一直希望在迈向死亡时也有着如此的感受：从此于惶惶不安中解脱出来。

他注意到他们走的路叫"榆树景"，尽管望过去根本没有榆树或任何其他树，而他被领着去的房屋与他自己的家一样平淡无奇，甚至前门上还有类似的茶色玻璃镶板。也许过去也曾有位牙医住过。领路的那个瘦削男子在一个小如台球桌般的前花园的铁门口驻留了片刻，才继续向前。门旁有三个铃，但只有一个标有指示牌——破旧不堪，字迹不清，只见末尾是"限公司"。卡瑟尔摇了摇铃，同时看见他的向导已过了"榆树景"向另一头折回去。当他走到房子对面时，从袖子里取出手帕擦了擦鼻子。这大概是解除警报的信号，因为卡瑟尔几乎立刻听到了里面下楼梯的咯吱咯吱声。他不清楚"他们"是否采取了防范措施，以防备潜在的盯梢者或在他叛变时以求自保——当然还要防备两者同时发生。他不在乎——他正在传送带上。

门开了，露出一张熟悉的却未曾料到的脸——热情满面的笑容以及湛蓝的眼睛，左脸颊的一块小疤是他儿时在希特勒攻陷华沙时受的创伤。

"鲍里斯，"卡瑟尔惊呼，"我本以为再也见不着**你**了。"

"真高兴见到你，莫瑞斯。"

真怪，他想，这世上只有萨拉和鲍里斯称他莫瑞斯。对于母亲，在亲昵的片刻里他只是"亲爱的"，而在办公室他则生活在姓氏或字母缩写之中。顿时，他在这所从未造访过的陌生房子里找到了家的感觉：破旧的屋舍，楼梯上铺着陈旧的地毯。不知怎的，他想起了父亲。也许在孩提时他跟父亲到过这样的房屋去看病人。

他从楼梯平台跟着鲍里斯进了一间正方形小屋，屋里有一张书桌、两把椅子，以及一大幅带滑动滚轮的图画，画上有一大家子人正在花园里吃饭，饭桌上美味佳肴异常丰富。所有菜像是同时端上来的——苹果馅饼紧挨着烤牛腿肉，鲑鱼与一盘苹果跟汤碗挤在一块儿。还有一罐水、一瓶酒以及一只咖啡壶。几本字典搁在书架上，一根教鞭靠着一块黑板，黑板上写着些被擦去了一半、卡瑟尔也不认得的文字。

"在看了你最后一份报告后，他们决定派我回来，"鲍里斯说，"就是有关穆勒的那份。我很乐意到这儿来。我喜欢英国远胜于法国。你跟伊万处得怎样？"

"还行。只是跟以前不一样了。"他想摸包烟，但是没有。"你知道俄国人的脾气。我感觉他不信任我。而且他的要求总比我所许诺你们任何人的都多。他甚至想让我换个部门。"

"我想你是抽万宝路的吧？"鲍里斯说着把烟盒递过来。卡瑟尔拿了一支。

"鲍里斯，你在这里的时候一直都知道卡森死了？"

"不。我当时不知道，直到几星期前。到现在具体情况我还不清楚。"

"他死在了牢房里。死于肺炎。他们是这么说的。伊万肯定知道——但我是首先从科尼利厄斯·穆勒那里得知的。"

"这很令人震惊吗？在那种情形下。一旦被捕——就希望渺茫了。"

"这我知道，可是我一直相信总有一天还能再见到他——在远离南非的某个安全之地——或许在我家——那样的话我就可以为他救了萨拉而好好感谢他。现在他死了，没有听到我一句感激话就走了。"

"你为我们做的一切都是一种报答。他会懂得的。你不必觉得遗憾。"

"是吗？人是没办法用理智驱除遗憾的——这有点儿像坠入爱河，坠入了遗憾里。"

他带着一阵强烈的逆反情感想道：这种境遇真令人忍无可忍，世上竟没有我可以推心置腹的人，除了这个叫鲍里斯的男子，而其真名我竟一无所知。他没法与戴维斯谈——他一半的生活是不能让戴维斯看见的，也不能和萨拉说，她根本不知道有鲍里斯的存在。有一天他甚至告诉了鲍里斯那个坡拉娜旅馆之夜，他知晓了关于萨姆的身世。联络员就有点儿像神父对天主教徒应有的态度——得不带情感地接受对方的坦白，而无论其内容如何。他说："当他们换掉了我的联络员，伊万接手你的事后，我感到孤独得难以承受。除工作外我再也不能跟伊万谈任何事情。"

"很抱歉当时我不得不走。我跟他们争论来着，我尽力想留下来。可你明白你那个部门里的情况，我们这儿也一样。我们生活在箱子里，而蹲哪个箱子由他们说了算。"这个比方他在办公室听得多了。敌对双方倒是分享了相同的陈词滥调。

卡瑟尔说："现在该换书了。"

"是的。就这些吗？你在电话里发了紧急信号。波顿有新消息吗？"

"没有。我不太相信他们的说法。"

椅子很不舒适，他们分坐书桌两边，像一对师生。只是于他们而言，学生比老师年长了许多。嗯，这种情况是有的，卡瑟尔想，在忏悔时老人也可向年轻得可做自己儿子的牧师坦白自己的罪孽。在和伊万为数极少的会面中，谈话总是言简意赅，传递信息，接受问询，一切都严格围绕工作主题。面对鲍里斯他却很放松。"调到法国算是提拔吗？"他又拿了根烟。

"我不知道。永远无从知晓，对吗？也许到这儿来算是提拔。这可能意味着他们很看重你最近的报告，认为我可以处理得比伊万更好些。要么是伊万让步了？你不相信波顿之说，可你是否有确凿的证据，认定你的人怀疑情报泄露了？"

"没有。可在我们这种游戏中，人会慢慢地更相信自己的嗅觉，而且他们的确对整个部门来了次例行清查。"

"你自己说的可是**例行**检查。"

"是的，也许是例行公事，其中一部分是相当公开化的，但我相信事情没这么简单。我认为戴维斯的电话被装了窃听器，我的也有可能，虽然我不大相信。不管怎样，最好别向我家发电话信号了。你们看了我关于穆勒来访和'瑞摩斯大叔'行动的报告。如果你们**也有**泄露，那我祈祷上帝：情报在你们那边走的是另外的渠道。我有种感觉，他们可能递给了我一张做了记号的钞票。"

"你不必担心。我们对那份报告的处理极为谨慎。不过我认为穆勒的使命不可能仅仅是你所说的做了记号的钞票。波顿也许是，但穆勒不可能。我们已从华盛顿那里得到了证实。我们非常重视'瑞摩斯大叔'，我们要你继续关注。这可能在地中海、海湾地区及印度洋对我们造成影响，甚至是太平洋地区。从长远来看……"

"对我而言没有长远了，鲍里斯。我实际上已过了退休年龄。"

"我知道。"

"我现在想退休了。"

"我们可不大愿意看到。接下来的两年也许非常重要。"

"对于我也同样如此。我很想以自己的方式去过。"

"怎么过？"

"照顾萨拉和萨姆。看电影。在宁静中走向老年。放弃我对你们也更安全，鲍里斯。"

"为什么？"

"穆勒竟然找上门来，坐在我自家桌旁，吃着我们的饭，对萨拉还挺客气。屈尊俯就的模样。装作没有肤色的隔阂。我真不喜欢这人！而且我真痛恨BOSS这整个该死的机构。我痛恨那些人，害死了卡森，现在又宣称是肺炎。我恨他们妄图关押萨拉，让萨姆生在牢房里。你们找一个没有仇恨的人要好得多，鲍里斯。心怀仇恨是容易犯错的。和爱情一样危险。我具有双重的危险性，鲍里斯，因为我也有爱。在我们两边的部门里，爱都是一种过错。"

使他感到莫大安慰的是，他可以毫无保留地向一个他相信能理解他的人倾吐。那蓝眼睛传递的是十足的友善，那微笑鼓励他暂时卸下保守机密的沉重包袱。他说："'瑞摩斯大叔'是最后的一击——幕后的情况是我们将和美国联手帮助那些搞种族隔离的浑蛋。你们最严重的罪行，鲍里斯，总是在过去，而未来还没有来到。我不可能跟着人云亦云：'记住布拉格！记住布达佩斯！'——都是多年前的事了。应该要放眼当今，而当今的罪恶就是'瑞摩斯大叔'。当我爱上萨拉时，我就归化为黑人了。"

"那么你为什么觉得你很危险？"

"因为我已保持了七年的冷静，而现在快保持不住了。科尼利厄斯·穆勒使我冷静不下来。也许就是这个原因，专员才让他来找我的。也许专员就是要我打破沉闷。"

"我们只请你能再坚持一段时间。当然这种游戏的早期阶段总是最容易的，不是吗？你们的矛盾还不是那么明显，而他们的密谋还没有足够的时间像歇斯底里或更年期综合征那样暴露出来。别给自己添那么多烦恼，莫瑞斯。晚上吃两片安眠药。情绪低沉想找人说话了就随时到我这儿来。这儿危险性比较小。"

"我做的已足够偿还我欠卡森的债了，对吗？"

"是的，当然，可我们还不能失去你——就因为'瑞摩斯大叔'。正像你说的，你现在已归化成了黑人。"

卡瑟尔感觉自己仿佛刚从麻醉中苏醒过来，一次完全成功的手术。他说："对不起。我真傻。"他记不得自己到底说了些什么。"给我来杯威士忌吧，鲍里斯。"

鲍里斯拉开书桌抽屉取出一只酒瓶和一只杯子。他说："我知道你喜欢J.&B.。"他慷慨地斟满一杯，注视着卡瑟尔飞快地喝下去。"近来你喝得有点儿多，是吗，莫瑞斯？"

"是的。但没人知道。我只在家喝。萨拉注意到了。"

"家里怎样？"

"萨拉给电话铃响弄得挺心烦。她老想到蒙面大盗。萨姆做噩梦，因为他很快要上预备学校了——一所白人学校。我很担心，如果我出了什么事，他们会怎样。有些事到头来总要发生的，是吗？"

"就交给我们处理吧。我向你保证——我们已经精心计划好了你的逃脱路线。如有紧急情况……"

"**我的**逃脱路线？那萨拉和萨姆呢？"

"他们随后就来。你可以相信我，莫瑞斯。我们会照料好他们的。我们也懂得答谢。别忘了布莱克——我们能照顾好自己人。"鲍里斯走到窗口，"情况都清楚了。你应该去办公室了。我的第一个学生过一刻钟就到。"

"你教他什么语言？"

"英语。你别嘲笑我啊。"

"你的英语已近乎完美。"

"我今天的学生像我一样是波兰人。从**自己**祖国来的，而不是德国来的流亡者。我挺喜欢他——他猛烈抨击马克思。你笑了。这样好多了。你再也不能将自己这么暴露出来了。"

"都是这安全检查弄得。甚至把戴维斯都整得垂头丧气——

他是无辜的。"

"不用担心。我想我有办法转移他们的注意力。"

"我会努力不让自己烦恼。"

"从现在开始，我们换到第三个藏匿点，如果情况恶化了立刻给我信号——我会全力援助你。你真的信任我吗？"

"我当然信任你，鲍里斯。我只是希望你的人能真的信任**我**。这种书码——效率太低，老掉牙的通信手段，而且你明白它有多么危险。"

"不是我们不信任你。是为了你自身的安全。你的家随时都可能在例检中被搜查。起初他们想给你配一台微型发射装备——我没同意。那个可以满足你的希望吗？"

"我有另外一个希望。"

"告诉我。"

"我希望的事是不可能的。我希望所有的谎言都是无谓的。我还希望我们是在同一个战壕里。"

"我们？"

"你和我。"

"我们当然是了！"

"是，在此情形下……在眼下这个阶段。你知道伊万有一次想讹诈我吗？"

"蠢货。我猜因为这个我才被派回来。"

"你们和我之间的分界一直是相当清楚的。我把所在部门的一切你们想要的情报给你们。我从不假装和你们有共同的信仰——我永远不会成为共产主义者。"

"当然。我们一直理解你的观点。我们只为非洲需要你。"

"可我传递给你们的——我不得不有个判断。我会在非洲同你们并肩作战,鲍里斯——但不是在欧洲。"

"所有我们需要的是你能从'瑞摩斯大叔'那里取得的详细资料。"

"伊万要得可真多。他还威胁我。"

"伊万走了。别惦记了。"

"没有我,你们能做得更好。"

"不。没有你,穆勒及其爪牙会更嚣张。"鲍里斯说。

卡瑟尔像个躁郁症患者一样发作完了,周期性的疖子给挑破了,他感到在别处无法体会的轻松。

2

这回轮到在"旅行者"了,约翰·哈格里维斯爵士是这儿的委员会成员,因而他在此如鱼得水,而不像在"革新"。气温比上次他俩吃午饭那天要冷得多,他觉得没必要出去到公园里说话了。

"哦,我知道你在想什么,以马内利,不过这儿的人都太了解你了,"他对珀西瓦尔医生说,"他们会离开让我们独自喝咖啡的。他们早已清楚,除了鱼你不会说别的。顺便问一句,熏鳟鱼怎么样?"

"太干了,"珀西瓦尔医生说,"按'革新'的标准。"

"那烤牛肉呢？"

"好像有点儿过头了？"

"你真是难伺候，以马内利。来根雪茄。"

"如果真是哈瓦那产的话。"

"当然。"

"不知道你是不是从华盛顿弄来的？"

"我怀疑国际关系的缓和是否能像雪茄生意这么乐观。不管怎样，激光束问题仍是第一位的。这是一场什么样的游戏啊，以马内利。有时我真希望能回到非洲。"

"老非洲。"

"是的。你说得没错。老非洲。"

"那一去不复返了。"

"我看不一定。如果我们把世界其他部分都毁了，道路长满了草，所有新型豪华宾馆都崩塌了，森林重新占领了城市，一同回来的还有酋长、巫医——德兰士瓦省东北部还有位求雨皇后呢。"

"你准备到华盛顿也跟他们讲这个？"

"不，而是无精打采地谈'瑞摩斯大叔'。"

"你反对这计划？"

"美国、我们以及南非——我们是矛盾重重的联盟。可计划还得实施，因为五角大楼想玩战争游戏了，他们好些日子没仗打了。嗯，我留下卡瑟尔去跟他们的穆勒先生周旋。顺便说一下，穆勒动身去波恩了。我希望西德对这个游戏也不感兴趣。"

"你要去多久？"

"不超过十天，我希望。我不喜欢华盛顿的气候——在这个词所有的意义上都如此。"他带着满足的微笑掸掉了长长的一截烟灰。"卡斯特罗博士的雪茄，"他说，"一点儿不比巴蒂斯塔中士[1]的差。"

"我但愿你眼下可以不走，约翰，似乎有鱼上钩了。"

"我相信没有我帮忙你也捉得到——不管怎么说，或许就是只旧靴子。"

"我可不这么想。旧靴子拽线是能感觉到的。"

"留给你来处理，我有把握，以马内利。当然对丹特里我也很放心。"

"假如我们意见不一致呢？"

"那肯定由你做决定。在这件事上你是我的代表。不过看在上帝的分上，以马内利，千万不要操之过急。"

"我只有坐在捷豹里时才会操之过急，约翰。我钓鱼时是非常有耐心的。"

1　卡斯特罗博士，即菲德尔·卡斯特罗（Fidel Castro，1926—2016），曾获法学博士学位；巴蒂斯塔中士，即富尔亨西奥·巴蒂斯塔（Fulgencio Batista，1901—1973），1933年发动"中士兵变"成为古巴领导人，1959年被卡斯特罗推翻。

第六章

1

卡瑟尔的火车在伯克翰斯德耽搁了四十分钟。特林附近某处的线路需要抢修，当他到达办公室时屋子显得空落得不同寻常。戴维斯不在，但这并不能解释那空洞的感觉。卡瑟尔独守办公室的场合并不算少——戴维斯去吃午饭，戴维斯在洗手间，戴维斯上动物园看辛西娅。过了半小时他才在文件盘子里看见辛西娅的条子："阿瑟不舒服。丹特里上校想见你。"一时间卡瑟尔在纳闷这个阿瑟是何人：他只习惯把戴维斯想成戴维斯。他想是不是辛西娅在久攻之下终于抵挡不住了？是不是因此她现在用教名称呼他了？他打电话问她："戴维斯怎么了？"

"我不知道。他的一个环境部的同屋代他打的电话。他说是什么腹部绞痛。"

"又宿醉了？"

"要只是那样的话他会自己打电话的。你不在我不知该怎么做，所以就给珀西瓦尔医生打了电话。"

"他怎么说？"

"和你说的一样——宿醉。显然他们昨天晚上是在一块儿的——喝了太多的波尔图和威士忌。他准备午饭时间去看他。他要那时才能忙完。"

"你觉得不严重吧，是吗？"

"我觉得不严重，但我觉得那也不是宿醉。如果严重的话珀西瓦尔医生会立刻去的，对吗？"

"专员在华盛顿的情况下，我怀疑他不会有多少时间给人看病了，"卡瑟尔说，"我去找丹特里。在哪个屋？"

他推开了72号房门。丹特里在那儿，还有珀西瓦尔医生——他感觉到自己打断了一场争论。

"哦，对了，卡瑟尔，"丹特里说，"我是说要见你的。"

"我这就走。"珀西瓦尔医生说。

"我们过后再谈，珀西瓦尔。我不同意你的说法。我很抱歉，但情况就是这样。我不能同意。"

"你记得我说过的箱子——还有本·尼科尔森。"

"我不是画家，"丹特里说，"我也不懂抽象艺术。不管怎样，我过后来找你。"

门关上后，丹特里沉默了片刻。然后他说："我不喜欢有人在仓促间下结论。我受的训练要我相信证据——铁证。"

"有什么事让你烦心吗？"

"如果是身体不适，就该验血，做X光检查……而不是**猜测**诊断结果。"

"珀西瓦尔医生？"

丹特里说："我不知道从何说起。我不该和你说这些。"

"说什么？"

丹特里桌上有一个美丽女孩的照片。丹特里的目光总要落在上面。他说："有时待在这该死的单位里，你不觉得孤单吗？"

卡瑟尔踌躇着说："哦，嗯，我和戴维斯处得不错。在那种情况就很不一样了。"

"戴维斯？没错。我正想和你谈戴维斯。"

丹特里起身走向窗口。他给人的印象似乎是困在牢房里的囚犯。他忧愁地凝望那难以企及的天空，得不到丝毫安慰。他说："天色灰暗得很。秋天真的快结束了。"

"'举目四望，斗转星移皆萧条'。"卡瑟尔引用道。

"在说什么？"

"我以前在学校唱的赞美诗。"

丹特里又回到桌旁看照片。"我女儿。"他说，仿佛他觉得有必要介绍一下她。

"有福气。她是个美丽的姑娘。"

"她周末要结婚了，但我觉得我不该去——"

"你不喜欢那个小伙子？"

"哦，我敢说他是不错的。我从没见过他。可我跟他谈什么呢？詹生婴儿爽声粉？"

"婴儿爽身粉？"

"詹生正努力要击败强生——她是这么告诉我的。"他坐下来，陷入了闷闷不乐的沉默中。

卡瑟尔说："戴维斯显然是病了。我今早迟到了。他真会找日子生病。我得把扎伊尔的事情揽过来了。"

"很抱歉。我最好还是别留你了。我不知道戴维斯病了。没什么要紧吧？"

"我觉得没事。珀西瓦尔医生准备午饭时去看他。"

"珀西瓦尔？"丹特里说，"他难道没有自己的医生？"

"噢，如果珀西瓦尔医生给他看病，那费用算处里的，不是吗？"

"是的。只是——他跟我们时间长了——也许看病时会有点儿生疏，我的意思是。"

"哦，嗯，大概是个很简单的诊断吧。"他听到了另一次谈话的回音。

"卡瑟尔，我找你只是想问——你**是否**对戴维斯很满意？"

"你说的'满意'是指什么？我们在一起共事。"

"有时我不得不问一些相当愚蠢的问题——过于简单的——可安全保密工作是我的职责。提问题并不能说明什么。戴维斯好赌博，是吧？"

"有点儿。他喜欢谈赛马。我怀疑他是否赢了很多，或输了很多。"

"喝酒呢？"

"我觉得他喝得也不比我多多少。"

"那么你对他**完全**信任？"

"完全。当然，我们都有可能会犯错误。是不是有一些对他的抱怨？我不大愿意看到戴维斯被调走，除非是去马普托。"

"我记不得有没有问过你了，"丹特里说，"对每一个人，我都会问同样的问题。甚至对你。你知道一个叫尼科尔森的画家吗？"

"不知道。他是我们的人？"

"不，不。"丹特里说，"有时候我觉得自己和人挺隔阂。我不知道——不过我估计你晚上总是回去和家人在一起的？"

"嗯，是的……是这样。"

"如果，出于某种原因，你得晚上待在城里……我们可以一起吃晚饭。"

"很少会这样。"卡瑟尔说。

"是啊，我想也是。"

"你瞧，我妻子要是独自在家会感到很不安。"

"当然。我懂。我只是随便想想。"他又盯着照片，"我们以前不时地一起吃顿晚饭。上帝保佑她会快乐。没有什么事是可以一直做下去的，对吗？"

沉默像过去城里的那种浑浊的烟雾，把他们彼此隔开。他们谁也看不见人行道：他们得伸出手去摸索。

卡瑟尔说："我儿子还没到谈婚论嫁的年龄。我很高兴我不用操心这个。"

"你星期六会到城里来，是吗？我估计你不大可能只待一两小时……在婚礼上我谁也不认识，除了我女儿——当然还有她母亲。她说——我的意思是我女儿——要是我愿意的话，可以带个同事来。作为陪伴。"

卡瑟尔说："当然我很乐意奉陪……如果你真觉得……"他很少能够抵制伤感的求援，不管那有多么含蓄。

2

卡瑟尔终于也有了这么一次不吃午饭的场合。让他不舒服的并非饥饿——而是这种破例。他心里不踏实。他想搞清戴维斯是不是没什么大问题。

在一点钟，当他把所有文件，甚至包括沃森的一张毫无幽默感的便条锁进保险柜，准备离开这幢庞大又毫无特色的办公楼时，他在门口看见了辛西娅。他告诉她："我去看戴维斯。你去吗？"

"不。我为什么要去？我要买很多东西。**你**为什么要去？没什么要紧的，对吗？"

"是的，但我觉得还是要去看看。寓所里除了环境部的几个人，他挺孤单的。而且那些人也要等晚上才回家。"

"珀西瓦尔医生答应去看他。"

"对，我知道，但现在他大概已经走了。我原以为你会愿意同我……只是看望一下……"

"哦，嗯，如果我们不用待太久的话。我们没必要带花吧，是吗？像去医院似的。"这是个嘴巴尖刻的姑娘。

戴维斯穿着睡衣为他们开了门。卡瑟尔注意到他的脸色随着辛西娅的到来泛出了片刻光彩，但接着他意识到她不是独自来的。

他无精打采地说："哦，是**你们**。"

"怎么了，戴维斯？"

168

"我不知道。没什么大问题。肝部在搅和呢。"

"我以为你朋友在电话里是说胃绞痛的。"辛西娅说。

"嗯，肝是靠着胃部的，不是吗？要不是肾？我对自己身体的地理分布懂得很少。"

"我给你整理一下床铺，阿瑟，"辛西娅说，"你俩谈着。"

"不，不，请别。就是皱了点儿。坐下来歇一会儿。喝点什么吧。"

"你和卡瑟尔喝，我还是给你收拾床。"

"她的意志真坚决。"戴维斯说，"你喝什么，卡瑟尔？威士忌？"

"就一点儿，谢谢。"

戴维斯拿出了两个杯子。

"你最好别喝，既然肝疼。珀西瓦尔医生到底怎么说的？"

"哦，他想吓唬我。医生总是这样，是吗？"

"我一个人喝挺好。"

"他说如果我还不少喝点儿，就会有肝硬化的危险。我明天得去拍张X光片。我告诉他我不比其他人喝得多，可他说有些人的肝脏比别人弱。医生总是有理。"

"如果我是你，就不喝那杯了。"

"他说'减量'，我这威士忌已减半了。我还告诉他波尔图我也不喝了。戒一两周吧。够让他满意了。我很高兴你过来，卡瑟尔。你知道吗，珀西瓦尔医生真让我有些害怕。我的印象是他没有把所知道的全告诉我。这不是很糟吗，要是他们决定了派我去马普托，接着**他**又站出来说不同意我走。我还有一样担心——

他们有没有和你谈起过我？"

"没有。仅仅是丹特里早上问我和你共事是不是满意，我说是的——完全满意。"

"你够朋友，卡瑟尔。"

"不过是愚蠢的安全检查而已。你记得和辛西娅到动物园约会的那天……我告诉他们你去看牙医了，可仍然……"

"是的。我就是那种总能给抓住的人。可我基本上一直是遵守规章的。这是我所体现的忠诚的形式，我想。你可不一样。如果我就这么一次把报告拿出去吃午饭，便被逮住了。但我看你不止一次地带出去。你担着风险——就像他们说牧师就得这样。如果我真泄露了什么——当然是无意的——我就到你这儿坦白。"

"指望得到赦免？"

"不。指望能得到些公正。"

"那你就错了，戴维斯。我一点儿都不明白'公正'一词的意思。"

"这么说你就判我黎明时分拉出去枪决？"

"哦不。我永远都赦免我喜欢的人。"

"是吗，那你才是真正的安全隐患，"戴维斯说，"你估计这该死的检查会持续多久？"

"我估计要到他们查出泄露源头或认定根本就没有泄露。也许MI5的某位老兄错误理解了证据。"

"或说是某个女人，卡瑟尔。为什么不能是女人？说不定是我们秘书中的一个，如果不是你我，也不是沃森的话。这想法让我起鸡皮疙瘩。辛西娅有天晚上答应和我吃饭的。我在斯通餐厅

等她，邻座有个挺漂亮的姑娘也在等人。我们还朝对方略微笑了
笑，因为我们等的人都爽约了。难兄难弟。我本想和她聊聊——
毕竟辛西娅令我很失望——接着一个想法冒了出来——也许她是
被安插在这儿逮我的，也许他们从办公电话里听见了我订餐，也
许辛西娅接到了命令要避开。接下来谁会来找这个女孩——猜是
谁——丹特里。"

"那大概是他女儿。"

"在我们这个单位，女儿也会被利用的，不是吗？我们这个
该死的无聊行当。你不能相信任何人。现在我连辛西娅都不信。
她在给我整理床铺，上帝知道她希望能发现什么。可她能找到的
只有前一天的面包屑。也许他们会拿去化验。一粒面包屑或许藏
着微缩胶卷呢。"

"我不能待很久了。还要处理扎伊尔方面的事。"

戴维斯放下杯子。"自从珀西瓦尔使我有了那么多想法，该
死的威士忌味道都变了。你**真**觉得我得了肝硬化？"

"不会。暂且放宽心吧。"

"说起来容易做起来难。我是借酒浇愁啊。你有萨拉可真走
运。萨姆怎样？"

"他问了很多关于你的事。他说谁玩儿捉迷藏也玩不过你。"

"真是个友好的小杂种。我希望也能有个小杂种——但只要
和辛西娅生的。多么渺茫的希望！"

"马普托的气候不是非常好……"

"哦，据说孩子在六岁前都没问题。"

"嗯，可能辛西娅已经心软了。她毕竟**正在**给你收拾床呢。"

"是的，她会把我照顾得很好，我敢说，不过她是那种总要寻找崇拜对象的女孩。她会喜欢比较严肃的人——就像你。麻烦在于当我严肃的时候却无法**表现**得严肃。去表现严肃反而让我不自在。你能想到一个崇拜我的人吗？"

"噢，萨姆崇拜你。"

"我怀疑辛西娅是不是喜欢玩捉迷藏。"

辛西娅回来了。她说："你的床真是一团糟。上次什么时候收拾的？"

"我们的日杂工每周一、五来，今天星期四。"

"你自己为什么不整理整理？"

"噢，我上床时就把被子一拉。"

"那几个搞环境的呢？他们怎么做的？"

"哦，他们所受的训练是直到污染引起官方注意了才去注意。"

戴维斯送他俩到门口。辛西娅说了声"明天见"便往楼下走去。她扭过头来大声说要去买很多东西。

"若是她不愿我爱她，
她就不该看着我。"

戴维斯引用道。卡瑟尔很惊讶。他想象不出戴维斯还读勃朗宁的诗——当然除了在学校。

"好了，"他说，"回去干活了。"

"对不起，卡瑟尔，我知道那摊子事让你心烦意乱。我可不是在装病，真没有。也不是宿醉。是我的腿、我的胳膊——像果冻一样没气力。"

"回床上吧。"

"我会的。萨姆现在肯定觉得我捉迷藏不行。"戴维斯补充道，同时身子探出楼梯扶手，目送着卡瑟尔。当卡瑟尔走到台阶顶端时他叫道："卡瑟尔！"

"嗯？"卡瑟尔向上看。

"你觉得这不会绊住我吧，是吗？"

"绊住你？"

"如果让我去马普托的话，我会焕然一新的。"

"我已经尽力了。我跟专员说过了。"

"你是好哥们儿，卡瑟尔。谢谢你，不管结果怎样。"

"上床休息。"

"我想我会的。"可卡瑟尔转过弯时，他仍站在那里往下瞧着。

第七章

1

卡瑟尔和丹特里是最后到登记处的,他们在这暗褐色屋子的后面找了位子坐下,与其他来宾隔了四排空椅子,那些人有十来个,也像教堂婚礼那样拉帮结派,每个派别都怀着批判的兴趣和某种轻蔑打量着对方。大概只有之后的香槟能消除他们的敌意了。

"我猜那是科林。"丹特里上校边说边指着正刚刚来到登记桌旁和他女儿站在一块儿的小伙子。他又说:"我连他的姓氏都不知道。"

"拿手帕的女人是谁?好像在为什么事苦着脸呢。"

"那是我妻子,"丹特里上校说,"我希望能在她注意到之前溜掉。"

"你不能这样。不然你女儿连你来过了都不知道。"

登记员开始发话了。有人在说"嘘——",似乎他们在剧院里,而幕布已经升起。

"你女婿姓克拉特斯。"卡瑟尔耳语道。

"你肯定？"

"不，不过听起来像。"

登记员说了些简短的与上帝无关的祝福，这有时被形容为世俗布道，有几个人一路看着手表作为借口离去了。"你不觉得我们也可以走了吗？"丹特里问。

"不好。"

尽管如此，当他们站在维多利亚街上时，似乎没有人注意到他们。出租车像掠食的鸟儿一样围拢过来，丹特里又蠢蠢欲动。

"这对你女儿不公平。"卡瑟尔劝他。

"我甚至不知道他们要去哪儿，"丹特里说，"去一家酒店，我估计。"

"我们可以跟着去。"

于是他们就跟着其余的出租车向前驶去，在稀薄的秋雾中穿行，一直跟到了哈洛德百货公司。

"我想不出有什么酒店……"丹特里说，"我觉得我们跟丢了。"他倾身向前察看前面的车。"没这么好运气。我看见我妻子后脑勺了。"

"顺便去打个招呼也没什么。"

"这倒是有把握的。我们结婚十五年，"他又沮丧地补充道，"有七年没说话了。"

"香槟会把气氛活跃起来的。"卡瑟尔说。

"可我不喜欢香槟。卡瑟尔，你来陪我可真好。我没法一个人面对这排场。"

"我们喝上一杯就走。"

"我真弄不懂我们在朝哪儿走。这条路有几年没来了。看来新开了这么多饭店。"

他们停停走走地沿布朗普顿路向前开去。

"一般的做法是去新娘的家，"卡瑟尔说，"如果不是去酒店的话。"

"她没有家。她对我说是跟女性朋友合住，但显然她已经和这个叫克拉特斯的小子一起住了不少日子。克拉特斯！什么名字嘛！"

"名字也许不叫克拉特斯。登记员说得挺含糊。"

出租车排成月牙形停在一幢花里胡哨的小房子前，将其他客人像包裹好的礼品一样放下来。幸好人不算太多——这一带的房子不是为搞大型聚会修建的。甚至在只容纳了二十几个人时大家也感到墙似乎弯曲了，地板也好像吃不住了。

"我想我知道咱们到哪儿了——我妻子的寓所，"丹特里说，"听她讲过她在肯辛顿买了房。"

他们慢慢挪上超载的楼梯，进了一间客厅。每张桌子上，每架书橱里，以及钢琴、壁炉架上，都有瓷制的猫头鹰警惕地瞪着来访的客人，似要用那弯曲凶残的喙扑将过来。"没错，就**是**她的房子，"丹特里说，"她一直喜好猫头鹰——而且看来从我走后这种热情有增无减。"

他们没能从聚在餐柜前的人群里找到他女儿。开香槟酒的砰砰声此起彼伏。席间有一个结婚蛋糕，就连那上面都有一只石膏做的猫头鹰，端坐在用粉红的糖制成的托架上。一个唇须修剪得像极丹特里的高个子男人走上前来说："我不知道各位尊姓大名，但这香伯[1]请随便喝。"从他讲的俚语看，他准是在一战前出生的人，有着旧时的主人那种心不在焉的神气。"我们省掉了请服务生的麻烦。"他解释道。

"我是丹特里。"

"丹特里？"

"这是我女儿的婚礼。"丹特里的声音干涩得像块饼干。

"哦，那你准是西尔维亚的丈夫了？"

"是的。我还不知你贵姓？"

那男子过去喊道："西尔维亚！西尔维亚！"

"咱们走吧。"丹特里绝望地说。

"你得跟女儿打个招呼。"

一个女人风风火火地从餐柜旁的宾客间穿过来。卡瑟尔认出她就是在登记处哭哭啼啼的那位，但现在她根本不像哭过的样子。她说："亲爱的，爱德华告诉我你在这儿。你能来真是太好了。我知道你整天忙得不可开交。"

"是的，我们真的得走了。这是卡瑟尔先生。我们单位的。"

"那该死的单位。你好吗，卡瑟尔先生？我得把伊丽莎白找来——还有科林。"

"别打扰他们了。我们真要走了。"

"我自己也就待这么一天。从布赖顿来。爱德华开车送我的。"

1　原文为Champer，为Champagne（香槟）的俚语名。

"爱德华是谁？"

"他真是帮了大忙了。订了香槟和其他东西。碰到这些场合一个女人是需要男人的。你一点儿都没变，亲爱的。多长时间了？"

"六七年？"

"时间过得好快啊。"

"你又收集了那么多猫头鹰。"

"猫头鹰？"她走开去叫道，"科林，伊丽莎白，过来。"他们手牵手走过来。丹特里觉得他女儿不是那种会像小孩子撒娇的类型，可她大概认为在婚礼上牵手是一种义务。

伊丽莎白说："你还是来了，爸爸，这真是太好了。我知道你很不喜欢这种事情。"

"我以前还从没经历过。"他看了看她的伴侣，后者戴了一朵康乃馨，别在簇新的条纹西服上。他的头发乌黑，耳边的鬓角梳得一丝不苟。

"您好，先生。伊丽莎白说了你很多事情。"

"她可没怎么和我谈起过你，"丹特里说，"那么你就是科林·克拉特斯？"

"不是克拉特斯，爸爸。你怎么会想到那个的？他姓克拉夫。我的意思是**我们姓克拉夫**。"

一拨没去登记处、刚到这里的客人将卡瑟尔和丹特里上校分开来。一个穿双排纽扣马甲的男子对他说："这儿的人我一个不认识——当然除科林外。"

这时传来瓷器轰然碎裂的声音。丹特里夫人的嗓音从喧闹中透出来："看在基督的分上，爱德华，是只猫头鹰吗？"

"不，不，别担心，亲爱的。只是个烟灰缸。"

"一个都不认识，"穿马甲的男子重复道，"顺便讲一下我叫乔因纳。"

"我叫卡瑟尔。"

"你认识科林？"

"不，我是和丹特里上校一起来的。"

"他是谁。"

"新娘的父亲。"

电话铃声从什么地方传出来。没有人理会。

"你得跟科林这个年轻人说说话。他是个聪明的小伙子。"

"他的姓氏挺奇怪，是吗？"

"奇怪？"

"嗯……克拉特斯……"

"他姓克拉夫。"

"哦，那我听错了。"

又有什么打碎了。爱德华令人宽心的声音钻出那片吵闹。"别担心，西尔维亚。没什么严重的。所有的猫头鹰都很安全。"

"他给我们的宣传来了场革命。"

"你们一起共事？"

"你可以说我**就是**詹生婴儿爽身粉。"

那个叫爱德华的抓住了卡瑟尔的胳膊。他说："你叫卡瑟尔？"

"是的。"

"有电话找你。"

"可谁也不知道我在这儿。"

"是个姑娘。慌里慌张的。说很紧急。"

卡瑟尔想到了萨拉。她知道他在参加婚礼，但刚才就算是丹特里也没弄明白是去哪儿。萨姆又病了吗？他说："电话在哪儿？"

"跟我来。"可当他们走到了电话机旁——白色双人床边的白色电话机，由一只白色猫头鹰守卫着——话筒却已挂好了。"抱歉，"爱德华说，"我估计她会再打来。"

"她报名字了吗？"

"那么吵吵嚷嚷的，没听见。感觉她好像在哭。过来再喝点儿香伯。"

"要是你不介意，我就守在这旁边。"

"嗯，请原谅我不陪你了。我得照管好那些个猫头鹰，你知道。要是有一只遭了殃，西尔维亚心会碎的。我本来建议全收起来，但她有不止一百只呢。没了它们这地方就显得有些萧条了。你是丹特里上校的朋友？"

"我们是同事。"

"那种要整天保密的工作，是吧？我这么见他有点儿难堪。西尔维亚觉得他不会来的。也许我本该回避的，那样比较得体。可谁去照料那些猫头鹰呢？"

卡瑟尔在白色大床的边沿坐下，那只白色猫头鹰站在白色的电话机旁瞪着他，好像他是个非法移民，刚刚来到这白色大陆的边沿安家——甚至墙也是雪白的，他脚下还铺着块白地毯。他很担心——为萨姆担心，为萨拉担心，为他自己担心——恐惧如同一股无形的气体从那沉默的话筒里倾泻出来。他以及他所有爱的人都受着这神秘电话的威胁。客厅的喧嚣现在听来不过是这雪原之外遥远部落里的传言。接着电话响了。他把猫头鹰推到一边，拿起了话筒。

让他松了口气的是他听见了辛西娅的声音。"是M.C.吗？"

"是的，你怎么知道在哪儿可以找到我？"

"我试着打了登记处的电话，但你已经走了。我就在电话簿里找到了丹特里夫人的号码。"

"怎么了，辛西娅？你的声音有些古怪。"

"M.C.，发生了一件可怕的事情。阿瑟死了。"

和上次一样，他愣了一会儿，想这阿瑟是谁。

"戴维斯？死了？可他下周还要回来上班呢。"

"我知道。日杂工去……给他整理床时发现的。"她的声音哽住了。

"我马上回办公室，辛西娅。你见到珀西瓦尔医生了吗？"

"是他打电话告诉我的。"

"我得立刻去告诉丹特里上校。"

"哦，M.C.，我但愿当初能对他再好一点。我为他做过的事只有——收拾床铺。"他听见她在大口呼吸以忍住哭泣。

"我会尽快回来。"他挂了电话。

客厅如先前一样拥挤，一样吵闹。蛋糕切了开来，人们在找不碍事的地方去吃自己的那一份。丹特里用手指夹了一块，孤独地站在一张堆满猫头鹰的桌子后面。他说："看在上帝的分上，我们走吧，卡瑟尔。我不懂这些事情。"

"丹特里，我接到办公室的电话。戴维斯死了。"

"戴维斯？"

"他死了。珀西瓦尔医生……"

"珀西瓦尔！"丹特里惊呼道，"我的上帝，那人……"他拿蛋糕的手在猫头鹰中间挥着，一只大个儿灰色猫头鹰被打落在地跌得粉碎。

"爱德华，"传来女人的尖叫声，"约翰打掉了那只灰猫头鹰。"

爱德华向他们挤过来。"我没法同时照顾到所有地方，西尔维亚。"

丹特里夫人出现在他后面。她说："约翰，你这个该死的讨厌的老笨蛋，我永远也不会原谅你——永远。你到底在**我**家干什么啊？"

丹特里说："快走，卡瑟尔。我会再给你买只猫头鹰，西尔维亚。"

"再也找不到第二个了，那只。"

"有一个人死了，"丹特里说，"那也再找不到第二个了。"

2

“我当时没料到会出事。”珀西瓦尔医生告诉他们。

对于卡瑟尔，他这种措辞显得出奇的冷漠，与那可怜的穿着皱巴巴的睡衣伸直了四肢躺在床上的遗体一样冷。夹克敞开着，露出赤裸的胸腔，毫无疑问，他们肯定已徒劳地寻找过心脏最微弱的跳动。在此之前珀西瓦尔给他的印象一直是个很和蔼的人，可这和蔼却在这死者面前变得冰冷，而且在他那句奇怪的话所表达的尴尬的歉意中总有点儿不对劲。

卡瑟尔站在这疏于收拾的屋子里，在经历了丹特里夫人家那么多陌生人的吵嚷、那么多猫头鹰、那么多开瓶的砰然作响之后，这突如其来的变故使他惊呆了。珀西瓦尔医生说完那句不恰当的话后便不再言语，其他人也都在沉默。他离床远远地站着，似乎要向两个刻薄的批评家展示一幅画，并提心吊胆地等待着他们的评判。丹特里也沉默着。他似乎乐于这样注视着珀西瓦尔，仿佛该由他来解释自己应该在画中找到的明显错误。

卡瑟尔感到有必要打破这长久的沉默。

“客厅里都是些什么人？他们在干什么？”

珀西瓦尔医生勉强转过身。“什么人？哦，那些呀。我请特别行动小组过来看看。”

“为什么？你认为他是被谋杀的？”

“不，不。当然不是。没这可能。他的肝脏状况糟透了。他几天前做过一次X光检查。"

"那你为什么说你没料到会……？"

"我没料到情况会发展那么快。"

"我猜要验尸？"

"当然。当然。"

这"当然"像苍蝇一样在那尸体周围衍生。

卡瑟尔回到客厅。茶几上有一瓶威士忌、一只旧杯子和一本《花花公子》。

"我告诉他不能再喝酒了，"珀西瓦尔医生跟在卡瑟尔后面嚷道，"他就是不听。"

房间里有两个人：其中一人捡起《花花公子》，将书页翻了翻又抖了抖。另一个在检查书桌抽屉。他告诉同伴："这里有他的通信簿。你最好把里面的名字过一遍。电话号码也查一下，要能对得上。"

"我还是不明白他们在找什么。"卡瑟尔说。

"只是安全检查，"珀西瓦尔医生解释说，"我本来想找你，丹特里，因为这其实归你管，但你显然是去参加什么婚礼了。"

"是的。"

"最近办公室里似乎比较懈怠。专员出差了，但他肯定要求我们确保这可怜人没有随便扔下什么。"

"比如电话号码和人对不上？"卡瑟尔问，"我可不会管这个叫懈怠。"

"这些人总是照规矩办事的。不是吗，丹特里？"

如果你不知道读什么书

就关注这个号

书单来了

微信号：shudanlaile

关注后，回复数字，即可查看相关书单

1. 这5本小说将中国文学抬到了世界高度

2. 5本适合零碎时间读的书，有趣又长知识

3. 等孩子长大，一定会感谢你给他看这5本书

4. 这5本书，都是各自领域的经典之作

5. 我要读什么书，能够让我内心强大？

6. 情绪低落的时候，就看这5本书

7. 这5本小书，我打赌你一本都没看过

8. 十个心理成熟的人，九个读过这5本书

9. 5位大师的巅峰之作，好看得让你灵魂震颤

10. 这5本书启发你思考，怎样度过你的一生

......

这里有500万爱读书的小伙伴！
等你来哦！

可丹特里没有回答。他站在卧室门口看着遗体。

那两人中的一个说："瞧这个，泰勒。"他递给同伴一张纸，后者大声念道："Bonne chance[1]，卡拉马祖，特朗基寡妇。"

"有点儿古怪，是吧？"

泰勒说："Bonne chance是法语，帕珀。卡拉马祖听起来像个非洲的城市。"

"非洲，嗯？好像挺重要。"

卡瑟尔说："最好去看看《新闻晚报》。你们大概会发现那都是赛马的名字。他总是在周末下注。"

"噢。"帕珀说，语气里透着些失望。

"我看还是别打扰我们特别行动小组的朋友的工作了。"珀西瓦尔医生说。

"戴维斯的家人呢？"卡瑟尔问。

"办公室里已经去查了。唯一的亲属看来是德罗伊特威奇的一个堂兄。一个牙医。"

帕珀说："这儿有样东西我觉得不大对劲儿，先生。"他把一本书递给珀西瓦尔医生，而卡瑟尔先拿了过来。是一小册罗伯特·勃朗宁的诗选。里面有一枚藏书标签，上面有学校的盾徽和名字，德罗伊特威奇皇家文法学校。看来是一九一〇年颁给一位名叫威廉·戴维斯的小学生的，奖励他的优异作文，而威廉·戴维斯用黑墨水以十分讲究的字体写道："转赠吾儿阿瑟，以鼓励其物理考试第一名，一九五三年六月二十九日。"勃朗宁、物理

1　法语，意为"好运"。

及一个十六岁少年确实是个有些奇怪的组合，但大概也并非帕珀所谓的"不对劲"。

"是什么？"珀西瓦尔医生问。

"勃朗宁的诗。我没觉得有什么地方不对劲。"

尽管如此他也不得不承认，这本小小的书与奥尔德马斯顿、赌马、《花花公子》、沉闷的公事、扎伊尔事务的确不怎么相称。一个人哪怕过着最简单的生活，其死后若给人翻箱倒柜的话，是不是总能被找出其生活的复杂一面？当然，戴维斯留着它可能出于孝心，但显然他是读过的。上次卡瑟尔见到还活着的他时，他不是引用勃朗宁诗句的吗？

"如果您翻翻，先生，就会看到有些段落做了记号，"帕珀对珀西瓦尔说，"关于书码您懂得比我多。我只是觉得我应该让大家注意这个。"

"你怎么想的，卡瑟尔？"

"是的，的确**是**记号。"他翻了翻书，"书本来是他父亲的，当然也就可能是他父亲的记号——只是墨迹看起来太新鲜：他在这些段落前记了个'c'。"

"有什么重要意义？"

卡瑟尔从来没有认真对待过戴维斯，没有把他的酗酒、赌博甚至他对辛西娅无望的爱情当真过，可一具死尸是不能轻易忽视的。他第一次对戴维斯萌发了真正的好奇心。死亡使得戴维斯变得重要了。死亡让戴维斯高大起来。死者也许比我们更智慧。他翻着这本小书，好像他是勃朗宁学会的成员，执着于诠释一个诗篇。

丹特里费力地从卧室门口回过头来。他说："这些记号……不表示任何意义，是吗？"

"什么意义？"

"重要意义。"他重复珀西瓦尔的问题。

"重要意义？我猜可能有。表达了他的整个心态。"

"你的意思是？"珀西瓦尔问，"你真认为……？"他的声音里充满了期待，似乎他真心希望死在隔壁房间的人或许代表了某种安全隐患，嗯，从某种意义上说这也没错，卡瑟尔想。爱与恨都很危险，他如此警告过鲍里斯。一个场景从脑海里浮现出来：马普托的一间卧室，空调机嗡嗡作响，萨拉的声音从电话里传来，"是我"，然后是一阵突如其来的狂喜。他对萨拉的爱让他和卡森走到了一起，卡森最终又将他引向了鲍里斯。恋爱中的男人如同一个无政府主义者，怀里揣着定时炸弹走在世间。

"你的意思真是说有某种证据……？"珀西瓦尔继续问道，"你受过读密码的训练。我可没有。"

"听听这一段。用一条垂直线和字母'c'做的记号。

> "但是，我将只说一般朋友的语言，
>
> 或许再稍微强烈一丝；
>
> 我握你的手，将只握礼节允许的时间……"[1]

"你觉得'c'代表了什么？"珀西瓦尔问道——他的问话

1　译文引自飞白译罗伯特·勃朗宁《失去的恋人》。

里还是有那种让卡瑟尔感到恼怒的期望。"可能意味着，会不会呢，是一种'暗码'？提醒他该段落已经用过了？我猜在用书码时，得小心同一段落不能用两次。"

"说得很对。这儿还有个做记号的段落。

　　"如此宝贵，那深灰色的眸子，

　　　秀发乌黑，也弥足珍贵，

　　　君子为之孜孜以求，为之痛苦，

　　　这堪为人间最难熬的地狱……"

"我觉得那听起来像诗，先生。"帕珀说。

"又是一条垂直线加个'c'，珀西瓦尔医生。"

"那你真认为……？"

"戴维斯有一回跟我说过：'当我严肃的时候却无法表现得严肃。'所以我猜他只好在勃朗宁的诗里找想说的话了。"

"那'c'呢？"

"那只是表示一个姑娘的名字，珀西瓦尔医生。辛西娅[1]。他的秘书。一个他爱着的女孩。我们自己人。不必劳特别行动小组的大驾。"

丹特里一直闷闷不乐地沉默着，深陷在自己的思索中。此时他发话了，语气中带着尖锐的指责。"一定要做尸检。"

"当然啦，"珀西瓦尔医生说，"如果他的医生要求的话。

1　辛西娅的原文为Cynthia。

我不是他的医生。我只是他的同事——虽然他的确咨询过我，我们还给他做了X光检查。"

"他的医生现在应该来。"

"等这些人一干完活我就让人给他打电话。丹特里上校，你在所有人中应该最清楚这工作的重要性。安全保密是首要考虑。"

"我不知道验尸报告会怎样，珀西瓦尔医生。"

"这我想我可以告诉你——他的肝脏几乎全毁了。"

"毁了？"

"当然是酗酒导致的，上校。还能有什么？你没听我和卡瑟尔说过吗？"

卡瑟尔不去听他们暗藏机锋的争执，而是走到旁边。在病理学家检查戴维斯之前，应该再最后看一看他。他很高兴他的面容没有丝毫痛苦。他把他的睡衣扣上，以遮住那空洞的胸膛。一颗扣子没了。缝扣子可不属于日杂女工分内的事。床边的电话刚发出清脆的铃声便又归于沉寂。也许在很远的某地有麦克风或录音机正连在线上。戴维斯不会受监视了。他逃脱了。

第八章

1

卡瑟尔坐在那里写报告，他希望这是最后一次。显然，戴维斯的死使得非洲部的情报传递必须要终止。如果继续有泄露，那么谁负其咎便不言自明，可如果泄露停止了，其罪责肯定就归于死者了。戴维斯的痛苦已经结束，他的个人材料将封存至某中央档案库，谁都不会再操心去检查了。如果其中有叛变的记录呢？就像内阁机密一样，要严管三十年后才会解密。从一种悲哀的意义上说，这也是幸运的死。

卡瑟尔听见萨拉正为萨姆朗读着睡前读物。现在比平时上床晚了半小时，不过今晚他格外需要娇惯一会儿，在学校过的第一周并不开心。

将报告转录成书码真是个漫长的过程。现在他再也不会用完《战争与和平》了。为安全起见，第二天他将把这本书和秋天的叶子堆在一起付之一炬，也不用等那本特罗洛普的书寄来了。他感到既轻松又遗憾——轻松的是他在最大限度上偿付了欠卡森的感激债，遗憾的是他不能将"瑞摩斯大叔"的情报传递得善始善终，也就再无法完成对科尼利厄斯·穆勒的复仇了。

当他完成报告后便下楼去等萨拉。明天是星期日。他得将报告放入藏匿地点，是第三个点，以后再也用不着了。他在尤斯顿上火车前已在皮卡迪广场的电话亭发出了情报已到的信号。用这种方法传递他最后一次信息，是个极为缓慢的麻烦事，可更快捷也更加危险的路线得保留到最后万不得已之时。他给自己倒了三份剂量的J. & B.，楼上的呢喃之声给了他暂时的安宁。一扇门轻轻关上了，头顶的过道响起脚步声——往下走时那些楼梯总是发出吱吱嘎嘎的声音。他想，这一切对于某些人来说是乏味的家务，甚至是难以忍受的例行程序。对于他这则代表了一种他时时刻刻都害怕失去的安全。他十分清楚萨拉进客厅时会说什么，而他也知道自己将如何回答。熟悉，是一种保护，使他们不必担心外面国王路的黑暗以及街角警察局亮着的那盏灯。他总是在想象当那一刻来临时，会有一个穿制服、面孔熟悉的警察陪同特别行动小组的人找上门来。

"你喝威士忌了？"

"能给你倒一杯吗？"

"一点点，亲爱的。"

"萨姆挺好？"

"我把他裹进被子里时他已睡着了。"

他们的对话正如一封将他刚才的预想一字不差完整转录的电报。

他把杯子递给她：此前他一直无法告诉她发生的事情。

"婚礼怎样，亲爱的？"

"糟糕得很。我真为可怜的丹特里难过。"

"为什么可怜？"

"女儿不再是他的了，而且我怀疑他是否还有朋友。"

"你们办公室好像孤独的人还不少。"

"是啊。那么多形单影只的人。喝完，萨拉。"

"急什么呀？"

"我想给我们每人再满一杯。"

"为什么？"

"有坏消息，萨拉。我不能在萨姆面前和你说。是关于戴维斯的。戴维斯死了。"

"死了？**戴维斯**？"

"是的。"

"怎么死的？"

"珀西瓦尔医生说是因为肝脏。"

"可肝脏不会这样的——昨天查出有毛病，今天就死了。"

"珀西瓦尔医生是这样说的。"

"你不信他的话。"

"不。根本不信。我觉得丹特里也不信。"

她给自己倒了两份威士忌——他从未见她这样做过。"太可怜了，戴维斯。"

"丹特里要求进行独立验尸。珀西瓦尔好像早有准备。显然他非常肯定他的诊断将得到证实。"

"如果他很肯定，那就准是真的了？"

"我不知道。我真不知道。在我们这种**部门**，他们什么都可以安排。可能甚至连尸检也不在话下。"

"我们和萨姆怎么说？"

"就说实话。不让孩子接触死亡并没有好处。死亡总是在发生。"

"可他那么喜爱戴维斯。亲爱的，这一两周我先什么也不说。等他适应了学校生活。"

"你这么考虑最好。"

"上帝保佑你能离这些人远远的。"

"我会的——就这几年。"

"我是说现在。此时此刻。我们这就把萨姆弄下床出国去。赶第一班飞机，去哪儿都行。"

"等我拿到养老金吧。"

"我可以工作，莫瑞斯。我们可以去法国。那儿要好一些。他们更习惯我的肤色。"

"这不可能，萨拉。还不到时候。"

"为什么？给我一个站得住脚的理由……"

他尽量说得轻松些："嗯，你得明白即使要退也要适当地提前通知。"

"**他们**会拿提前通知当回事吗？"

当她又说"他们提前通知戴维斯了吗？"时，他为她敏捷的领悟力感到害怕。

他说："如果是他的肝脏的话……"

"你不信那个，对吗？别忘了我曾为你——为他们工作过的。我是你的特工。别以为我没注意到一个月以来你是多焦虑——甚至抄煤气表的也让你紧张。是有情报泄露了，对吧？出在你的分部里？"

"我认为他们是这样认为的。"

"而他们锁定戴维斯了。你认为戴维斯有罪吗？"

"也许不是蓄意泄密。他做事粗枝大叶。"

"你认为他们有可能就因为他粗枝大叶把他杀掉？"

"我想在我们这种部门存在着过失犯罪。"

"他们的怀疑对象完全可以是你，而不是戴维斯。那样一来你就死了。死于喝多了J.&B.。"

"噢，我一直很小心的，"接着他又开了个让人笑不出的玩笑，"除非是在我爱上你的时候。"

"你上哪儿去？"

"我要透透气，布勒也需要。"

2

那长长的横穿公地的车道对面，不知是何原因被人称作"冷港"，那儿也是榉树林开始的地方，林子沿坡一直向下延伸到阿什瑞奇路。卡瑟尔坐在土堆上，布勒在去年的落叶里翻找着。他知道他在此耽搁是毫无意义的。好奇绝不是借口。他应该把东西放在藏匿地点就走。一辆车从伯克翰斯德方向缓缓驶上来，卡瑟尔看了看表。从他在皮卡迪利广场的电话亭发出信号到现在已有四小时。他依稀能看到车牌号，可正如他可能预期的，那号码对他而言和那红色的小丰田车一样陌生。车在阿什瑞奇公园进口处的小屋附近停下来。视野之内再无其他车辆，也没有行人。司机关了车灯，接着好像在重新考虑之后又打开了。身后的动静让卡瑟尔的心蹦了起来，可那不过是布勒在欧洲蕨里乱拱。

卡瑟尔悄声下了土堆，猫身钻进了林子，那些高大的、覆盖着橄榄色树皮的林木，在最后一丝光线中越发显得黑暗。还是在五十多年前，他发现了其中一根树干里有空洞……从路旁数第四、五、六棵树。在那时，他不得不尽量伸长了身子才能够到树洞，如今他的心跳竟还和当年一样狂乱。十岁时他在这儿给一个自己爱的人留了信儿：一个才七岁的女孩。有一次在一起野餐时他指给她看了这个秘密隐藏地，并告诉她下次他来时会把一样重要东西放那儿。

第一次他留下了一颗大大的薄荷硬糖汉堡，用防油纸包着，当他再来看时薄荷糖已不见了。然后他留了张字条以表示他的爱——用大写字母，因为她刚刚开始认字——可他第三次回来时发现字条仍在那里，但被粗俗的画糟蹋了。他想，准是给什么陌生人发现了这个隐藏地——他不相信那是她干的，直到她走在高街对面向他吐着舌头，而他意识到她很失望，因为她没找到第二颗薄荷糖。那是他第一次尝到爱慕异性的痛苦，从此他再也没有回去看那棵树，直到五十年后，在摄政宫酒店[1]休息室里，一个他之后再没见过的男人请他再提一个安全的情报藏匿地。他拴住布

---

1 位于伦敦市中心的一家著名酒店。

勒，躲在欧洲蕨丛中观察着。从车里下来的人不得不用电筒来寻找那个树洞。随着电筒光线移到了其躯体的下半身，卡瑟尔一时间看到了他的部分外形：滚圆的肚皮，毫无顾忌的小解。一个聪明的预防举措——他贮存了足量的尿来掩护来这儿的真正目的。当手电掉头照亮了返回阿什瑞奇路的小道时，卡瑟尔也开始向家走去。他告诉自己，"这是最后一份报告了"，接着他的思绪又飘向那个七岁女孩。在他们第一次相遇的野餐会上，她显得孤单单的，很害羞，长得不好看，而也许就是这些原因吸引了他。

为什么我们有的人就无法去爱成功、权力或是美艳呢？他很纳闷。因为我们觉得自己配不上，还是因为我们更乐意与失败为伍？他不相信这个原因。或许人需要的是适当的平衡，正如耶稣，那个他本很愿意去相信的传奇人物所说的："凡劳苦担重担的人，可以到我这里来，我就使你们得安息。[1]"八月野餐会上的那个女孩虽然那么小，却不堪负荷她的胆怯和羞耻。也许他只是想让她感到有人爱她，所以他就爱上她了。那不是怜悯，正如他爱上怀了别人孩子的萨拉也非怜悯一样。他只是要维持一种平衡。仅此而已。

"你出去好长时间了。"萨拉说。

"嗯，我太需要散散心了。萨姆怎样？"

"自然睡得很熟了。要不要我再给你来杯威士忌？"

"好的。还是就来一小份。"

"一小份？为什么？"

1　语出《马太福音》第11章28节。

"我不知道。只想表明我能有所节制。也许是因为我感到高兴一些了。别问我为什么，萨拉。快乐一说就没了。"

　　这个理由对他俩都够充足。在南非的最后一年，萨拉已学会了不去刨根问底，而那晚他在床上则久久不能入睡，在心里反反复复地说着他借助《战争与和平》编制的最后一份报告的最后几句话。他数次将书任意翻开，就像过去的人随意抽翻经典词句以占卜凶吉那样，之后他便选择了用来编码的句段。"你说：我脱不开身。可我已抬起了手，让它掉落。"似乎通过选取这一段，他要同时向两边的机构发出挑战的信号。这封短信的最后一个词，当鲍里斯或另外的人破译后就会读到——"再见"。

第四部

第一章

1

戴维斯死后的许多夜晚，卡瑟尔的睡眠里都充斥着梦，碎片拼成的梦追逐着他直到天明。戴维斯并不在其中——也许是因为如今在他们这个冷清萧索的分部里，对他的思念已填满了醒着的时光。戴维斯的鬼魂还附在扎伊尔事务上，而辛西娅编译的电报比以往任何时候都更错误百出。

在夜里，卡瑟尔会梦见由仇恨重建起来的南非，不过偶尔夹杂其中的也有那个他已忘记曾多么热爱的非洲。在一个梦里，他和萨拉突然邂逅于约翰内斯堡一个垃圾遍地的公园，她坐在为黑人专设的长凳上：他转身去找另外的凳子。卡森在厕所入口与他分开，进了为黑人保留的卫生间，留下他站在外面，为自己鼓不起勇气而羞愧，可到了第三个夜晚，他又做了很不相同的梦。

醒来时他对萨拉说："真滑稽。我梦见鲁奇蒙了。有好多年没想起他了。"

"鲁奇蒙？"

"我忘了。你从不认识鲁奇蒙。"

"他是谁?"

"自由州[1]的一个农场主。在某种意义上,我喜欢他就像我喜欢卡森那样。"

"他是共产主义者吗?肯定不是,假如他是农场主的话。"

"不是。他属于那一类在你们的族人掌权后就得死的人。"

"我的族人?"

"我的意思当然是说'我们的族人'。"他急忙说,同时悲哀地感到仿佛险些撕毁了一个誓约。

鲁奇蒙住在一块半沙化地带的边缘,离布尔战争的旧战场不远。他的先祖是胡格诺教徒[2],在遭迫害时期逃离了法国,但他不会说法语,只会南非荷兰语和英语。在出生之前,他已融入了荷兰人的生活——但不包括种族隔离。他把界限划得很清楚——他不投国民党人的票,他鄙视团结党,而某种无以言表的对祖先的忠诚感也使他对那一小拨进步分子敬而远之。那不是一种英雄气概,而也许在他眼里,正如在他先人眼里一样,在没有政治的地方才会出现英雄主义。他以仁爱和理解的态度对待雇工,从不摆出一副屈尊俯就的架势。有一天卡瑟尔听见他在和自己的黑人工头为庄稼的事辩论——争论双方完全是平等的。鲁奇蒙的家族和那工头的部落差不多在同一时期来到南非。鲁奇蒙的祖父可不像科尼利厄斯·穆勒的祖父,不是什么开普省养鸵鸟的百万富翁:

1　即奥兰治自由邦(Orange Free State),曾为独立国家,1910年加入南非联邦。

2　17世纪信仰新教的法国人,为逃避路易十四的迫害大批流亡海外。

六十岁时，鲁奇蒙大爷还跨马跟随德·韦特[1]抗击英国侵略军，还在当地的一座小山丘上负过伤。小山坡倚着冬云俯视着农庄，那里也正是数百年前丛林居民在岩石上刻画动物的地方。

"想象一下，背着包、冒着炮火向上攀登。"鲁奇蒙曾对卡瑟尔说。他钦佩英国军队的勇敢和坚忍，似乎他们是历史书上富有传奇色彩的掠夺者，就像曾经登陆萨克森沿岸的维京人。他对维京人这样的侵略者并无怨恨，也许只因怀着对这样四处漂泊的无根民族的某种怜悯，他们辗转来到这片古老、疲倦而又美丽的土地，而他自己的家族也只是在三百年前才安家于此。有一天他借着威士忌的劲道对卡瑟尔说："你说你正在写一本研究种族隔离的书，可你永远也不理解我们这儿的错综复杂。我和你一样痛恨种族隔离，可比起我的雇工，你对我而言更像是陌生人。我们是属于这里的——你是外人，和那些来来往往的游客没什么分别。"卡瑟尔可以肯定，当要面临抉择时，他会摘下客厅墙上的枪，以保卫沙漠边缘他们这块艰辛开垦的土地。他不会为种族隔离或是白种人去战死疆场，但会去为这无数摩根[2]的土地而拼命，他管这脚下的地叫自己的土地，尽管它受着干旱、洪水、地震、畜疫的袭扰，还有蛇，他将其称作和蚊子差不多的小害虫。

"鲁奇蒙是你的特工吗？"萨拉问。

"不，但有意思的是我通过他遇见了卡森。"他也许还可以说"而通过卡森，我加入了鲁奇蒙敌人的部队"。鲁奇蒙曾雇

1　克里斯蒂安·德·韦特（Christiaan de Wet，1854—1922），布尔战争时期的重要将领。
2　荷兰、南非等的地积单位，合2.116英亩。

请卡森为他的一个工人辩护，后者被当地警察指控有暴力犯罪行为，而实际上他是无辜的。

萨拉说："有时候我希望自己仍然是你的特工。你现在可以跟我说的比过去少多了。"

"我向来不会和你多说什么——可能你觉得我说了不少，但为了你自身安全着想，我尽量不向你透露情况，而且即便说出来的也常常是谎话。就像我想写的那本关于种族隔离的书。"

"我本以为到英国后情况就不一样了，"萨拉说，"我以为不再有什么秘密了。"她吸了口气，很快便又睡去，而卡瑟尔却很长时间无法入眠。他曾不止一次有着强烈的冲动，想信赖她，向她和盘托出，正如一个结束了婚外恋情的男人突然希望向妻子全部坦白这段悲伤的罗曼史，毅然解释清楚那么多不曾说清楚的沉默，那些欺瞒的伎俩，那些他们无法分担的忧虑，而最终他也会像那个男人一样得出结论："既然都结束了，为什么还要拿这些来烦扰她？"因为他真的相信，即便是短暂的相信，事情确实是结束了。

2

坐在这间和戴维斯独占了这么多年的屋里，面对桌子那头这个叫科尼利厄斯·穆勒的人，这一情景让卡瑟尔觉得格外生疏——一个发生了奇特转变的穆勒，这个穆勒竟对他说："我从波恩回来以后听到了这个消息，很是难过……当然我还没见过你这位同事……不过对你来说肯定是个很大的打击……"这个穆勒竟开始与普通人有些相像了，似乎已不是BOSS头目，而是他也许能在去尤斯顿的火车上偶遇的一个人。穆勒口气里的同情心让他惊讶——听起来古怪而又真挚。在英国，他想，我们对所有无关切身之痛的噩耗变得越发玩世不恭，甚至在此番情形下，得体的做法也是在陌生人面前迅速戴上一个漠不关心的面具。死亡与公务毫不相干。但卡瑟尔还记得，在穆勒所属的荷兰归正教会，死亡仍是家庭生活里最重要的事件。卡瑟尔曾在德兰士瓦省参加过一个葬礼，留在他回忆中的并非悲痛，而是那种场合的肃穆，乃至端庄的礼仪。在社交意义上死亡对于穆勒而言仍是重大的，即便他是BOSS官员。

"嗯，"卡瑟尔说，"的确太突然了。"他补充道，"我已请秘书把扎伊尔和莫桑比克的文件送过来。至于马拉维，我们得靠MI5，而且未经允许我没法给你看。"

"我和你说过话后就去看，"穆勒说，"那天晚上在你家我过得非常愉快。见了你夫人……"他犹豫了一会儿又续道，"还有你儿子。"

卡瑟尔希望在穆勒重提萨拉被送往斯威士兰的路线之前，这些开场白只是客气的预备。如果要将敌人挡在安全距离之外，就一定得始终把他往坏处想：永远不能留给其翻身的机会。那些将军做得对——对垒的战壕间严禁互致圣诞快乐。

他说："萨拉和我当然也很高兴见到你。"他按了按铃。"我很抱歉。他们整理卷宗要费这么大工夫。戴维斯的去世让我们这儿有些措手不及。"

一个他不认识的姑娘应了铃声走进来。"我五分钟前就打电话要卷宗了，"他说，"辛西娅呢？"

"她不在。"

"她为什么不在？"

姑娘用冰冷的目光看着他："她请假了。"

"她生病了吗？"

"也不算是。"

"你是谁？"

"佩内洛普。"

"好吧，能不能告诉我，佩内洛普，你讲的'也不算是'究竟是什么意思？"

"她很难过。很自然的，不是吗？今天是葬礼。阿瑟的葬礼。"

"今天？对不起。我忘了。"他又说道，"不管怎样，佩内洛普，还是请你把卷宗拿来。"

她离开房间后，他对穆勒说："很抱歉这儿的工作有些乱。我们这么办事肯定让你很不习惯。我真的忘了——戴维斯今天下葬——葬礼十一点举行。为了验尸已经耽搁了。那姑娘记得的。我倒是忘了。"

"对不起，"穆勒说，"早知道的话我就改天来了。"

"这不是你的错。是这么回事——我有一本公务日志和一本私人日志。瞧，我在这儿给你做了标记，十日星期四。私人日志我是放家里的，我肯定把葬礼记在那上面了。我总是忘记核对一下两个本子。"

"虽说是这样……把葬礼忘了……是不是有点奇怪？"

"是啊，弗洛伊德会说我是想忘记。"

"只需再定个日子，然后我就走。明天或是后天？"

"不，不。说到底哪样事情更重要？'瑞摩斯大叔'还是听为可怜的戴维斯做的祈祷？顺便问一下，卡森葬在哪儿了？"

"在他家乡。离金伯利不远的一个小镇。我猜要是我告诉你我去参加了他的葬礼，你会很惊讶，是吗？"

"不，我能想象你得去留心注意那些哀悼者都是些什么人。"

"有人在的——你说得对——有人在监视。但我是自己要去的。"

"范·丹克上尉没去？"

"没有。他很容易被认出来。"

"我真不明白他们在怎么弄那些卷宗。"

"这个戴维斯——也许他对你无足轻重？"穆勒问。

"嗯，比不上卡森。你们的人干掉的。不过我儿子挺喜欢他。"

"卡森是得肺炎死的。"

"是的。当然。你是这么告诉我的。我把这也忘了。"

当卷宗终于送到后，卡瑟尔一边翻阅一边尽力回答穆勒的问题，可他有一半心思却不在这上面。"对此我们还没有可靠的情报。"他发觉这样的话自己已说了三次了。当然那是故意的谎言——他在保护一个线人不受穆勒伤害——他们正涉足危险地带，还没有开始合作、双方都悬而未决的领域。

他问穆勒："'瑞摩斯大叔'真行得通吗？我真不信美国人又

想卷进来了——我的意思是把军队开到陌生的大陆上。除了从像海明威这样的作家那儿了解一点儿，他们对非洲跟对亚洲一样无知。他也只是参加旅行社安排的一个月的狩猎团，写一写白人猎手和射杀狮子的故事——那些可怜的畜生，为留给那些游客早已饿得半死了。"

"'瑞摩斯大叔'的理想目标，"穆勒说，"就是要争取兵不血刃。至少不用大动干戈。当然一些技术人员还是要的，不过他们已经在我们那儿了。美国在南非运作着一座导弹跟踪站和一座太空跟踪站，并拥有飞越领空权以维持那些基站的运转——这你肯定都清楚。没有人抗议，没有游行示威。伯克利没有学生骚乱，国会也没有质疑。我们的内部情报安全措施到目前为止做得十分到位。你瞧，从某种意义上说我们的种族法令是正当的，是很好的掩护。我们没必要判什么人有间谍罪——那只会招人耳目。你的朋友卡森是个危险分子——但如果我们判了他间谍罪就更危险。现在跟踪站里正忙得热火朝天，也正因如此，我们才要求与你们的人紧密合作。你们可以查明任何危险之处，而我们能够悄无声息地去处理好。在某种意义上你们比我们处于更有利的位置，去渗透进自由派组织的根基，或者甚至是黑人民族主义组织。举个例子。我非常感激你们给我提供的关于马克·甘博的情报——当然我们已经都知道了。可现在我们可以感到很满意，因为我们没有漏掉重要的信息。从那个特定角度看是没有危险的——至少眼下如此。接下来的五年，你瞧着，是至关重要的——我的意思是对于我们的生存而言。"

"不过我不明白，穆勒——你们能生存吗？你们有漫长的、敞开的边境线——长得根本无法布雷。"

"从旧的理念上讲是这样，"穆勒说，"我们现在倒不如考虑一下，氢弹已使得原子弹成了战术武器。战术是个让人放心的字眼。不会有人挑起核战争，因为使用的只是战术武器，而且是在遥远得几乎全为沙漠的地带。"

"那辐射问题怎么处理？"

"我们很幸运，拥有对我们有利的风向，还有我们的沙漠。此外，战术核炸弹算相当干净了。比广岛的好多了，而且我们知道其效用很有限。在辐射可能持续几年的地区几乎没有白人。假如有入侵的话，也会从我们计划的入口进来。"

"我有点儿明白了。"卡瑟尔说。他想起了萨姆，如同他在看报纸上的旱灾图片时想起他一样——尸体横陈，秃鹫盘旋，可到时候秃鹫也将被辐射杀死。

"这些就是我来想向你说明的——大概的情况——我们没必要说得很详细——这样你就能恰当地评估你所掌握的任何情报了。目前跟踪基站是敏感点。"

"就像种族法令一样，他们能遮盖许多罪行？"

"完全正确。你我也没必要兜圈子了。我明白你得到指示，某些材料是我不能看的，我也相当理解。我得到的命令也跟你一样。最重要的是，我们得同等地看着同一幅图景——我们将并肩作战，所以我们得看着同一幅画。"

"事实上我们在同一只箱子里了？"卡瑟尔说，他用自己才明白的玩笑揶揄所有人，包括BOSS、他自身的情报部门，甚至鲍里斯。

"箱子？是的，我想你可以这么说。"他看了看表，"你是不是说葬礼十一点开始？现在十一点差十分了。你还是去吧。"

"葬礼少了我也能举行。戴维斯如有在天之灵会理解的，如果没有……"

"我敢肯定会**有**在天之灵的。"科尼利厄斯·穆勒说。

"你肯定？难道这想法不让你有点儿害怕？"

"为什么？我一直在努力履行自己的职责。"

"可你那些小小的战术核炸弹。想想有那么多的黑人会死在你前面，并在那头等着你。"

"恐怖分子，"穆勒说，"我认为不会再见到他们。"

"我不是说游击队。我是说所有那些生活在受辐射沾染的地区的家庭。儿童、姑娘、老奶奶们。"

"我想他们会有他们自己的天堂。"穆勒说。

"天堂也有种族隔离？"

"哦，我知道你在取笑我。可我认为他们不会享受我们那种天堂的，你觉得呢？不管怎样，我把这都留给神学家去思考吧。你们轰炸汉堡时也没放过孩子吧，不是吗？"

"感谢上帝，我那会儿没有参与我现在正参与的事。"

"我想你如果不准备去葬礼的话，卡瑟尔，我们应该继续干正事了。"

"很抱歉。我同意。"他的确有些后悔，他甚至感到了害怕，就像他那天早晨在比勒陀利亚BOSS的办公室里一样。七年来他一直战战兢兢地穿越着雷区，而今面对科尼利厄斯·穆勒时他第一步便走错了。会不会他已落入某个深知他脾性的人设下的圈套?

"当然，"穆勒说，"我明白你们英国人就爱为争论而争论。唉，连你们的专员都要拿种族隔离嘲讽我一番，不过谈起'瑞摩斯大叔'……嗯，你我还是要认真对待。"

"是的，我们还是回到'瑞摩斯大叔'上来吧。"

"我已得到允许告诉你——当然也是粗线条的——我在波恩的遭遇。"

"你遇到困难了？"

"不是很大的麻烦。和其他旧殖民国家不同——德国人私下里对我们抱有不少同情。可以说这能追溯到当年德皇致克鲁格总统的电报。他们对西南非洲局势很担心；他们宁愿由我们控制西南非洲也不愿看到那儿有权力真空。毕竟他们统治西南非时比我们要残暴，而西方世界也需要我们的铀。"

"你是不是带回来了一份协议？"

"协议谈不上。我们不像过去那样签订秘密条约了。我只与和我级别对等的人物接触，不是外交部长或总理。就跟你们的专员一直在和华盛顿的CIA谈判一样。我所希望的是我们三方能够达成一种更明晰的理解。"

"一种秘密理解而不是秘密条约？"

"说得很对。"

"那法国人呢？"

"一切顺利。如果我们是加尔文教派，那他们则是笛卡尔的信徒。笛卡尔从不担心他那个时代的宗教迫害。法国人在塞内加尔和科特迪瓦有着重大影响，他们甚至和金沙萨的蒙博托之间也有相当的了解。古巴不会再在非洲横插一脚（美国已做出保证），安哥拉在很多年内都不会有什么危险。如今谁也不想宣告世界末日的来临。就连一个俄国人也愿意在床上安息，而不是死在碉堡里。在最糟糕的情况下，如果遭到袭击，我们将用几颗核炸弹——当然是小小的战术炸弹——来换取五年和平。"

"那再往后呢？"

"那就是我们与德国达成谅解的实质内容。我们需要一场技术革命以及最新的采矿机器，尽管我们自身的先进程度是所有人都料想不到的。五年后我们能够将矿井里的劳力减半：对于技术熟练的工人，我们可以使其工资加倍，这样就可以造就一个黑人中产阶级，就像美国那种。"

"那失业的人呢？"

"他们可以回老家。那是老家的意义所在。我是个乐观主义者，卡瑟尔。"

"那种族隔离还继续保留吗？"

"和现在一样，某种程度的隔离将一直存在——在富人和穷人之间。"

科尼利厄斯·穆勒摘下金边眼镜擦着那金质的部分，直至擦得锃亮。他说："我希望你夫人喜欢她那条披肩。你要知道现在我们明白了你的真实职责，就随时欢迎你回来。当然，带着你家人一起来。你可以放心，他们会被当作名誉白人受到优待。"

卡瑟尔很想回一句"可我是个名誉黑人"，但这次他谨慎了些："谢谢。"

穆勒打开公文包拿出一张纸。他说："关于我在波恩的会晤，我给你记了几句。"他取出一支圆珠笔——又是金的。"下次会面时，你也许会给我一些涉及这几点内容的有用资料。星期一你方便吗？同一时间？"他补充道，"请看完后销毁。BOSS不愿它保存在哪怕是你最机密的文档里。"

"当然。就照你说的办。"

穆勒走后，他将纸放进了口袋。

第二章

1

珀西瓦尔医生与约翰·哈格里维斯爵士到达位于汉诺威广场的圣·乔治教堂时,那里还门可罗雀,哈格里维斯前一天晚上刚从华盛顿回来。

一个戴黑袖章的男子独自站在前排过道里,珀西瓦尔医生猜想他大概就是从德罗伊特威奇来的牙医。他拒绝给任何人让道——仿佛他是在作为活着的最亲近的家属守卫着整个第一排。珀西瓦尔医生和专员找了靠后的位子坐下来。戴维斯的秘书——辛西娅,还在他们后面两排。丹特里上校与沃森一块儿坐在过道的另一边,还有几张面孔珀西瓦尔医生则不太熟悉。也许只在走廊或是MI5的会议上瞥过几眼,或许根本就是唐突进来的闲客——葬礼与婚礼一样吸引着不相干的人。最后一排两个穿着邋遢的人则几乎可以肯定是戴维斯在环境部的室友。有人轻轻奏起了管风琴。

珀西瓦尔医生对哈格里维斯耳语道:"坐飞机顺利吗?"

"在希思罗晚点三小时，"哈格里维斯说，"食物难以下咽。"他叹了口气——也许他在不无遗憾地回味他夫人做的肉排腰子馅饼，要不就是他俱乐部里的熏鳟鱼。管风琴奏出最后一个音符便归于沉寂。几个人跪下去，几个站了起来。似乎接下来该怎么做大家都有犹豫。

一个众人大概都不认识，甚至棺材里的死者也没见过的牧师拖长了调子吟咏道："请将尔之病祸带离我；我甚或被尔之重掌吞噬。"

"是什么病祸要了戴维斯的命，以马内利？"

"别担心，约翰。验尸都安排得很妥当。"

对于多年未参加过葬礼的珀西瓦尔医生而言，这种仪式充斥着无关的信息。牧师开始念诵《哥林多前书》经文："世间肉体并非同一：人有人体，兽有兽躯，鱼有鱼身，鸟亦自有其血肉。"这话不可否认是正确的，珀西瓦尔医生想。棺材里装的并不是鱼；要真是鱼，他会更感兴趣的——或许是条硕大的鳟鱼。他飞快地扫了一眼四周。那姑娘的睫毛里闪动着一滴泪珠。丹特里上校带着恼怒抑或阴郁的表情，也许在忍受着痛苦的折磨。沃森显然也在为着什么闷闷不乐——大概在想将谁提到戴维斯的职位上。"完了以后我要跟你谈谈。"哈格里维斯说，而那可能也很无聊。

"看吧，我向你们展示神迹。"牧师读道。什么神迹，关于我杀了该杀的人？珀西瓦尔医生想知道，可这永远不会有答案，除非继续有情报泄露——那就肯定意味着他犯了一个不幸的错误。专员会非常恼火，丹特里也一样。很遗憾我们不能像将鱼放生那样把人扔回河里。牧师升高了音调开始念英国文学里熟知的一段："死啊，你的毒钩在哪里？"他像一个饰演哈姆雷特的拙劣演员，刚刚念出这句著名的独白，声音却又低沉下去，复归乏味而酸腐的结尾："死啊，你得胜的权势在哪里？死的毒钩就是罪，罪的权势就是律法。"[1]听来如同欧几里得的一个命题。

"你说什么？"专员悄声说。

"QED[2]。"珀西瓦尔医生回答。

2

"你说的QED到底是什么意思？"当他们终于出了门时约翰·哈格里维斯爵士问道。

"是对牧师的回应，似乎比'阿门'更恰当。"

之后他们差不多在沉默中向"旅行者"俱乐部走去。出于一种默契，他们都觉得这天在"旅行者"吃饭好像比在"革新"更合适——戴维斯已成为一个荣誉旅行者，踏上了去那不可探知的世界的旅程，况且他已失去了一人一票的选举权利。

"我记不得上回什么时候参加葬礼了，"珀西瓦尔医生说，"我想是一个伯祖母的，不止十五年前了。仪式弄得很呆板，是吧？"

---

1 出自《哥林多前书》。《哈姆雷特》中的哈姆雷特做了部分引用：Oh death, where is thy sting? Oh grave, where is thy victory?。
2 "证讫"（quod erat demonstrandum）的缩略形式。

"过去在非洲我很喜欢参加葬礼。有很多音乐——即便乐器只是些盆盆罐罐和空沙丁鱼罐头。这使人想到死亡毕竟也许是很有乐趣的。我看见的那个掉眼泪的姑娘是谁？"

"戴维斯的秘书。她名叫辛西娅。显然，戴维斯爱着她呢。"

"这种事情很常见，我想。在我们这个部门是避免不了的。丹特里彻底查过她了，我猜？"

"哦，是的，是的。实际上她提供给了我们一些有用的情报——非常无意地。你记得在动物园的那件事。"

"动物园？"

"当戴维斯……"

"哦是的，我现在想起来了。"

与往常的周末一样，俱乐部几乎空无一人。他们的午餐本要先上熏鳟鱼的——这差不多已成了一种自动反射，可今天却不供应。珀西瓦尔医生很不情愿地接受了鲑鱼作为替代。他说："我但愿能更好地了解戴维斯。我想我会很喜欢他的。"

"但你仍然认为是他捅的娄子？"

"他很聪明地扮演了头脑相当简单的人。我欣赏聪明，还有勇气。他肯定需要很多勇气的。"

"在错误的事业中。"

"约翰，约翰！你我所处的位置可没法谈什么事业。我们不是十字军战士——我们活在一个错误的世纪里。萨拉丁[1]早就被赶出耶路撒冷了。而耶路撒冷也没因此得到太多好处。"

---

1 萨拉丁（Saladin，1137—1193），埃及阿尤布王朝第一任苏丹，伊斯兰世界抗击十字军东征的英雄。

"不管怎样，以马内利……我没法赞赏叛变行为。"

"三十年前，当我是学生时，我更愿意把自己想成是个共产主义者。现在……？谁是叛徒——我还是戴维斯？我过去是真相信国际主义的，而现在正秘密地为民族主义而战。"

"你长大了，以马内利，就这么回事。想喝什么——红葡萄酒还是勃艮第[1]？"

"红葡萄酒吧，如果对你来说都可以的话。"

约翰·哈格里维斯蜷缩在座椅里，将自己深埋在酒单中。他一副怏怏不乐的样子——也许只因为无法在圣埃美隆和梅多克之间拿定主意。最后他终于做了选择点好了饮料。"有时候我搞不清你为什么要干我们这行，以马内利。"

"你刚才说了，我长大了。我认为共产主义成不了气候——从长远看——不会比基督教好到哪里，而我又不是十字军士兵那种类型。资本主义还是共产主义？可能上帝是个资本家。我想加入在我有生之年赢面最大的一方。别这么大惊小怪的，约翰。你觉得我玩世不恭，可我不想白费那么多时间。赢的一方将有能力建造更好的医院，更致力于癌症研究——当所有这些核子破烂都可以寿终正寝的时候。眼下我挺喜欢我们玩的这个游戏。喜欢。喜欢而已。我不想装作是上帝或马克思的狂热信徒。对那些信徒你要留神。他们不是什么可以信赖的玩家。不管怎么说，游戏另一方的高手还是会让人慢慢喜欢上的——增加了许多乐趣。"

"即使是个叛徒？"

1　勃艮第与下文圣埃美隆、梅多克均为法国地名，也指该地出产的葡萄酒名。

"哦，叛徒——那是个过时的词儿了，约翰。玩家和游戏是同等重要的。要是桌子那头的对手很蹩脚，我不会喜欢玩儿的。"

"而你……你杀了戴维斯？或许不是？"

"他是因肝脏问题死的，约翰。去读读验尸报告吧。"

"一次皆大欢喜的巧合？"

"那张做了记号的钞票——这可是你的主意——出现了，你瞧——最古老的把戏了。只有他和我知道我那关于波顿的小小幻想。"

"你应该等到我回来的。你跟丹特里商量了吗？"

"你走的时候让我负责的，约翰。当你感到鱼线有动静了，你不会站着傻等岸上的另外什么人给你建议吧。"

"这大宝庄园[1]——你是否觉得物有所值？"

"非常好。"

"我想在华盛顿他们肯定毁了我的味觉。整天喝干马提尼。"他又尝了一口酒，"要不就是你有问题。从来就没有事情让你烦心吗，以马内利？"

"嗯，有啊，葬礼就让我有些烦心——你注意到他们甚至还奏了管风琴——还有下葬仪式。所有这些都不便宜，而我猜戴维斯不会剩几个钱的。你觉得那个可怜的牙医会照单全收吗——或者由我们从东方来的朋友照料了？我认为这很不合适。"

"别为这个操心，以马内利。办公室会掏钱的。我们不必动用秘密基金。"哈格里维斯把酒杯推到一边。他说："我感觉这

1　Chateau Talbot，位于梅多克地区的葡萄酒品牌名。

大宝不像是1871年的。"

"戴维斯的身体这么快就有了反应，让我着实有些吃惊，约翰。我精确计算过他的体重，而且给了他我认为是少于致命性的剂量。你瞧，黄曲霉毒素从没在人体上试验过，我也想在遭遇紧急情况时能更有把握地开出适当的剂量。也许他的肝脏情况已经不妙了。"

"你是怎么给他下药的？"

"我下在酒里了，他给我喝了一种可怕的威士忌，他称之为'白沃克'。那味道足以盖住黄曲霉毒素。"

"我只能祈祷你捉到了该捉的鱼。"约翰·哈格里维斯爵士说。

3

丹特里闷闷不乐地拐进圣·詹姆斯街，在回自己公寓途经怀特酒店时，他听见有人从台阶上叫他。此时他的思绪和目光都落在排水沟里，他抬起了头。他认出了那张面孔，但一时想不起名字，更记不得是在何种境况下和他见过。他觉得好像是叫鲍芬。巴芬？

"有'麦提莎'吗，老伙计？"

于是当初见面的情景不无尴尬地重新浮现出来。

"来吃点午饭吧，上校？"

巴菲是个可笑的名字。当然这家伙肯定还有另外的名字，可丹特里一直无从知晓。他说："对不起。家里已做好了午饭。"这不完全是个谎话。在去汉诺威广场之前，他拿好了一罐沙丁鱼，昨天的午饭还剩了些面包和奶酪。

"那就来喝一杯吧。家里的饭总可以等的。"巴菲说，丹特里再也想不出什么借口推辞了。

时间还早，酒店只有两个人。他们似乎对巴菲太熟悉了，只淡淡地打了个招呼。巴菲看来也不在意，将手大咧咧地一挥，将酒吧招待也包括在内。"这是上校。"那两人没精打采地咕哝了几句客套话。"一直不知道你名字，"巴菲说，"打猎那次。"

"我也不知道你贵姓。"

"我们在哈格里维斯家见的面，"巴菲解释说，"上校是干秘密工作的。詹姆斯·邦德那种。"

那两个中的一个说："我从没读过伊恩[1]写的那些书。"

"对我来说太色情了，"另一位说，"夸张。我也像正常人那样喜欢干那个，不过那不是最重要的，是吗？我的意思是，不像你那样热衷。"

"你想来点什么？"巴菲问。

"干马提尼，"丹特里上校说，他记起了跟珀西瓦尔的初次会面，便又说道，"要很干的。"

"一大杯特干马提尼，乔，再一大杯粉红马提尼。要用大杯装满了，老伙计。别小气。"

一种深沉的静默笼罩在了酒吧里，似乎人人都各怀心事——

1　指007系列小说的作者伊恩·弗莱明（Ian Fleming，1908—1964）。

伊恩·弗莱明的小说，打猎聚会，或是葬礼。

巴菲说："有一样东西上校和我都爱吃——'麦提莎'。"

另外两人中的一个从沉思中转过神来，说："'麦提莎'？我更喜欢'聪明豆'[1]。"

"'聪明豆'是什么鬼玩意儿，迪基？"

"巧克力豆豆，什么颜色都有。吃起来味道一样，但不知怎的我就偏爱红色的和黄色的。我不喜欢紫红的。"

巴菲说："我看见你从街那头走过来，上校。你好像是在自言自语，假如你不介意我这么说的话。国家机密？你准备去哪儿？"

"就是回家，"丹特里说，"我住附近。"

"你好像在生闷气。我对自己说，国家肯定有危难了。这些干情报的知道得比咱多。"

"我刚参加过一场葬礼。"

"不是亲近的人吧，我希望？"

"不是。办公室里的。"

"哦，嗯，在我想来葬礼总是比婚礼强。我忍受不了婚礼。葬礼是结束。婚礼呢，嗯，只是通向另一段生活的倒霉的阶梯。我宁愿庆祝一场离婚——可那常常也是一段阶梯，不过是通向另一次婚姻的。人们都习惯成自然了。"

"少来这套吧，巴菲，"迪基，就是那个喜欢'聪明豆'的人说，"你自己也不是没想过成家。我们都知道你在婚姻介绍所的那桩事儿。后来逃脱了算你走运。乔，给上校再来一杯马

1　雀巢公司生产的糖果品牌。

提尼。"

丹特里喝干了第一杯，他感到自己迷失在了陌生人当中。他说话时，就像从他不懂的外语课本上的常用习语里拣了一句："婚礼我也参加了。就在不久前。"

"也是干情报的？我是说，你们局子里的？"

"不。是我女儿。她结婚了。"

"老天，"巴菲说，"我再也没想到你也是那拨子里的——我的意思是已婚人士。"

"干这行的不一定就不成家啊。"迪基说。

还没怎么开过口的第三个人此时发话了："你别摆出高人一等的臭架子，巴菲。我曾经也是那拨子里的，虽然好像是很久以前的事了。其实还是我老婆把'聪明豆'介绍给迪基的呢。你记得那天下午吗，迪基？我们吃了顿让人泄气的午饭，因为我们有点儿明白这个家是没法维持了。然后她说'聪明豆'，说的就是这个，'聪明豆'……我不懂为什么。我猜当时她想我们应该说点儿什么。她可是很会表演的。"

"我不能说全记得这些了，威利。'聪明豆'好像很早就在我生活中出现了。本以为是我自个儿发现的好东西。再给上校来杯干的，乔。"

"不了，要是你不介意的话……我真得回家了。"

"该轮到我了，"那个叫迪基的人说，"把他的杯子加满，乔。他刚参加了葬礼，需要开心一点。"

"我很早以前就习惯葬礼了。"在一口喝下第三杯干马提尼后，丹特里说的话使他自己都感到吃惊。他意识到自己现在与陌生人的谈话比以往放纵了许多，而这世上大多数人对于他而言都是生人。他很想自己也来为他们每人买一杯，可不用说，在这里，他们是做东的。他觉得和他们相处得很友好，可他——这一点他很肯定——在他们眼里仍然不是一路人。他希望能让他们感兴趣，但有许多话题都是他的禁区。

"为什么？你家里有很多人死了？"迪基带着醉意好奇地问。

"不，不完全是这样。"丹特里说，他的羞怯已淹没在第三杯马提尼中。不知何种原因他一直记得一座乡村火车站，三十多年前他和自己带的野战排曾到过那里——敦刻尔克撤退后为防止德军入侵，站上的地名牌都拆掉了。仿佛他重又给自己压上了沉重的背包，而今他砰地将包袱卸在了怀特酒店的地板上。"你们要知道，"他说，"我父亲是牧师，所以小的时候我去过很多葬礼。"

"这我怎么也猜不到，"巴菲说，"还以为你出生军人家庭呢——将门虎子，可以带大队人马打仗的那种。乔，我的酒杯嚷着要添哪。不过，当然了，仔细琢磨琢磨，你父亲是牧师，这说明了很多问题。"

"说明了什么？"迪基问。不知出于什么原因他有些火气，对什么都要质问一番。"'麦提莎'？"

"不，不，'麦提莎'得另当别论了。现在我可不能跟你们讲这个。说来话长了。我的意识是上校是干情报工作的，从某种意义上说牧师也是，你们好好想想……你们明白，忏悔室里的秘密，等等诸如此类的事情，他们也得对工作守口如瓶。"

"我父亲不属于罗马天主教。他甚至也不是高教会派。他是海军的随军牧师。在一战中。"

"一战，"那个曾结过婚且有些乖僻、名叫威利的人说，"那是该隐和亚伯之间的战争。"他淡淡地来了这么一句，似乎想终结这一毫无必要的谈话。

"威利的父亲也是干牧师的，"巴菲解释道，"大人物。主教对随海军牧师。赢了。"

"我父亲参加过日德兰战役。"丹特里告诉他们。他并没有向他们挑衅，用日德兰来压过主教职位的意思。那只是他重温的另一段记忆。

"不过是作为非战斗人员。那算不上什么，对吧？"巴菲说，"不是跟该隐和亚伯打。"

"你瞧上去没那么老。"迪基一边带着怀疑的神气对他说，一边啜着杯中酒。

"那时我父亲还没结婚。他战后娶的我母亲。在二十年代。"丹特里意识到这谈话越来越离谱了。那杜松子酒简直像真正的毒品一样发挥着效用。他知道自己说得太多了。

"他娶了你母亲？"迪基像个审讯员一样尖刻地问道。

"他当然娶的是她。在二十年代。"

"她还健在吗？"

"他们去世很长时间了。我真得回家了。我的饭菜要搁坏了。"他补充道，同时惦记着那碟正在风干的沙丁鱼。那种与陌生人友好相处的融洽感觉已不知去向。谈话的内容越来越难听。

"这些都和葬礼有什么相干？什么葬礼？"

"别和迪基计较，"巴菲说，"他就爱盘问。战争期间他在

MI5工作。再来点杜松子，乔。他已经告诉我们了，迪基。是办公室里的一个可怜鬼。"

"你亲眼见他入土为安了吗？"

"没有，没有。我只参加了葬礼。在汉诺威广场。"

"那是圣·乔治教堂。"大主教的儿子说。他拿着杯子伸到乔的面前，仿佛那是一只圣餐杯。

丹特里费了好一会儿工夫才从怀特酒家的吧台脱身出来。巴菲甚至一直将他送到了台阶边上。一辆出租车开了过去。"你懂我的意思，"巴菲说，"圣詹姆斯路上的公共汽车。谁都不安全。"丹特里不知道他在说什么。当他沿着街走向王宫时，他明白已多年没在这个钟点上喝那么多了。他们人挺不错，但也得小心。他话太多了，还说了父亲、母亲。他走过罗克帽子店；走过欧弗顿餐馆；他在帕尔摩尔街拐角的人行道上停住脚步。他走过头了——总算及时意识到了。他折回头向寓所的门走去，他的中饭还在候着他。

奶酪好端端地搁着，还有面包以及那罐沙丁鱼，原来早上他并没有将鱼倒出来。他的手指很笨拙，罐头只开了三分之一那小小的拎手就断了。他还是设法用叉子将沙丁鱼零零碎碎地捅出了一半。他不饿——那就够了。他拿不定主意，在喝了干马提尼之后是否还要再来点儿什么饮料，然后挑了瓶杜伯啤酒。

他的午餐用了不到四十分钟，可不停的沉思使他觉得已过了很长时间。他的思绪像醉汉一样飘忽不定。他先想到的是葬礼之后，珀西瓦尔医生和约翰·哈格里维斯爵士一起走在他前面，脑袋低着，就像两个同谋。然后他想到了戴维斯。并非他个人有多么喜欢戴维斯，但他的死让他感到烦闷。他大声对唯一的见证者——稳居其叉子上的一条沙丁鱼尾巴说："就那点儿蛛丝马迹，陪审团决不会定罪的。"定罪？他根本没有戴维斯并非自然死亡的证据——验尸报告已表明了这一点——肝硬化是被归为自然死亡的。他试图回忆打完猎的那天晚上，珀西瓦尔医生对他说的话。那天晚上他喝太多了，就像今天上午，因为与他所不能理解的人在一起，他总感到焦虑，而珀西瓦尔当时竟不请自来，在他房间里大谈一个叫什么尼科尔森的画家。

丹特里没有碰奶酪；他将奶酪和油腻的盘子一起端回了厨房——或按现在的说法叫小厨房——一次只能容下一个人。他记起了父亲那所昏暗的教区住处，其地下室里有间好大的厨房。教区住处在萨福克，日德兰战役后他父亲便被海浪送了回来。他又想起巴菲刚才口没遮拦地谈着什么忏悔室。他父亲从不赞成由邻近高教会派主教所设立的忏悔制度及忏悔室。即便有人来找他忏悔，那也已是二手的了，因为人们有时更情愿向他母亲倾诉，她在村里是广受爱戴的。他曾听到她把忏悔的内容透露给他父亲，其中不掺杂任何粗鄙、恶意或是冷酷。"我想你应该知道贝因斯夫人昨天告诉我的事情。"

丹特里大声对着厨房水槽说——这无疑已快成为他的习惯了——"没有**任何**对戴维斯不利的证据。"他为自己的无所作为感到内疚——一个早已过了不惑之年、行将退休的男人——从哪里退休出来？他将用一种孤独换取另一种寂寥。他愿重返萨福克的教区驻地。他想走上通向前门的那条长长的小径，路面杂草密布，两旁是从不开花的月桂。甚至那门厅都比他整间寓所还要大。左手边的架子上挂了不少帽子，右边有只铜制的炮弹箱，上面搁着雨伞。他走过门厅，轻手轻脚地打开面前的门，着实让手牵手坐在印花棉布沙发上的父母吃了一惊，因为他们以为没有别人在了。"我应该辞职吗？"他问他们，"还是等到退休？"他很有把握他们的回答一定都是"不"——他父亲这么表态是因为他和他那巡洋舰的统帅的观点是一样的，即国王的权威乃是神圣的，他儿子对该如何采取正确的行动，知道得不可能比他的指挥官更清楚——他母亲不同意是因为，嗯，她总是告诉村子里和老板发生摩擦的女孩："别草率行事，再找个职位可不容易。"作为前海军牧师、对他的舰长和上帝深信不疑的父亲，会给他一个基督徒的回答，而母亲则以务实和世俗的忠告相劝。如若现在辞职了，他比他们村子里的一个日杂女工又能有多少更大的把握去再找一份工作？

丹特里上校回到客厅，忘了手上还拿着油腻的叉子。这些年来他第一次得到了女儿的电话号码——婚礼之后她将号码印在卡片上寄给了他。这是他与她日常生活的唯一联络。或许可以去吃顿饭，他想。他不会真的提出来，但如果她邀请的话……

他没听出来接电话的声音。他说："是6731075吗？"

"是的。你找哪位？"是个男子的声音——一个陌生人。

他失去了勇气和对名字的记忆。他答道："找克拉特太太。"

"你打错了。"

"对不起。"他挂了电话。当然他应该说的是"我的意思是要找克拉夫太太"，可现在太迟了。他猜那个陌生人就是他女婿。

4

"你不介意我没能去参加吗？"萨拉问道。

"不。当然不。我自己也没能去——我和穆勒有个约见。"

"我担心不能在萨姆放学之前赶回来。他会问我到哪儿去了。"

"不管怎么说，他总要知道的。"

"是的，可现在为时太早。去了很多人吗？"

"不太多，辛西娅说的。沃森当然去了，作为单位的头儿。珀西瓦尔医生、专员。专员能去还是挺不错的。戴维斯又不是处里的什么大人物。还有他的堂兄——辛西娅认为那是堂兄，因为他戴着黑臂章。"

"葬礼完了以后呢？"

"我不知道。"

"我是说——怎么处理那遗体。"

"哦，我想他们把它拉到戈尔德斯格林去火化。那由家人决定。"

"就是那个堂兄？"

"是的。"

"以前在非洲我们的葬礼可比这个好。"萨拉说。

"哦，嗯，各国风俗各有不同。"

"你们应该是个更古老的文明国家。"

"是的，但文明古国并不总以对死亡的深切感受而出名。反正不比罗马人更糟糕。"

卡瑟尔喝完了威士忌。他说："我上去给萨姆读五分钟书——否则他会觉得有地方不对劲。"

"你发誓什么都不对他说。"萨拉说。

"你不相信我？"

"我当然相信你，只是……"这声"只是"追着他上了楼。生活中常有"只是"伴随着他——我们相信你，只是……丹特里检查他的公文包，沃特福德的那个陌生人，其职责是确认他是单独来会晤鲍里斯的。甚至鲍里斯也如此。他寻思：生活中是否会迎来如孩提时代般简单的一天，我可以终结"只是"，可以得到所有人的信任，就如同萨拉和萨姆对他的信赖一样？

萨姆正等着他，雪白干净的枕套衬着他黝黑的脸。床褥肯定也在今天换过了，使得这种对比更为强烈，就像为"黑白威士忌"做的广告。"怎么样啊？"他问，因为他想不出还能说什么，可萨姆没有回答——他也有自己的秘密。

"在学校里好吗？"

"挺好。"

"今天上了什么课？"

"算术。"

"学得怎样？"

"挺好。"

"还学了什么？"

"英语作——"

"作文。怎样？"

"挺好。"

卡瑟尔知道他很快就要永远失去这个孩子了。每一声"挺好"落在耳际，都如同远处燃爆的炸药，那炸药正在摧毁他俩之间的桥梁。假如他问萨姆："你相信我吗？"也许他会答道："是的，只是……"

"我给你读书吧？"

"好的，请开始读吧。"

"你想听什么？"

"那本关于花园的。"

卡瑟尔一时间不知所措。他看了看由两只很像布勒的瓷狗托着的单排书架，书大多已翻旧了，有些还是他自己幼年时看的：其他差不多都是他亲手挑选的，萨拉读书的时间不长，她的书也都是大人看的。他取下一册诗集，那是他从童年一直珍藏到现在的。萨姆和他之间没有血缘的纽带，无法保证他们能有共同的志趣，但他一直心存希望：哪怕一本书或许也能成为沟通的桥梁。他随意将书翻开，或者说他相信是随意的，然而书就像沙子铺就的小径，总留存着足印。两年以来他用这书给萨姆读过几次，但他自己童年的足迹更深地印在上面。他翻到了一首从未朗读过的诗。读了一两行后他意识到他对这首诗几乎烂熟于心。他想，儿时的一些诗句比任何经文都更能塑造人的一生。

"逾越了边界，不可饶恕的罪过，

折断了枝条在树下爬行，

钻出了花园破损的墙垛，

沿着河岸，我们走个不停。"[1]

"什么是边界？"

"是一个国家的终点和另一个国家的起点。"这个概念一说出来就显得很是费解，不过萨姆接受了。

"什么是不可饶恕的罪过？他们是间谍吗？"

"不，不，不是间谍。故事里的孩子被告知不准出花园，而……"

"谁告诉他的？"

"他爸爸，我估计，或者是他妈妈。"

"那就是罪过吗？"

"这首诗是很久以前写的了。那时候人们比现在严厉，但无论怎样也不会当真惩罚孩子的。"

"我原来以为杀人才是罪过。"

"是的，嗯，杀人是错误的。"

"那像溜出花园呢？"

卡瑟尔开始后悔随便挑了这首诗，他踩上了自己曾留下的一长串足印。"你要我继续读吗？"他预先浏览了接下来的几行——似乎不会再有什么问题了。

"不要那个了。那个我不懂。"

1　出自英国小说家、诗人罗伯特·路易斯·史蒂文森（Robert Louis Stevenson，1850—1894)的诗集《一个孩子的诗之花园及草丛》（*A Child's Garden of Verses and Underwoods*）。

"噢，那要哪个？"

"有一首是讲一个人……"

"是点街灯的人吗？"

"不，不是那首。"

"那人是干什么的？"

"我不知道。他待在黑暗中。"

"这很难找呀。"卡瑟尔翻着书页，寻找那个待在黑暗中的人。

"他骑了一匹马。"

"是这首吗？"

卡瑟尔读道：

> "每当月亮和星辰当空，
> 每当狂风呼啸，
> 长夜昏黑雨朦胧……"

"对，对，就是这首。"

> "一个人骑马而过。
> 在篝火已熄的深更半夜，
> 为何还嘚儿嘚儿跑个不歇？"

"继续呀。干吗停下？"

"每当树林在大声呜咽，

　船儿在海里颠来荡去，

　过来了，在大道上，轻柔的和狂野的，

　过来了，他嘚儿嘚儿地跨着爱驹。

　过来了，他嘚儿嘚儿地骑走了，接着

　过来了，他嘚儿嘚儿地又骑了回来。"

"就是这个。我最喜欢的。"

"有点儿让人害怕呢。"卡瑟尔说。

"所以我才喜欢。他有没有蒙上长筒袜面具？"

"没说他是强盗呀，萨姆。"

"那他为什么在房子周围转来转去？他长着像你和穆勒先生一样的白面孔吗？"

"诗里没说。"

"我觉得他是黑的，跟我的帽子一样黑，跟我的猫一样黑。"

"为什么？"

"我想所有的白人都吓坏了，锁上了门，怕他闯进来用雕刻刀割了他们的喉咙。"他又意味深长地补充说，"慢慢地割。"

萨姆从没显得这么黑，卡瑟尔想。他用胳膊以一个保护的姿势搂住他，可他没有办法保护这个孩子不受他心灵中开始滋生的暴力与复仇的侵扰。

他进了书房，用钥匙打开抽屉，取出穆勒的便条。上面有个题头："最终解决方案。"穆勒在向德国人做此游说时分明没有丝毫犹豫，而这个解决方案显然也没有遭到拒斥——还是可以讨论的。那个意象如同魔咒一般不断地展现出来——濒死的孩子和秃鹫。

他坐下来仔细地誊写穆勒的便条。他甚至不想费心将其打出来。打字机的匿名作用非常有限，希斯的案子[1]已表明了这一点，而且他毫不在乎这些细枝末节的预防措施。至于书码，随着他最后的那句留言"再见"已弃之不用。现在当他写下"最终解决方案"并开始一字不漏地抄写时，他第一次那么真切地把自己看得和卡森一样了。在如此关头，卡森也会铤而走险。正如萨拉所言，他"走得太远了"。

5

凌晨两点时卡瑟尔仍醒着，萨拉的一声哭叫使他吃了一惊。"不！"她哭叫道，"不！"

"怎么了？"

没有回答，可当他拧开灯时，他看见她睁大着眼睛，满脸恐惧。

"你又做噩梦了。仅仅是噩梦而已。"

她说："真可怕。"

"和我说说。如果你在忘掉之前赶快说出来，就再也不会做那个梦了。"

1　当代著名的间谍案，前美国高级政府官员阿尔杰·希斯（Alger Hiss，1904—1996）于1948年被指控为苏联间谍，1950年被判入狱。

他能感到她依偎在他身边颤抖着。他开始体会到她的恐惧了。"只是个梦，萨拉，只管告诉我，就没事了。"

她说："我在车站的火车里。火车开动了。你还在月台上。我只身一人。票在你那儿。萨姆跟着你。他好像不大在乎。我甚至不知道我们该上哪儿。我听见检票员就在隔壁车厢。我知道我走错车厢了，是给白人留的。"

"你现在把梦说出来了，就不会再做了。"

"我知道他会说'滚出来。这儿跟你没关系。这是白人包厢'。"

"只是个梦，萨拉。"

"是的。我知道。对不起把你吵醒了。你很需要睡眠。"

"有点儿像萨姆做过的。记得吗？"

"萨姆和我对肤色很敏感，是吧？这在我俩的梦里都阴魂不散。有时候我纳闷你爱我是不是正因为我的肤色。如果你是黑人的话，你不会仅仅因为一个白种女人是白的就喜欢她，对吗？"

"不会。我不是到斯威士兰度周末的那种南非人。我在爱上你之前已认识你差不多一年了。是循序渐进的。我们一起秘密工作了那么多个月。我是所谓的外交部官员，背靠这棵大树是很安全的。你担当了所有的风险。我没有做噩梦，但我以前常常睡不着，总在想下次你是否还会来赴约，或者是否会从此消失，让我永世都对你的下落不得而知。也许只能从其他人嘴里打听到这条线就这么断了。"

"那么你担心的是这条线。"

"不。我担心你会怎么了。我已爱上你好几个月了。我明白若是你失踪了，我真无法继续活下去。现在我们安全了。"

"你能肯定吗？"

"我当然能肯定。难道七年来我不是一直在证明这一点吗？"

"我不是说你爱我。我是说你肯定我们很安全？"

要回答这个问题可不轻松。最后一份以"再见"结尾的书码报告为时太早了，他选的那段"我已抬起了手，让它掉落"在"瑞摩斯大叔"的世界里并不意味着自由。

第五部

第一章

1

当他离开电话亭时，黑暗已早早降临下来，还伴随着十一月的薄雾和细雨。他发出的信号没有得到任何回应。老康普顿路上，标出了小霍利迪那点儿可疑生意的"书"字所发出的红色灯光被雨雾弄得模糊不清，投在人行道上后也不像以往那样显得厚颜无耻；对面店里的老霍利迪为求节省仍和往常一样佝偻在一只球形玻璃灯罩下。当卡瑟尔进店时他头也不抬就碰了碰一个开关，于是那几排陈放旧典籍的书架两旁都亮堂起来。

"一点儿都不浪费电。"卡瑟尔说。

"啊！是您，先生。是的，我尽自己的绵薄之力来帮助政府，而且反正过了五点之后也没有多少存心买书的顾客了。只有几个不大好意思但又想卖书的，不过他们的书很少有保存完好的，我只能让他们失望地离开——他们以为只要有百年历史的书就是好的。我很抱歉，先生，特罗洛普的书迟迟没有下文，如果那是您想来找我的目的的话。很难拿到第二本了——电视上谈过这本书，麻烦就在这儿——连企鹅版的都卖光了。"

"现在不急了。一本也行。我就是在告诉你这事的。我朋友已出国定居了。"

"啊，您会想念你们那些文学之夜的，先生。就在前些天我还对儿子说过……"

"很奇怪，霍利迪先生，可我从没见过你儿子。他在店里吗？我想我也许可以和他说一说几本我想出让的书。我对那些淫趣十足的书已没什么兴趣。上年纪了，我想。我进去能找到他吗？"

"您找不到他，先生，现在不行。对您说实话，他给自己找了点儿麻烦。因为生意太好了。上个月他在纽应顿巴兹新开了一家店，那里的警察远没有这里的通情达理——或是说得愤世嫉俗一点，买通他们得花更多的钱。他整个下午都得在地方法庭交代关于他那些愚蠢的杂志的问题，还没回来呢。"

"我希望他的麻烦没有让你受累，霍利迪先生。"

"哦，哎呀，没有。警察对我挺同情。我真的认为他们都为我有这样一个从事这种买卖的儿子而感到难过。我告诉他们，要是我年轻的话，我可能也做同样的事情，他们都笑了。"

卡瑟尔一向觉得奇怪的是"他们"竟选择了小霍利迪这么不可靠的角色来做中间人，他的店铺随时都会遭到警方搜查。他想，也许这是一种双重失误。负责取缔淫秽制品的稽查队很难说受过精细的反谍报训练，甚至小霍利迪很有可能和他爸爸一样对自己被利用一直蒙在鼓里。那便是他非常想弄清楚的，因为即将要把自己的生命托付给他了。

他凝视着街对面那猩红色的店牌以及橱窗里的色情杂志，同时也为自己的古怪情绪感到惊讶：他迫切地想就这么毫无遮掩地冒一次险。鲍里斯知道了是不会同意的，但现在他已向"他们"递交了最后一份报告及辞呈，他感到有一种不可遏止的愿望去用嘴里吐出的言语进行直接交流，跳过安全藏匿地、书码以及公用电话里那些复杂的信号等环节的干扰。

"你不知道他什么时候回来吗？"他问霍利迪先生。

"不知道，先生。我本人或许也能帮助您？"

"不，不，我不打扰你了。"他们没有给他能引起小霍利迪注意的拨话密码。他们一直小心谨慎地互相回避，以至于有时他想是不是他们唯有在最后的紧急关头才能筹划会面。

他问："你儿子是不是有辆红色的丰田？"

"没有，不过他有时候去乡下时开我的车——为了卖书，先生。他不时地给我帮帮忙，我没法像以前那样四处活动了。您为什么问这个？"

"我想我曾在店外看见过这么一辆。"

"那不会是我们的。在城里不可能。那么多交通堵塞，用车很不经济。我们得厉行节约，响应政府的要求。"

"哦，我希望地方官员别对他太苛刻。"

"您是好心人，先生。我会告诉他您来找过。"

"我刚巧带来了一张便条，也许你能交给他。是要保密的，请一定记住。我不想让人知道我年轻时喜欢收集什么样的书。"

"您完全可以相信我，先生。我从来没有让您失望过。那特罗洛普的书怎么说？"

"哦，忘了特罗洛普吧。"

卡瑟尔在尤斯顿买了一张去沃特福德的票——他不想把他往返的伯克翰斯德的季票拿出来。检票员是能记得季票的。在火车里，为了让脑子不想其他事情，他拿了丢在旁边座位上的晨报看起来。上面有一则对一位他从没见过的影星的访谈（伯克翰斯德的电影院已变成了宾果赌场）。显然这演员结了两次婚。要不是三次？他几年前在一次采访中告诉记者他已告别婚姻了。"那么说你改变主意了？"这个最爱打听飞短流长的文章作者放肆地问道。

卡瑟尔将这则访谈从头到尾看了一遍。这是一个能够向记者谈自己最隐秘的私生活的人："我娶第一个妻子时还是个穷光蛋。她不理解我……我们的性生活一塌糊涂。和娜奥米在一起就不同了。当我精疲力尽地从摄影棚回来时，娜奥米十分善解人意……只要一有机会我们就独自找个像圣托罗佩这样安静的地方待上一个星期，尽情地温存。"我要是指责他就太虚伪了，卡瑟尔想：要是能和鲍里斯谈心我就去谈——人总要有一诉衷肠的时候。

到达沃特福德后他小心地循着先前的路线，在公共汽车站踟蹰片刻，最终还是朝前走去，并在下一个街角稍作停留，看看有没有盯梢的。他来到那家咖啡店，但没有进去，而是径直向前走。上一回他是由那个鞋带松了的男子领着的，这次可没人指引了。到了拐弯处他是向左还是向右？沃特福德这一带的街道看起来都差不多——一排排带山墙的房子，门前都有小花园，栽了滴着露珠的玫瑰——房屋间的连接处是容一辆车的车库。

他故作随意地向四周瞥了一眼又一眼，但他看到的总是相同的房屋，有时是在街边，有时在弯道里，他感到自己被那些类似的路名嘲弄着——"月桂道""橡树地""灌木林"——乃至他要找的"榆树景"。有一回一个警察看见他失魂落魄的样子，便问他是否需要帮助。穆勒的笔记原件如左轮手枪般沉甸甸地压在口袋里，他说不，他只是在这一带找出租房屋的广告。警察告诉他再往前走三四个路口向左转，有两家要出租的，而碰巧的是他在第三个路口左转时便来到了"榆树景"。他记不得门牌号码，不过街灯照在了一扇门的有色玻璃上，这使他认了出来。没有一扇窗户透着灯光。他凑上前仔细瞧，在不抱多少希望的情况下辨认出了那个破损的牌子"限公司"，并按了门铃。此时此刻鲍里斯不大可能会出现在这里；实际上，他可能根本不在英国。他在这里主要是代表他们跟他联络，那么他们为何还要让这条危险的渠道保持开通呢？他又试了试门铃，仍然没有反应。此时如果出来的哪怕是曾要挟过他的伊万，他也会很乐意。没有一人——实实在在地没有一个——留给他，使他能够说些什么的。

他刚才路过一个电话亭，此时他回头向电话走去。他看见马路对面一幢房子未拉帘子的窗户里，一家人正在享用丰盛的午茶，要不就是早早地开始了晚餐：父亲和两个十几岁的孩子，一男一女，都坐在位子上，母亲端着盘子进来，父亲似乎正在念祷文，因为孩子们都低着头。他还记得自己儿时的这种习俗，但他以为这早已不复存在了——也许他们是罗马天主教徒，宗教习俗在他们那里保留得要长些。他开始拨唯一的一个留给他的号码，一个在最后紧急时刻才启用的号码，他同时用手表计时，间隔一段时间就挂上。在拨了五次仍没有响应后，他离开了电话亭。他好像在空旷的街道上喊了五次救命，而是否有人听到也无从知晓。或许在他最后的报告之后所有的通信线路都已切断。

他看了看街对面。那个父亲说了句逗人的话，母亲会心地微笑起来，女孩子朝男孩挤挤眼，大概是想说"老爸又逗你了"。卡瑟尔顺着马路向车站走去——没有人跟踪，没有人在他路过时从窗户里望他，也没有人从他身边经过。他觉得自己是隐形的，流落到一个陌生的世界里，没有人将他认作己类。

他在那条叫"灌木林"的街的尽头停下脚步，这里邻近一座样式丑恶的教堂，看起来那么簇新，仿佛是一夜之间拿自助工具用闪闪发亮的砖头建起来的。里面有灯光，驱使他去找霍利迪的那同一种孤独情绪现在驱使他向教堂走去。从华而不实的装饰、艳丽的圣坛以及那些感伤的雕塑来看，这是一座罗马天主教堂。并没有一帮坚定忠实的中产阶级信徒肩并肩站着吟诵远方的青山。一位老者在离圣坛不远处枕着雨伞把手打盹，两个穿着相似的深暗色衣服，也许是姐妹的妇人在一旁候着，他估计她们身边的就是忏悔室。一个穿橡胶雨衣的女子从帘子里出来，另一个没穿雨衣的又钻了进去，像晴雨屋[1]展现的情景。卡瑟尔找了个靠近的位子坐下来。他感到疲倦——早已过了他喝三份J. & B.的钟点；萨拉要着急了，而当他听着忏悔室里嗡嗡的低声交谈时，那种渴求畅所欲言的愿望在沉寂了七年之后开始在他心中滋生。鲍里斯已完全撤走，他想，我再也没法吐露心事了——当然除非我

---

1 一种形似房屋的机械装置，能根据气压变化用玩偶的进出来报告天气好坏。

最后上了被告席。我可以在那里做他们所谓的"悔过"——当然是在**禁止旁听**的前提下，对他的审判是**禁止旁听**的。

第二个女人出来了，第三个又进去。其他两个精神焕发地抖落掉了自己的秘密——在**禁止旁听**的情形下。她们分别跪在各自的圣坛前，因顺利履行了自己的义务而一副自鸣得意的样子。当第三个女人出来时只剩下他在等候了。那老者醒过来陪其中一个女人出去了。从神父帘子的缝隙里他瞥见了一张长而苍白的脸；他听见有人清了清喉咙，十一月的潮气带给人很多不适。卡瑟尔想：我要说；为什么我不说呢？那样一位神父想必能保守我的秘密。鲍里斯曾对他说："想找人说话了就随时到我这儿来。这危险性比较小。"可他确信鲍里斯再也不会回来了。倾吐一下是一种治疗行为——他缓缓走向忏悔室，如同一个第一次去看心理医生的病人一样颤抖着。

一个对绞刑一无所知的病人。他把身后的帘子拉好，犹豫不决地站在所剩的狭小的空间里。从何说起？淡淡的科隆香水味肯定是其中一个女人留下的。一扇百叶窗咔嗒一声打开了，他看见了一个人锐利的轮廓，就像戏里的侦探。那人影咳了一声，咕噜了一句什么。

卡瑟尔说："我想和您谈谈。"

"你站在那里干什么？"人影说，"你的膝盖丧失功能了吗？"

"我只想和您谈谈。"

"你来这儿不是和我谈的。"人影说。里面传出叮当叮当的声音。那人在膝上放了一串念珠，看来他将它用作了排忧串珠。

"你在这里是和上帝说话。"

"不，不是这样的。我到这儿来就是要说说话。"

神父嫌恶地看看四周。他眼睛里布满血丝。卡瑟尔感到，一个残酷的巧合使他遇上了另一个孤独与沉默的牺牲品，正如他自己一般。

"跪下，你以为你是怎样一个天主教徒？"

"我不是天主教徒。"

"那你到这儿做什么？"

"我想说说话，如此而已。"

"如果你需要指点，你可以把姓名和地址留在内殿。"

"我不需要指点。"

"你在浪费我的时间。"神父说。

"忏悔秘密难道不也适用非天主教徒吗？"

"你得到你所属的教堂去找牧师。"

"我没有所属的教堂。"

"那我想你需要的是医生。"神父说。他啪地关上了百叶窗，卡瑟尔离开了忏悔室。这真是个荒唐的结果，他想，对应着荒唐的行动。即便他获准说话了，他怎能指望这个人理解他？这段历史太久远了，起始于那么多年前的一个陌生国度。

2

他将大衣挂在门厅里时萨拉出来迎接他。她问："出什么事了吗？"

"没有。"

"你从没有不打电话回来这么迟的。"

"噢，我就四处转转，想找人聊聊。谁也没能找到。我估计大家都去度周末长假了。"

"你喝威士忌吗？还是直接吃晚饭？"

"威士忌。要一大杯。"

"要比平时多？"

"是的，不加苏打。"

"**肯定**出什么事了。"

"没什么大事。只是天气又冷又湿，简直像冬天了。萨姆睡了？"

"是的。"

"布勒呢？"

"在花园里找猫呢。"

他在往常的椅子上坐下，往常的沉默亦降临在两人之间。通常情况下他像感受缠于肩上的一条惬意的围巾那样体味着这沉默。沉默便是放松，沉默意味着言语在两人间是多余的——他们的爱牢不可破，无须去确证：他们的爱情已拥有终身保险。可在今晚，当穆勒的笔记原件还在口袋里，而他抄写的复件此时正在小霍利迪手里时，沉默如同真空，使他艰于呼吸：沉默是一切甚至是信任的缺失，是坟墓的昭示。

"再来一杯威士忌，萨拉。"

"你**真的**喝太多了。别忘了可怜的戴维斯。"

"他不是因为喝酒死的。"

"可我以为……"

"你以为的就跟其他人以为的一样。可你错了。如果再给我来杯威士忌太麻烦你了，说一声，我自己倒好了。"

"我只说了句不要忘了戴维斯……"

"我不想这样给人照管着，萨拉。你是萨姆的母亲，不是我的。"

"是的，我**是**他母亲而你连他父亲都不是。"

他们惊讶而慌乱地面面相觑着。萨拉说："我不是想……"

"这不是你的过错。"

"对不起。"

他说："如果我们不好好谈谈，未来就会是这样。我问我干什么去了。我整个傍晚都在找人要聊聊，但谁也没找到。"

"聊什么？"

这个问题又让他沉默了。

"你为什么就不能和**我**说？他们不准，我猜。《公务机密法约》——那些愚蠢的东西。"

"不是他们。"

"那是谁？"

"当我们到英国时，萨拉，卡森派了一个人来找我。他救过你和萨姆。他所要的全部回报就是一点点帮助。我当时心里满是感激，就同意了。"

"那又怎么了，有什么错吗？"

"我妈妈说我小时候总是拿太多的东西去回报别人，可是对于一个把你从BOSS拯救出来的人，我的付出并不算太多。于是就这么着，我成了他们所说的双重间谍，萨拉。我的罪够得上终身监禁。"

他一直明白，终有一天这样的情景将会在他俩之间展现，不过他一直想象不出他们彼此会怎么说。她说："把你的威士忌拿给我。"他递给她杯子，她一口喝下去大半英寸深。"你现在处境危险吗？"她问，"我是说现在。今晚。"

"自从我们一起生活，我就始终处于危险之中。"

"可现在是不是情况恶化了？"

"是的。我认为他们发现了有情报泄露，我认为他们以为是戴维斯。我不相信戴维斯是自然死亡。珀西瓦尔医生说过些什么……"

"你认为是他们杀了他？"

"是的。"

"这么说本来可能会是你？"

"是的。"

"你还在继续干吗？"

"我写了当时自认为是最后一次的报告。我跟整个事情说再见了。可接下来——又节外生枝。是关于穆勒的。我得让他们知道。我希望我已通报他们了。我不知道。"

"处里是怎么发现泄露的？"

"我估计他们在什么地方出了叛徒——很可能就在关键岗位上——他有办法搞到我的报告并传回给伦敦。"

"但如果他把这份也传回来了呢？"

"哦，我知道你会说的。戴维斯死了。我是唯一在处里和穆勒打交道的人。"

"那你为什么还继续干，莫瑞斯？这是自杀。"

"这也许能挽救很多条生命——你族人的生命。"

"别跟我谈我的族人。我已不再有族人了。你就是我的'族人'。"

他想，这肯定出自《圣经》的说法。我听说过。嗯，她上过卫理公会学校。

她用胳膊搂住他，将那杯威士忌送到他嘴边。"我真但愿你没有等这么多年才告诉我。"

"我害怕说出来——萨拉。"他想起了那个《旧约》里的名字。一个叫鲁斯的女人说的正是她刚才说的——或者很类似的话。

"害怕我而不害怕**他们**？"

"为你而害怕。你不会明白在坡拉娜旅馆等你的时候有多么漫长。我以为你再也不会来了。白天我用一副望远镜看外面的车牌号。双数号表明穆勒抓到你了，单数号就是你已在路上了。这一回可不会有坡拉娜旅馆，也没有卡森了。同样的事情不可能发生两次。"

"你要我做什么？"

"最好的办法是你带着萨姆到我母亲那儿去。我俩暂时分开。我们假装大吵了一场，你要准备离婚了。如果什么也没发生，我就待在这里，我们就又能团圆了。"

"那么长时间里我该干什么？看汽车牌号吗？告诉我退而求其次又该怎么做。"

"假如他们还在照顾我的话——我不知道他们有没有——他们答应过我一条安全的逃脱路线，但我得独自先走。所以那样的话你还是得带萨姆去找我妈妈。唯一的区别是我们将不能联络。你没法知道发生了什么——可能相当长的一段时间内都是如此。我想我更宁愿警察登门来逮捕我——这样我们至少还能在法庭上相见。"

"可是戴维斯从没有上过法庭，对吗？不，如果他们还在照顾着你，就走吧，莫瑞斯。那样的话至少我知道你是安全的。"

"你没有说一句责备的话，萨拉。"

"那该是什么样的话？"

"嗯，通常我会被称作叛徒。"

"谁在乎？"她说。她把手放在他的手里：这是一个比接吻更亲密的动作——有时候亲吻的对象也可能是陌生人。她说："我们有自己的国家——你、我和萨姆。你从来没有背叛这个国家，莫瑞斯。"

他说："今晚没必要操心那么多了。我们还有时间，得睡觉了。"

可一上了床他们就立刻开始做爱，想都没想，说也没说，仿佛那是一小时前就约定好了，而他们所有的讨论只是延缓一下而已。他们有几个月没有这样在一起了。如今秘密已被道出，爱则得到了释放，而且他几乎一完成便沉沉睡去。他的想法是这样的：还有时间——在有什么泄露被报告回来之前还有几天，甚或几周。明天是星期六。我们有一整个周末的时间来决定何去何从。

第二章

约翰·哈格里维斯爵士坐在乡村别墅的书房里读特罗洛普。这本应是一段近乎完美的安宁——周末的平静，除了公务在身的政府官员且有紧急报告，谁也不允许打破这一宁静，而紧急报告在秘密情报部门是极为罕见的——夫人很理解他没有去喝午茶，因为她知道下午的格雷伯爵茶会搅了他六点钟喝卡蒂萨克[1]的雅兴。在西非工作的时候，他喜欢上了特罗洛普的小说，尽管他通常并不爱读小说。在愤懑的时候，他发觉《养老院院长》及《巴切斯特塔》[2]之类的书能使人安下心来，可以锻炼他在非洲所需的忍耐力。斯洛普先生让他联想到一个胡搅蛮缠、自以为是的地区专员，而普路迪太太则使他想起了总督夫人。现在他发现有一本小说使他心神不定，而它本来可以像在非洲时那样让他心绪宁

1　一种清淡型的苏格兰威士忌，以著名的"卡蒂萨克"号帆船命名。
2　分别是特罗洛普"巴塞特郡纪事"系列小说的前两部，下文的斯洛普先生和普路迪太太都是该系列小说中的角色。

静的。小说名叫《我们如今的生活方式》，曾有人——他记不清是谁了——告诉他该小说已编成了一部不错的电视剧。他不喜欢看电视，但他深信自己肯定会喜欢看特罗洛普的片子。

所以整个下午他还是享受到了片刻一向能从特罗洛普那儿得到的恬静——维多利亚时期的祥和，那时好的就是好的，坏的就是坏的，谁都能一眼分辨出来。他没有孩子，因此没有人会教他改变看法——他从不想要孩子，他的夫人也如此；这一点他们有着共识，尽管理由也许不尽相同。他不想让自己的公共职责再添加上个人职责（在非洲抚养孩子永远都让人烦恼），而他的妻子——嗯，他不无关爱地认为——她希望能保全她的身段以及独立性。他们对孩子共同的漠视反而强化了他们彼此的爱情。当他肘边放着杯威士忌读特罗洛普时，她正带着同样的满足在自己房间喝茶。这对他俩而言都是一个平静的周末——没有狩猎，没有宾客，十一月的黄昏早早地降临在庄园里——他甚至能够想象自己正在非洲，在丛林里的疗养所里，无须长途跋涉——虽然他向来很喜欢——远离总部。厨师现在会在疗养所后面拔鸡毛，那些野狗也会聚拢来企图分点儿残羹冷炙……远处公路上的灯兴许就是村落里的灯，那里的姑娘们正互相在头发里挑虱子。

他正在读关于老麦尔摩特的内容，跟他在一起的人都将他看成骗子。麦尔摩特在下议院的餐馆里占据了一个位子——"根本不可能赶他走——就像几乎不可能紧挨着他坐一样。甚至服务员也不愿意伺候他；可是耐心和毅力最终使他得到了晚餐。"

很不情愿地，哈格里维斯感到被麦尔摩特的那种孤立无援吸引住了，他还很遗憾地回想起当珀西瓦尔医生谈起对戴维斯的喜爱时，他对珀西瓦尔说的话。他用了"叛徒"一词，正如麦尔摩特的同事用了"骗子"一般。他继续读："那些观察他的人相互间都认为他对自己的厚颜无耻自得其乐；可实际上他在那一刻大概是整个伦敦最最悲惨的一个了。"他从不认识戴维斯——如果在办公楼的过道里碰见了他是不会认得的。他想：也许是我说得轻率了——我做出了愚蠢的反应——可除掉他的是珀西瓦尔——我不该让珀西瓦尔来负责这个案子……他往下看："可即便是他，在被全世界都摒弃，因犯了法而遭受严惩，其面前除了最凄惨的景况一无所有时，还能用其最后的自由时光来为自己造出名声，尽管被人骂作厚颜无耻。"可怜的家伙，他想，勇气可嘉。戴维斯有没有猜到，当他离开房间一会儿时，珀西瓦尔医生给他的酒里放了什么？就在此时电话响了。他听见妻子在房间里接了过去。她在尽力维护他的宁静，这比特罗洛普还重要，可尽管如此，电话那头的什么紧急情况还是迫使她把电话转了过来。他满不情愿地拿起了听筒。一个他不认得的声音说道："我是穆勒。"

他还沉浸在麦尔摩特的世界里。他说："穆勒？"

"科尼利厄斯·穆勒。"

一阵令人不自在的停顿。然后那声音解释道："从比勒陀利亚来的。"

约翰·哈格里维斯爵士一时间以为这陌生人准是从那个遥远的城市打来的，接着他便记起来。"是的。是的。当然。我能为你做什么？"他补充道，"我希望卡瑟尔……"

"我**正是**想和您谈卡瑟尔，约翰爵士。"

"我星期一会在办公室。如果你现在打给我的秘书……"他看了看表，"她应该还在办公室。"

"您明天不会在吗？"

"不。我这个周末在家过。"

"我能来见您吗，约翰爵士？"

"那么要紧的事？"

"我认为是的。我强烈地感觉到我犯了一个严重的错误。我迫切地希望和您谈谈，约翰爵士。"

特罗洛普看不成了，哈格里维斯想，可怜的玛丽——当我们在这里的时候我总尽力把公务抛开，可它总是要挤进来。他想起来那个狩猎之夜，丹特里是那么难缠……他问："你有车吗？"

"有的。当然有。"

他想，假如今晚我给他足够的礼遇，那星期六还会有空闲。他说："两小时的车程，如果你愿意来吃晚餐的话。"

"当然愿意。您真是太好了，约翰爵士。如果我没觉得这事很紧要的话，我是不会来打扰您的。我……"

"我们大概只来得及做煎蛋了，穆勒。家常便饭。"他又说。

他放下话筒，同时想起了他们杜撰的关于他和食人者的故事。他来到窗口朝外看。非洲消退了。那灯就是通往伦敦及办公楼的公路上的灯。他感到麦尔摩特的自杀已然迫近——别无他路了。他来到客厅：玛丽正用一只她在克里斯蒂拍卖行购得的银茶壶里倒出一杯格雷伯爵茶。他说："很抱歉，玛丽。我们有客人要来吃晚饭。"

"我就担心这个。在他坚持要和你说话时……是谁呀？"

"BOSS从比勒陀利亚派来的人。"

"他就不能等到星期一？"

"他说情况太紧急。"

"我不喜欢这些搞种族隔离的浑蛋。"普通的英国粗口在她的美国腔里总显得有些奇怪。

"我也不喜欢，不过我们得跟他们合作。我想我们可以赶紧弄点东西出来吃。"

"有几块冷牛肉。"

"那比我向他许诺的煎蛋要强。"

这是一顿拘谨的晚餐，因为没有什么话题好谈，尽管哈格里维斯夫人在博若莱葡萄酒的帮助下已使出了全部解数来寻找可能的谈资。她坦陈自己对南非文学和艺术一无所知，不过看来穆勒也不比她知道得多。他说了些诗人和小说家的名字——他倒也提了赫兹佐格文学奖，但又补充说没有读过一本获奖作品。"他们很不可靠，"他说，"大多数。"

"不可靠？"

"老是掺和在政治里。有个诗人因为帮助恐怖分子现在正蹲着监狱。"哈格里维斯试图换个话题，可他能想到跟南非有关的只有黄金和钻石——它们也在掺和政治，就和作家们一样。钻石这个字眼儿使人想起纳米比亚，而他记得那个百万富翁奥本海默支持了进步政党。他的非洲是那个丛林里的贫困非洲，而政治却像废矿床一样横亘在南部非洲。当他们终于能够单独带着一瓶威士忌在两张舒适的椅子里坐下来时，他感到很高兴——坐在舒适的椅子里谈艰难的话题总要好过些——他一向觉得坐在舒适的椅子上是很难发脾气的。

"你得原谅我没在伦敦迎接你，"哈格里维斯说，"我得去华盛顿。没法躲避的例行访问。我希望我手下的人很好地接待了你。"

"我那会儿也得离开的，"穆勒说，"去波恩。"

"但不算是例行访问，我想？协和飞机把伦敦拉得跟华盛顿近得要命——他们简直指望你过去吃午饭。我希望在波恩一切进行得都很圆满——当然是在适度范围内的。但我估计你已经和我们的朋友卡瑟尔都讨论过了。"

"您的朋友，我认为，谈不上是我的。"

"是的，是的。我知道多年前你们有过点儿小麻烦。但那已是陈年往事了。"

"你认为会有陈年往事吗，爵士？爱尔兰人可不这么看，而你们所谓的布尔战争在很大程度上仍然是我们的战争，只不过我们称之为独立战争。我很担心卡瑟尔。正为这个我今晚才来打扰您。我办事不够慎重。我让他拿走了我关于波恩之行的一些记录。当然没有机密的东西，但要是仔细在字里行间琢磨的话……"

"我亲爱的朋友，你完全可以信任卡瑟尔。如果他不是最合适的人选，我不会请他来向你介绍情况……"

"我到他家里去吃过晚饭。我很惊讶他娶了个黑人姑娘，就是您说的那个小麻烦的起因。他甚至好像跟她还有个孩子。"

"我们这里没有种族歧视，穆勒，而且我们也彻底审查过她，这我可以向你保证。"

"不管怎样，当时组织她逃跑的是共产党。卡瑟尔是卡森非常要好的朋友。我想您知道这个。"

"关于卡森我们全知道——还有那次逃亡。卡瑟尔的工作就是与共产党人接触。卡森还在给你们找麻烦吗？"

"不。卡森死在监狱里——肺炎。我看得出在我告诉卡瑟尔时他有多难过。"

"如果他们是朋友的话，怎么会不难过呢？"哈格里维斯不无遗憾地看着搁在卡提撒克威士忌旁边的那本特罗洛普的小说。穆勒突然站起身在房间里踱起步来。他在一张照片面前停住，照片上一个黑人戴着以前传教士常戴的黑色软帽。他的半边脸因害狼疮而变了形，而且只咧着半边嘴朝摄影师微笑着。

"可怜的人，"哈格里维斯说，"我给他照时他已快死了。他知道的。他是个勇敢的人，就像所有克鲁人一样。我想留下点什么来纪念他。"

穆勒说："我还没有彻底坦白，爵士。我意外地给卡瑟尔拿错了笔记。我本来给他写了一份，另有一份留作写报告时用，我把两个搞混了。的确没有非常机密的东西——我在这儿是不会把非常秘密的情报写在纸上的——但有些语句很不慎重……"

"真的，穆勒，你不必担心。"

"我还是禁不住很担心，爵士。在这个国家里，你们的生活氛围真是不同。和我们相比，你们没有什么恐惧感。那张照片里的黑人——您喜欢他？"

"他是朋友——一个我爱的朋友。"

"我对一个黑人可不会那样说。"穆勒回答。他转过身。在房间另一头的墙上挂着一副非洲来的面具。

"我信不过卡瑟尔。"他说，"我没法证明，可我有一种直觉……我但愿您当初另找了别人来向我介绍情况。"

"能处理你的材料的只有两人。戴维斯和卡瑟尔。"

"戴维斯就是那个死了的？"

"是的。"

"在这里你们处理事情真是轻松。有时我很羡慕你们。像对待黑人小孩一样。您知道，爵士，就我们的经验而言，没有比在情报部门工作的官员更脆弱的人了。几年前我们在BOSS找到了一处泄露——在专对付共产党的部门。是我们最有才干的一个人。他爱交朋友——而友情左右了他。卡森也牵涉进了那个案子。还有一个例子——我们的一个官员是个才华横溢的棋手，情报工作在他看来就是另一盘棋而已。他只在棋逢对手时才会有兴致。到后来他越发感到不满足。棋局太简单了——于是他自己和自己玩了起来。他想只要那盘棋没下完，他就感到很快乐。"

"然后他怎么了？"

"他现在死了。"

哈格里维斯又想起了麦尔摩特。人们在谈到勇气时都视之为一种基本美德。那么一个骗子、破落户占了下院餐厅的位子，他的勇气又是什么？勇气是正当的吗？不管什么方面的勇气都能引出美德吗？他说："我们很高兴戴维斯就是我们要封堵的漏洞。"

"一起幸运的死亡？"

"肝硬化。"

"我和您说过卡森死于肺炎。"

"我恰巧知道卡瑟尔是不会下棋的。"

262

"还会有别的动机。贪财。"

"那肯定不适用于卡瑟尔。"

"他爱他的妻子，"穆勒说，"还有他的孩子。"

"这又怎么了？"

"他们都是黑人。"穆勒言简意赅地答道，他的目光注视着对面墙上那个克鲁人酋长的相片，就仿佛，哈格里维斯想道，连我也得不到他的信任，他的满腹狐疑如同好望角上的探照灯，怀疑地扫过海面，搜寻着敌方舰只。

穆勒说："我向上帝许愿你们是对的，泄露确系戴维斯所为。可我不相信。"

哈格里维斯看着穆勒坐着他的黑色奔驰穿过庄园离去。汽车灯光的移动放慢了速度并停了下来；他肯定到达了岗亭，自从爱尔兰人开始安放炸弹后就有特别行动组的人在此执勤。庄园看起来不再像是非洲丛林的延伸了——那只是他家族领地的一小块地方，而且这对哈格里维斯而言从没像过家园的样子。时间已近午夜。他上楼去自己的更衣室，但他仍将衬衫穿在身上。他用毛巾裹住脖子并开始刮脸。晚饭前已刮过了，这本不是必须的，但他在刮脸的时候思路总是比较清晰。他试图回想穆勒怀疑卡瑟尔的原因是什么——他与卡森的关系——这算不上什么。黑皮肤的妻子和孩子——哈格里维斯带着忧伤和失落回想起多年以前在还没结婚时他认识的那个黑人情妇。她死于黑尿热毒，她死时他感到自己的非洲之爱的一大部分也随她埋进了坟墓。穆勒说起过直觉——"我没法证明，可我有一种直觉……"哈格里维斯是绝不会小视直觉的。在非洲时他就是靠着直觉生活，他习惯了凭直觉挑选男仆——而不看他们带来的、附有字迹难辨的推荐信的笔记本。有一次他还靠直觉救了自己的命。

他擦干脸，思索着：我要给以马内利打个电话。在这个部门里，珀西瓦尔医生是他唯一真正的朋友。他打开卧室门朝里张望。屋里没开灯，在妻子开口之前他以为她已睡了。"你还在忙什么，亲爱的？"

"一会儿就好。我只想给以马内利打个电话。"

"那个叫穆勒的人走了？"

"是的。"

"我不喜欢他。"

"我也不喜欢。"

第三章

1

卡瑟尔醒来时看了看表，尽管他相信自己脑子里有相当强的时间概念——他知道会是八点还差几分钟，正好让他到书房收看新闻而不用吵醒萨拉。他很惊讶地发现手表已指向了八点五分——身体里的时钟以前一向准确，他怀疑表出了问题，可当他到书房时重要新闻已播完了——只剩一些充当下脚料的花边新闻：4号公路上的一起恶性交通事故，怀特豪斯夫人对一项新展开的反淫秽书刊运动表示欢迎，好像她还举了个例子，一件鸡毛蒜皮的事，某个叫荷利迪的书店老板——"对不起，叫霍利迪"——因向一个十四岁男孩兜售淫秽影片而上了纽应顿巴兹地方法庭。他的案子已送到中央刑事法庭，保释金二百英镑。

那么他现在是自由的了，卡瑟尔想，大概正受到警方的监视，穆勒的笔记还在他兜里。他也许害怕将其送到指定的藏匿地，甚至害怕将其销毁；他最有可能的选择是以此来跟警方讨价还价。"我比你们想的可重要多了：如果能把这点儿小事摆平，我会给你们看些东西……我要跟特别行动组的人谈。"卡瑟尔完全能够想象得出此时可能正在进行的对话：抱怀疑态度的地方警察，霍利迪出示了穆勒笔记的第一页作为引诱。

卡瑟尔打开卧室门：萨拉还睡着。他告诉自己他一直预期的时刻现在已到来了，他要思路清楚、行事果断。怀着希望跟怀着绝望一样不合时宜，是会把脑筋搅乱的情感因素。他必须假设鲍里斯已经走了，线路已切断，他得靠自己了。

他下楼到客厅，在这儿萨拉听不见他拨电话，他第二次拨了留给他的最后紧急号码。他无从知晓那头的电话正在哪个房间响起——交换终端是在肯辛顿的某个地方：他拨了三次，每次间隔十秒，他感觉自己的紧急求救信号正发送到一个空荡荡的屋子里，可他无法辨别……没有其他的求助手段，剩下他能做的事情只有清理自己这块地盘。他坐在电话机旁盘算着计划，或者更准确地说是将各项计划都过一遍并加以敲定，因为这些步骤是他早已制定好的。已经没有剩下什么重要东西需要销毁的了，他几乎可以肯定，没有他曾用来编码的书……他也确定没有需要烧掉的文件……他可以安全离开屋子，让它锁着，空着……当然没法将狗也烧了……他怎么处理布勒？此刻受一只狗的困扰是多么荒唐，一只他从来不喜欢的狗，可他母亲决不会容许萨拉把布勒带到萨塞克斯的房子里作为永久寄宿者的。他可以把它留在一处养狗场里，但他不知道哪里有……这是一个他从未能解决的问题。他一边对自己说这并非是个关键问题，一边上楼去叫萨拉。

怎么今天早晨她睡得如此之沉？他怀着哪怕是面对一个睡着的敌人也会产生的柔情注视着她，并回想起做爱之后他是怎样陷

266

入了几个月以来最深度的睡眠之中，只因为他们开诚布公地谈了，因为他们不再有秘密。他亲吻她，她睁开了眼睛，他看得出她立刻明白了时间已所剩无几；她不能再像平时那样慢腾腾地醒来，伸伸懒腰，说："我梦见了……"

他告诉她："你得现在给我妈妈打电话。如果我们吵了架，**你**来打显得更自然。问问你能否和萨姆在那里待几天。你可以稍微扯点谎。要是她认为你没说实话反而更好，这样你到那里慢慢把事情讲出来就会更容易。你可以说我做了不可原谅的事情……我们一整晚都在谈。"

"可你说过我们还有时间……"

"我错了。"

"出事情了？"

"是的。你必须立刻带萨姆走。"

"你还留在这儿？"

"要么他们会帮助我出去，要么警察找上门来。那样的话你们就不能在这里。"

"我们就这么结束了？"

"这当然不是结束。只要我们活着，就一定能团聚。以某种方式，在某个地方。"

他们彼此几乎一言不发，迅速地将衣服穿好，就像旅途中必须合住一个卧铺车厢的陌生乘客。只是在她准备去叫醒萨姆时她才问道："那么学校怎么办？我想这会儿不会……"

"现在不用担心。星期一时再打电话说他病了。我要你俩尽快离开，以防警察来。"

五分钟后，她回到房间，说："我和你妈妈说了。她不是特别欢迎。她邀了人吃午饭。布勒怎么办？"

"我会想办法。"

九点差十分时她做好了带萨姆走的准备。出租车停在了门口。卡瑟尔感到一阵极为难受的虚幻感。他说："如果什么事也没有你们就可以回来了。我们争吵完了会重归于好的。"至少萨姆挺开心。卡瑟尔看着他和司机说笑着。

"如果……"

"你当年不是来坡拉娜了吗。"

"是的，可你曾说过事情不会以同一种方式发生两次。"

在出租车旁他们甚至忘了吻别，当他们狼狈地想起来时，那亲吻却显得毫无意义，空洞，此外便是感到这一离别是那么不真实——是他们梦里才会有的。他们总在交换自己做的梦——这些秘密的代码比超级编码器更加牢不可破。

"我能打电话吗？"

"最好不要。如果一切平安无事，我会几天后在电话亭打给你。"

当出租车开走时，他甚至无法最后看她一眼，因为后窗是有色玻璃。他进屋开始收拾一只小号的提包，对监狱或逃亡生活都适用。睡衣、洗漱用品、一条小毛巾——犹豫片刻后他又拿了护照。然后他坐下来开始等。他听见一个邻居开车走了，星期六的沉寂便降临下来。

他觉得自己是唯一留在国王路的活人了，此外就是在街角的警察。门被推开，布勒摇摇晃晃地走进来。它用后臀坐着，睁大了它那有催眠作用的眼睛盯着卡瑟尔。"布勒，"卡瑟尔轻声说，"布勒，你向来是个不小的麻烦，布勒。"布勒继续凝视着他——那是请求出去遛遛的方式。

当一刻钟以后电话响起时布勒还这样看着他。卡瑟尔让电话继续响着。铃声一遍一遍像小儿的哭叫。这不可能是他所希求的信号——如果在线上耽搁那么长时间就无法控制了——大概是萨拉的某个朋友的，卡瑟尔想。无论如何都不会是找他的。他没有朋友。

2

珀西瓦尔医生正坐在"革新"的厅堂里等候，靠着宽大堂皇的楼梯，似乎修建那楼梯就为了负荷那些留着胡须或鬓角、一副永远正派模样的老自由党政治家的重压。当哈格里维斯进来时只有另一位会员待在屋里，他长得瘦小、平庸，还近视，正吃力地读着自动收报机上的字条。哈格里维斯说："我知道该轮到我，以马内利，可'旅行者'打烊了。我希望你别介意我请了丹特里来。"

"嗯，他不是饭桌上最让人开心的同伴，"珀西瓦尔医生说，"安全方面的麻烦事？"

"是的。"

"我本希望你从华盛顿回来后能耳根清净些的。"

"干这一行别指望能有多少太平日子。反正我也没觉得享受了什么清净，或者这么说吧，我干吗还不退休？"

"别提退休，约翰。上帝才知道你走了后他们会把外交部里什么样的角色塞给我们。什么事让你烦心了？"

"让我先喝点什么。"他们上了楼，在伸出餐厅外的平台上找了位子坐下。哈格里维斯喝了杯纯卡提萨克。他说："假设你错杀了人，以马内利？"

珀西瓦尔的目光里没有流露出惊讶。他仔细地检视着他那杯干马提尼的成色，闻了闻，用指甲挑去了柠檬皮切口，好像他已给自己开好了药方。

"我有信心我没弄错。"他说。

"穆勒可不像你这么胸有成竹。"

"哦，穆勒！穆勒能知道什么？"

"他什么也不知道。但他有种直觉。"

"如果仅此而已的话……"

"你从来没去过非洲，以马内利。你要相信非洲的直觉。"

"丹特里期望的可要比直觉多得多。他甚至对关于戴维斯的事实也不满意。"

"事实？"

"去动物园以及去牙医那里——就举这么一个例子。还有波顿。波顿是决定性的。你准备跟丹特里说什么？"

"我的秘书今天一早就试着打电话给卡瑟尔。根本没有回答。"

"他大概和家人去度周末了。"

"是的。但我让人打开了他的保险柜——穆勒的笔记不在。

我知道你要说什么，人都有粗心大意的时候。可我考虑，如果丹特里到伯克翰斯德去一趟——嗯，如果他发现没人在，那正好有机会将屋子仔细检查一遍；而要是他在的话……他见到丹特里会很惊讶，要是他心里有鬼的话……他多少会紧张的……"

"你跟MI5说了吗？"

"说了，我找了菲利普。他又开始监听卡瑟尔的电话了。上帝保佑这一切都不会有结果。不然则将意味着戴维斯是无辜的。"

"你不用那么操心戴维斯。对处里来说，他不是损失，约翰。当初真不该录用他。他工作效率低，做事马虎，酒喝得太多。反正他迟早都是个问题。不过如果穆勒是对的话，卡瑟尔会让我们相当头疼。黄曲霉毒素没法用了。谁都知道他酒喝得不多。那就得对簿公堂了，约翰，除非我们能想出别的法子。他得有辩护律师。证据**禁止旁听**。记者要恨死了。耸人听闻的通栏标题。我猜如果谁都不满意的话，丹特里准会很高兴。他最会坚持照章办事。"

"他终于来了。"约翰·哈格里维斯爵士说。

丹特里顺着宽大的楼梯登上来，走得很慢。也许他希望检验每走过的一步，仿佛那都是充满了蛛丝马迹的证据。

"但愿我知道应从何说起。"

"为什么不像对我那样——直来直去一点？"

"啊，可他的皮没你厚，以马内利。"

3

时间显得如此漫长。卡瑟尔试着读书，可没有一本能缓解他的紧张。在段落与段落之间，他总禁不住要想他是否还在家里落下了什么会让他承担罪责的东西。他已把所有书架上的所有书都查了一遍——再没有他曾用来编码的书：《战争与和平》已被安全销毁。他已把书房里所有用过的复写纸——不管是多么毫无干系的——都拿出来烧了：书桌上的电话名录也无秘密可言，都是什么肉店老板以及医生的，但他感觉自己肯定把什么线索忘在了某个地方。他记得那两个特别行动组的人是怎么搜查戴维斯的住处的；他记得戴维斯在他父亲送他的勃朗宁诗集上用"c"做的记号。这座房子里不会有爱情留下的痕迹。他和萨拉从不互递情书——在南非情书会成为罪证。

他从没有度过这么漫长而孤寂的一天。他不觉得饿，尽管只有萨姆吃了点儿早饭，但他告诉自己夜晚降临之前根本无从知晓会发生什么，也没办法知道下一顿饭会在哪里吃。他在厨房里坐下，面前是一盘冷火腿肉，可他才吃了一块便想起现在得去听听一点钟的新闻。他从头听到尾，连最后一条足球新闻也听了，因为谁也不能那么肯定——说不定有紧急的补充呢。

可当然，没有任何与他有一丁点儿关系的报道。连小霍利迪也没提到。不大可能会有他的新闻；从此往后他将彻底地过上一种非公开的生活。对于一个从事了那么多年秘密情报工作的人而

272

言，他感受到一种古怪的游离在所有人之外的滋味。他禁不住想再发一遍紧急求助信号，可甚至此前从家发出第二次信号也已经很鲁莽了。他根本不知道他的信号会在哪里响起，可监听他电话的人则能轻而易举地跟踪到那个号码。随着时间的流逝，现在他对昨晚已确信的事情更加没有怀疑，即这条线路已被切断，他已遭遗弃。

他把剩下的火腿肉给了布勒，后者在他裤子上留下一串唾液以示回馈。他早就该带它出去了，可他不愿意走出这有四堵墙的房屋，甚至不想去花园。如果警察来了，他希望能在家里被捕，而不是光天化日在邻居主妇隔着窗的注视之下。他楼上床头柜的抽屉里有一把左轮手枪，一把他从未向戴维斯提过的左轮手枪，一把相当合法的左轮手枪，其历史可追溯到他在南非的时候。那里几乎每个白人都有枪。买枪的时候，他给一个弹仓装了子弹，另一个弹仓空着以防走火，而那弹药在枪里安安静静地待了七年。他想：警察破门而入的时候我可以给自己来一枪，可他非常明白对他来说自杀是绝不可能的。他已向萨拉保证他们终有一天会团圆的。他拿起书，又打开电视，接着又拿起书。一个疯狂的念头萌生出来——坐上去伦敦的火车，找小霍利迪的父亲问个究竟。可也许他们已经在监视他的房子以及车站了。到了四点半，在已近黄昏，灰黑的夜幕快要降临时，电话铃声第二次响起，而这一次他不合逻辑地去接了。他抱着一丝希望——会是鲍里斯，尽管他很清楚鲍里斯决不会冒险打到他家里。

他母亲严厉的嗓音传了过来，仿佛她跟他就在同一屋里。

"是莫瑞斯吗？"

"是的。"

"我很高兴你在家。萨拉似乎认为你可能已经走了。"

"没有，我还在。"

"你们之间到底发生了什么荒唐事？"

"不是荒唐事，妈妈。"

"我告诉她把萨姆留在我这儿，她应该立即回去。"

"她不会回来的，是吗？"他担心地问道。再来一次离别是无可忍受的。

"她拒绝离开。她说你不会让她进去。这当然太可笑了。"

"一点儿也不可笑。如果她来我就得走。"

"你们俩到底怎么了？"

"总有一天你会知道的。"

"你们在考虑离婚吗？这对萨姆来说太糟糕了。"

"目前只是分居。先安静一段时间再说，妈妈。"

"我不明白。我讨厌不明白的事情。萨姆想知道你有没有喂饱布勒。"

"告诉他我喂过了。"

她挂了电话。他想知道是否有台录音机正在什么地方把他们的对话记下来。他需要来杯威士忌，可酒瓶是空的。他走下曾经是煤窖的地下室，这里存放了他的葡萄酒和烈性酒。运煤的通道已改成了一种斜窗。他抬头看见人行道上反射着一盏街灯的光线，以及站在灯下的某人的腿。

那双腿并没有藏在制服里，但当然其主人也许是特别行动组的便衣警官。不管他是谁，他就这么毫无顾忌地靠着门，可这么做的目的很可能是想吓得他惊慌失措。布勒跟着他下来；它也注意到上面的这双腿并开始叫起来。它目光里流露出危险的神气，它后臀着地坐着，高举着鼻子，可要是那双腿能再近一点，它会扑上去咬住裤管，并在上面留下唾液。他俩注视着，而那双腿却挪出了视线，布勒失望地咕噜着——它失去了一个交新朋友的机会。卡瑟尔找到一瓶J. & B.（他发觉威士忌的成色已不再重要了），并拿着酒上了楼。他想：如果我没把《战争与和平》销毁，也许还有时间可以读几章来消遣。

焦虑再一次驱使他到卧室，在萨拉的物品里翻找旧信，尽管他想不出他给她的信里会有什么能定他的罪，可在特别行动组的手里，最清白的语言也可以罗织成罪状。他没法相信他们会善罢甘休——这类案子里总有那种寻机报复的丑恶嘴脸。他什么也没找到——当你在恋爱之中而又和爱的人在一起，那些过去的信便不再有何价值。有人按了前门的铃。他站在那里听着，门铃又响了一声，接着是第三声。他对自己说没必要让这个访客吃闭门羹，不去开门也很愚蠢。如果那线路并未被切断，那也许会有什么消息或指示传递过来……他不假思索便从床边的抽屉里取了那把只装了那么一颗子弹的左轮枪，放在了口袋里。

走到门厅时他还在踌躇。门上方的有色玻璃将一块块菱形的黄色、绿色和蓝色投射在地板上。他想若在开门时手持左轮手枪，警察将有权出于自卫向他开枪——那可是个轻易的解决办法；在死无对证的情况下也好向公众交代。于是他又用一贯的思路责备起自己：他的行为既不能受希望驱使，也不能被绝望左右。他将枪留在衣袋里，并打开门。

"丹特里！"他惊叫道。他没想到会看见他认识的面孔。

"我能进来吗？"丹特里用一种羞怯的语调问。

"当然。"

布勒突然从其藏身之处蹿了出来，丹特里往后退了一步。"它没有危险。"卡瑟尔说。他抓住项圈将布勒拎过来，布勒的唾液洒在两人之间，像个手忙脚乱的新郎把婚戒丢在地上。"你来这儿干什么，丹特里？"

"我正巧开车经过，想来看看你。"这借口一听就是假的，连卡瑟尔都为他感到难过。他不像MI5培养的那种圆滑、友善却能置人于死地的讯问者。他不过是个负责情报安全的官员，只会严守规章以及检查公文包。

"你喝点儿什么吗？"

"好的。"丹特里的嗓子有些嘶哑。他说——仿佛他谈任何事都需要有个借口——"这晚上又冷又湿。"

"我一天都没出门。"

"你没出门过？"

卡瑟尔想：如果早晨的电话是从办公室打来的，那可真是个不小的失误。他补充道："就是带狗到花园里遛了一圈。"

丹特里拿起盛了威士忌的酒杯，盯着看了好一会儿，然后环顾了一下客厅，眼光轻微而迅速地闪动，像新闻记者那样不停地拍着快照。简直能听见眨眼皮的声音。他说："我真的希望没有打扰你。你夫人……"

"她不在。就我一个。当然还有布勒。"

"布勒？"

"那条狗。"

两人的声音使屋里的沉寂显得更加浓重。他们交替打破着这静默，说着些无关紧要的话。

"我希望没把威士忌兑得太淡。"卡瑟尔说。丹特里仍一口未喝。"我没想……"

"不，不。这正是我爱喝的。"沉默又像剧院里那沉重的安全幕帘似的落下来。

卡瑟尔鼓足信心开了口："事实上，我遇到了点儿麻烦。"不妨利用这个机会来说明萨拉的清白。

"麻烦？"

"我妻子离开了我，带着我儿子。她到我母亲家去了。"

"你是说你们吵架了？"

"是的。"

"我感到非常遗憾，"丹特里说，"这些事发生时总是很讨厌。"他似乎在描述一种和死亡一样无可回避的情形。他又说："你记得上回我们遇见的那次——在我女儿的婚礼上？你能在婚礼后陪我去我妻子家可真好。我很高兴你能跟我一起去。可后来我打碎了她的一只猫头鹰。"

"是的。我记得。"

"我想我还没好好谢过你。那也是个星期六，跟今天一样。她气坏了。我妻子，我是说，就为了那只猫头鹰。"

"我们不得不为了戴维斯立刻离开。"

"是啊，可怜的家伙。"安全幕帘又降了下来，仿佛在循着一根老式的幕帘线。最后一幕即将拉开。该到正面接触的时候了。他们同时端起了酒杯。

"你对他的死有什么想法？"卡瑟尔问。

"我不知道该怎么想。说实话我尽量不去想。"

"他们相信他得为我这个分部的情报泄露担当罪责，是吧？"

"他们对在安全部门工作的官员不算太信任。你怎么会有这个看法的？"

"在我们部门里死了人，叫来特别行动组的人搜查住处，这可不是常规做法。"

"是的，我也觉得。"

"你也觉得死得离奇？"

"为什么这么说？"

我们的角色是否转换了，卡瑟尔想，是**我**在盘问**他**吗？

"刚才你说你尽量不去想他的死。"

"我说了吗？我也不知道我想说什么。也许是因为你的威士忌。你可没怎么兑水，你知道的。"

"戴维斯从来没向任何人泄露过什么情报。"卡瑟尔说。他感觉丹特里在看他的衣袋，衣袋因为枪的重量而垂到了椅垫上。

"你相信？"

"我知道。"

他说不出什么能更彻底地诅咒自己的话了。也许丹特里毕竟不是等闲之辈；他所展示的羞涩、迷惑和自我表白或许是些新手段，那么他接受的讯问技巧训练可又比MI5高出一个级别了。

"你知道？"

"是的。"

278

他很想知道丹特里下一步会怎么做。他没有逮捕权。他得找地方打个电话给办公室商量一下。最近的电话是在国王路尽头的警察局……他肯定没有勇气问是否可以用卡瑟尔的电话吧？他看出来口袋里沉甸甸的是什么了吗？他害怕吗？他走之后我还有时间逃，卡瑟尔想，假如还有地方可以逃的话；可是毫无目的地逃，仅仅为了延迟被捕，只是慌不择路的表现。他宁愿就在这里等着——那至少还能保存一定程度的尊严。

"说实话，我一直对这件事有疑问。"丹特里说。

"那么他们真向你透露了什么？"

"只是出于安全检查的需要。那些事情我得安排。"

"那对于你来说真是个糟糕的日子，对吧？先是打碎了猫头鹰，接着又看见戴维斯死在床上。"

"我不喜欢珀西瓦尔医生说的话。"

"什么话？"

"他说：'我当时没料到会出事。'"

"是的。我现在想起来了。"

"这使我睁开了眼睛，"丹特里说，"使我明白了他们一直在干什么。"

"他们的结论下得太快了。他们没有去好好地调查其他的可能性。"

"你是说你自己？"

卡瑟尔想，我不能这么便宜了他们，我不想和盘托出，不管他们这种新技巧有多么管用。他说："或者沃森。"

"哦，是的，我忘了沃森。"

"我们部门的所有文件都经他的手。还有，当然还有驻马普托的69300。他们不可能彻底检查他的账目。谁知道他在罗得西亚或南非有没有银行存款呢？"

"说得很对。"丹特里道。

"还有我们的秘书。牵涉进来的不仅是我们的个人秘书。她们都集中在一个房间工作。姑娘们难道每次上厕所时都会把正在编码的电报或是正在打的报告锁上吗？"

"我明白。我自己就检查过她们的工作间。总是有很多粗心大意的事。"

"粗心大意也有可能发生在上层。戴维斯的死就有可能是个犯罪性的粗心大意的例子。"

"如果他无罪的话，这就是谋杀。"丹特里说，"他根本没机会为自己辩护，找个律师什么的。他们害怕审判会给美国人带来负面影响。珀西瓦尔医生和我说了关于箱子……"

"哦是的，"卡瑟尔说，"我知道那种**陈词滥调**。我自己也常听人说。嗯，戴维斯现在算老老实实地待在箱子里了。"

卡瑟尔意识到丹特里的目光正停留在他的口袋上。丹特里是否在假装附和，以便能安全逃回车里？丹特里说："你和我正犯着相同的错误——过早地下结论。戴维斯也许是有罪的。你怎能**这么**肯定他没有罪？"

"你要能找到动机。"卡瑟尔说。他踌躇着，他躲避着，可他简直忍不住想回答："因为是我泄露的。"他感到确信此时那条线路已被切断，他根本指望不上援助，那么这么延迟又图个什么？他喜欢丹特里，自从他女儿婚礼那天后他对他就颇有好感。

在他打碎了猫头鹰之后，在他打碎了婚姻处于落寞之中时，他在他眼里突然变得很有人性。要是谁能从他的坦白交代中捞取到什么好处，他希望那人是丹特里。既是如此何不放弃抵抗，乖乖地跟着走，就像警察常说的那样？他在想自己这样拖长游戏时间是不是想找个伴儿，以逃避这屋子的寂寞，以及牢房的寂寞。

"我猜戴维斯的动机是为了钱。"丹特里说。

"戴维斯不太在乎钱。他需要的只是够玩玩赌马，喝点儿像样的波尔图。你在分析情况时得再仔细一点。"

"什么意思？"

"如果有嫌疑的是我们这个部，那么泄露只可能跟非洲有关。"

"为什么？"

"由我们部经手的情报还有很多其他的，由我们转出去，其中准有俄国人更感兴趣的。可如果是那些情报有了泄露，你难道看不出，其他部门就也有嫌疑？所以泄露只可能出在专由我们负责的非洲这块儿。"

"对的，"丹特里表示同意，"我明白了。"

"这似乎意味着——嗯，并不全是意识形态的问题——你没必要去排查一个共产主义分子——而是要留意跟非洲，或是非洲人有着密切联系的人。我怀疑戴维斯是否认识什么非洲人。"他顿了顿，然后不慌不忙，带着玩危险游戏的快感补充道："当然，除了我妻子和我孩子。"他似乎明确了所有的暗示，却仍然言不尽意。他续道："69300在马普托待了不少日子了。谁也不知道他交了什么朋友——他有自己的非洲特工，其中有许多是共产党。"

在遮遮掩掩了那么多年后，他开始享受这猫捉老鼠游戏的乐趣了。"就像我当年在比勒陀利亚。"他继续说道。他微笑着，"甚至是专员，你知道的，对非洲也有某种程度的热爱。"

"哦，这你就在开玩笑了。"丹特里说。

"当然我是在开玩笑。我只是想说明跟旁人比起来——我自己或是69300，还有那一整班我们完全不了解的秘书——他们能拿得出的关于戴维斯的证据实在太少了。"

"她们都受过仔细的检查。"

"这个当然。我们会把她们的相好的名字记录在案，总之是当年的相好，不过这些姑娘换起情人来就像换冬衣一样勤。"

丹特里说："你谈到了很多疑点，可你对戴维斯却深信不疑。"他又快快地补充说："你不是情报安全官员，可真走运。参加完戴维斯的葬礼后我简直想辞职了。我但愿我真的辞了。"

"为什么没有辞？"

"那我该怎么打发时间？"

"你可以收集汽车牌号。我以前搞过。"

"你为什么和夫人吵架了？"丹特里问，"请原谅。这本不关我的事。"

"她不赞同我在做的事情。"

"你是说处里的事？"

"不完全是。"

卡瑟尔感觉得到游戏已接近尾声。丹特里已悄悄地瞥了一眼手表。他不知道那真的是手表还是一只伪装的麦克风。也许他想磁带快要用完了。他会不会提出要上洗手间，以便换一盘带子？

"再来点儿威士忌。"

"不。还是不喝了吧。我得开车回家。"

卡瑟尔将他送到门口，布勒也跟着。布勒见一位新朋友要离去很是难过。

"谢谢你的酒。"丹特里说。

"谢谢你给了这样一次机会，我们聊了很多。"

"别出来了。晚上冷得要命。"但卡瑟尔还是跟着他走进冰凉的细雨中。他注意到五十码以外、警察局的对面，一辆车的尾灯亮着。

"那是你的车？"

"不是。我的还在前面一点。刚才我只好走过来，因为下着雨，我看不清门牌。"

"那么晚安吧。"

"晚安。我希望事情能顺利解决——我是说你和妻子的事。"

卡瑟尔站在缓缓落下而又冰冷的雨里，直到丹特里驶过时向他招了招手。他注意到他的车开到警察局时没有停下，而是向右拐上了去伦敦的公路。当然他随时可以停在王权酒吧或天鹅饭店打电话，不过即便如此卡瑟尔也很怀疑他能明确报告出什么。他们很可能要先听听录音带，然后再做决定——卡瑟尔现在可以肯定那手表是个麦克风。当然，现在火车站也许已受到监视，机场负责移民事务的官员也得到了警告。丹特里的来访至少透露出一个事实。小霍利迪准是开口了，要不他们不可能派丹特里来看他。

他站在门口看了看马路两边。没有明显的监视者，不过警察局对面的车灯仍然在雨中亮着。它不像警车。警方——他估计甚至特别行动组也是如此——得用英国造的车，而这辆——他不能确定，但它看上去像是丰田。他记起去阿什瑞奇的路上看到的那辆丰田。他试图看清其颜色，但雨天使其难以辨认。细雨开始变成雨夹雪了，在如此的天色中很难区分红和黑。他进了屋，第一次萌发出希望来。

他将酒杯端到厨房仔细地洗着，仿佛他在清除掉他绝望的指纹。然后他又在客厅里放了两只杯子，并第一次鼓励自己的希望在心中滋长。那希望尚是一株孱弱的树苗，仍需要很多的鼓励，可他告诉自己那车肯定是辆丰田。他不愿让自己去想这一带有多少丰田，而是耐心地等候门铃响起。他很想知道会是谁走上来站在丹特里站过的位置。不会是鲍里斯——他可以肯定——也不会是小霍利迪，他刚刚获准保释，大概还忙着对付特别行动组的人呢。他回到厨房给布勒拿了一盘饼干——也许它下一顿要隔不少时间了。厨房的钟嘀嘀嗒嗒的很是吵闹，使得时间更显得漫长。如果确有一位朋友坐在丰田车里，那他真是够耐心的。

4

丹特里上校把车停在了王权酒吧的院子里。院子里只有一辆车，他在车里坐了一会儿，不知道是否该打个电话，也不知道打通了该如何说。在"革新"与专员和珀西瓦尔医生吃午饭时，他心里暗藏了一团怒火。有几回他简直想将那盘熏鳟鱼一推，说：
"我不干了。我再也不想待在你们这个肮脏的单位里了。"什么
都得掖着藏着，有了错误还遮遮掩掩不肯承认，他对这些已厌倦
透顶。一个男的从室外的厕所出来，吹着没有调子的口哨穿过院
场，趁黑系着裤子上的纽扣，并朝酒吧里走去。丹特里想，他们
用那些见不得人的秘密杀死了我的婚姻。在过去的那场战争中，
人们为一个很简单的理由而战——比他父亲知道的那场简单多
了。德皇并非希特勒，可在他们如今打的这场冷战中，竟和德皇
的战争一样，对与错竟可以争辩，错杀人的动机也是扑朔迷离。
他觉得自己又回到了儿时那座冷清的房子里，他穿过门厅进了
屋，看见他的父母手牵手坐着。"上帝明察一切。"他父亲一边
回忆着日德兰战争以及杰里科海军上将一边说。他母亲说："亲
爱的，到了你这岁数是很难另找工作了。"他关掉车灯，在缓慢
而沉重的雨中迈向酒吧。他想：我妻子有足够的钱，我女儿结婚
了，我可以——想法子——靠养老金过日子。

　　在这么一个湿冷的夜晚酒吧里只有一人——他在喝一品脱苦
啤酒。他说"晚上好，先生"时就好像他们是老熟人。

　　"晚上好。双份威士忌。"丹特里点了酒。

　　"如果你认为它好的话。"那个人说，同时酒吧招待转身去
从一瓶乔尼·沃克下面拿出一只杯子。

　　"你说的'它'是指什么？"

　　"我是说晚上，先生。不过在十一月能指望的就这天气了，
我想。"

　　"能用你的电话吗？"丹特里问酒吧招待。

酒吧招待带着拒人千里的神气将威士忌推过来。他朝一个亭子间的方向点点头。他显然是那种少言寡语的类型：他在这里听顾客们想说的，但除非必要，否则很少开口，直到——无疑带着愉快——他宣布："打烊了，先生们。"

丹特里拨了珀西瓦尔医生的号码，当他听见忙音时，正试图练习希望使用的语句。"我看见卡瑟尔了……他一个人在家……他和妻子吵架了……其他没什么好说的……"他会将电话啪地挂上，就像他现在啪地挂上了——然后他回到吧台、他的威士忌以及那个总想攀谈的人那里。

"嗯。"酒吧招待说，除了"嗯"还说过一次"对"。

那个顾客转过身对着丹特里，将他也拉进了谈话里。"这年头他们连简单的算术题也不教了。我对我侄子说——他九岁——四乘七等于多少，你认为他能回答我吗？"

丹特里喝威士忌时眼睛还盯着电话亭，仍在拿主意该怎么说。

"我看得出你同意我的说法。"那人对丹特里说。"你呢？"他问酒吧招待。"要是你说不上来四乘七等于多少，你的生意早砸了，是吧？"

酒吧招待揩掉吧台上溅出的啤酒，说了声"嗯"。

"而你，先生，我很容易就能猜到你从事的职业。别问我怎么知道的。我有直觉。从观察面孔得出的结论，我想，还通过看人的性情。这就是我怎么会在你打电话时谈到算术的。我对这里的贝克先生说，那位先生对这个话题会有不少高见。这是我的原话吧？"

"嗯。"贝克先生说。

"要是你不介意的话，我想再来一品脱。"

贝克先生加满了他的杯子。

"我朋友有时会请我露一手。他们甚至还下点儿赌注。他是个教师，我说，那位呢在地铁工作，或者这个是位药剂师，然后我就礼貌地去询问他们——我向他们解释的时候他们并不生气——而且十次有九次我是对的。贝克先生看见我在这儿猜过的，对吗，贝克先生？"

"嗯。"

"现在，先生，如果你能原谅我在这个又冷又潮的晚上用我的小把戏给贝克先生来点消遣的话——你在政府部门工作。我说得对吗，先生？"

"对。"丹特里说。他喝完了威士忌，放下杯子。该再试试电话了。

"这么说我们开始热和起来了，嗯？"那酒客用圆亮的眼睛盯着他，"从事机密工作。你比我们其他人知道的多多了。"

"我得去打电话。"丹特里说。

"再等一会儿，先生。我只是想让贝克先生见识一下……"他用手帕抹了抹嘴角的啤酒，将脸猛地凑到丹特里面前。"你是搞数字的，"他说，"你在国税部门上班。"

丹特里向电话亭走去。

"你瞧，"那顾客说，"碰不得的家伙。他们不愿意给人认出来。大概是个巡视员。"

这一回丹特里打通了，并很快听到了珀西瓦尔医生温和而让人感到安心的声音，仿佛他在早已起床之后还保留着起床时的慵懒。"喂？我是珀西瓦尔医生。您是谁？"

"丹特里。"

"晚上好，我亲爱的朋友。有什么消息？你在哪儿？"

"我在伯克翰斯德。我刚见过卡瑟尔。"

"哦。你的印象怎样？"

怒火点着了他想说的话，并像撕毁一封不想寄出的信一样将其化为灰烬。"我的印象是你谋杀了不该杀的人。"

"不叫谋杀，"珀西瓦尔医生轻言细语地说，"药方上的失误。那种物质没有在人身上做过试验。但你怎么知道卡瑟尔……？"

"因为他很肯定戴维斯无罪。"

"他这样明明白白地说了？"

"是的。"

"他想怎样？"

"他在等待。"

"等什么？"

"等事情发生。他妻子带孩子离开了他。他说他们吵架来着。"

"我们已经发布了警告，"珀西瓦尔医生说，"下发到机场——当然还有码头。如果他企图逃跑，我们就拿到了不言自明的证据——不过我们还是需要确凿的材料。"

"对于戴维斯，你可没有等到确凿的材料。"

"这一回专员坚持要有确凿证据。你现在在做什么？"

"准备回家。"

"你问他穆勒的便条了吗？"

"没有。"

"为什么？"

"没有必要。"

"你干得很棒，丹特里。但是你觉得他为什么向你打开天窗说亮话呢？"

丹特里一言不发地挂了电话出了亭子。那个顾客道："我没说错，对吧？你是国税部门的巡视员。"

"是的。"

"你瞧，贝克先生。我又得分了。"

丹特里上校缓步出门向车走去。车发动之后他又坐了一会儿，看着雨滴相互追逐着滚下挡风玻璃。接着他驶出院子，拐上去鲍克斯摩尔和伦敦以及圣詹姆斯街他寓所的方向，昨天剩的卡芒贝尔[1]还在那里候着他。他开得很慢。十一月的毛毛雨下大了，且有要变成冰雹的意思。他想，好了，我尽了他们所称的我的义务，不过尽管在驶往回家的路上，他也准备在放卡芒贝尔奶酪的桌上写他的信，但是也不用匆匆忙忙地赶路。在他的脑子里，辞职这一举动业已完成。他告诉自己他是个自由人了，不再有义务，没有职责，可他感到了一种从未感到过的极端的孤独。

1　一种软质乳酪，原产于法国诺曼底大区的Camembert村。

5

门铃响了。卡瑟尔已恭候多时，可他仍然犹豫要不要去应门；现在他觉得自己乐观得近乎可笑。此时小霍利迪准已经招供了，那辆丰田不过是上千辆丰田之一，特别行动组正等着他一个人的时候伺机下手，而他知道自己在和丹特里交谈时也是轻率得近乎荒唐。门铃响了第二声，接着是第三声；他所能做的只有开门。他朝门口走去，手伸进衣袋里捏着左轮手枪，不过这枪柄比一条兔腿[1]也强不到哪儿去。他不可能用枪杀出一个岛国。布勒大声地咆哮，不过它的支持是欺骗性的，门一开它就会去讨好来者而不论那是何人。他没法透过滴着雨水的有色玻璃看清外面。甚至在他打开门时他看到的也是模糊的一片——一个弓着背的人影。

"真是个讨厌的晚上。"一个抱怨的声音从黑暗中传来，他听出来了。

"霍利迪先生——真没想到会是你。"

卡瑟尔想：他来求我帮他儿子一把，可我能做什么？

"好孩子，好孩子。"几乎是隐形的霍利迪先生紧张地对布勒说。

"进来吧，"卡瑟尔向他保证，"它不会咬人。"

---

1 常作为幸运的象征。

"看得出是条好狗。"

霍利迪先生小心翼翼地走进来，挨着墙，布勒摇着它尾巴剩余的部分，垂着唾液。

"你瞧，霍利迪先生，它和全世界为友呢。把大衣脱了。来喝杯威士忌。"

"我不常喝酒，但我现在倒不反对来一杯。"

"在广播里听说了你儿子的事，我感到很难过。你肯定很焦急。"

霍利迪先生跟着卡瑟尔进了客厅。他说："他是咎由自取，先生，也许这能给他个教训。警察从他店里拖出了一大堆东西。检查员给我看了其中一两样，的确很恶心。不过正如我对检查员说的，我觉得他自己没看过那些东西。"

"我希望警察没找你麻烦。"

"哦，没有。我跟您说过的，先生，我认为他们很替我难过呢。他们知道我有一家很不一样的店。"

"你找到机会把我的信交给他了吗？"

"啊，先生，我当时觉得还是不交为妙，在这样的情形下。不过您别担心，我把条子交给了真正应该交的人。"

他举起一本卡瑟尔一直试图在读的书，并看了看书名。

"你到底什么意思？"

"呃，先生，我觉得，您一直有点儿误解。我儿子和您在做的事情从来就没有什么关系。不过**他们**也认为——在遇到麻烦时——你相信是我儿子也没关系……"他弯下腰将手靠近煤气炉暖和着，他的目光里透着狡黠的愉悦。"嗯，先生，既然事已至此，我们得尽快将您弄出去。"

卡瑟尔非常震惊地意识到，甚至那些最理应信赖的人也是如此不信赖他。

"请原谅我的冒昧，先生，您夫人和儿子到底在哪儿？我得到指令……"

"今天早上，当我听到关于你儿子的新闻时，我把他们送走了。送到我母亲那里。她相信我们吵了一架。"

"啊，这样就少了一样困难。"

老霍利迪先生暖够了手之后开始在屋里走动起来：他瞥了一眼书架。他说："对这些书我的出价不会比别的书商少。不到二十五英镑——只允许你带这么多出境。我身上带着钞票呢。这些书正好可以充实我的库存。所有这些都是世界经典和通俗读物。他们应该重印的，可是却没有，而要是重印了，那可是什么价格啊！"

"我本以为我们得赶快呢。"卡瑟尔说。

"在过去的五十年里我明白了一件事，"霍利迪先生说，"那就是遇事从容些。一旦仓促行动肯定会出错。如果你能挤出半小时，一定得使自己相信还有三个钟头。你刚才确实说过威士忌的吧，先生？"

"如果我们能匀出这时间的话……"卡瑟尔倒了两杯。

"我们有时间。我估计你已将所需用品都装在包里了？"

"是的。"

"你准备怎么处理这只狗？"

"留下它，我想。我还没考虑好……也许你能把它带给哪位兽医。"

"这不明智，先生。这样您和我之间就有了关联——不合适——如果他们要搜寻它的话。不管怎样，在接下来的几个小时里我们得让它安静。把它单独留下它会叫个不停吗？"

"我不知道。它很不习惯独自一个。"

"我考虑的是邻居们的抱怨。他们完全有可能给警察局打电话，而我们不希望他们发现房子里空无一人。"

"无论怎样他们都会很快发现的。"

"等你安全出境之后就无所谓了。很遗憾你夫人没把狗带去。"

"她不能带。我母亲养了只猫。布勒看见猫就追杀。"

"是的，它们太顽皮了，这些拳师狗，对于猫而言。我也有一只猫。"霍利迪先生拽了拽布勒的耳朵，布勒不停地向他献媚。"我刚才就说了。如果您仓促行动就会忘事，比如这只狗。您有地窖吗？"

"不是那种能捂住声音的。如果你是想在那儿让它闭上嘴的话。"

"我注意到了，先生，你右边口袋里好像有支枪——要不我弄错了？"

"我本想要是警察来了……只有一发子弹。"

"准备走投无路时用，先生？"

"我没想好用不用。"

"您还是让我拿着比较好，先生。如果我们给拦住了，我至少还有执照，如今到店里来偷东西的这么多。他叫什么，先生？

我是说狗。"

"布勒。"

"过来，布勒，到这儿来。真是条好狗。"布勒将嘴巴搁在霍利迪先生的膝上。"真是好狗，布勒，真乖。你不想惹麻烦的，是吧，不能给你这么好的主人惹麻烦。"布勒摇摇其半截尾巴。"你向狗表示喜爱时狗自认为是明白的。"霍利迪先生说。他挠了挠布勒耳朵后面，布勒显得很感激。"现在，先生，如果您不介意把枪给我的话……啊，你老是捕杀猫，呃……啊，真是条恶狗。"

"他们会听见枪声的。"卡瑟尔说。

"我们走到地窖下边。只一枪——谁也不会注意。他们会以为是走火了。"

"它不会跟你走的。"

"瞧着吧。来，布勒，我的小伙子。我们去走走。散步，布勒。"

"你瞧，它不肯去。"

"该要出发了，先生。您最好跟我一起下去。我本想让你免了这份罪过。"

"我不想免了这罪过。"

卡瑟尔在前面带路，下了去地窖的楼梯。布勒跟着他，霍利迪又尾随着布勒。

"我觉得不开灯的好，先生，一声枪响，接着灯灭了。**那会引起别人好奇的。**"

卡瑟尔关上了那扇以前用作运煤通道的斜窗。

"好了，先生，如果您能把枪给我的话……"

"不，我来。"他拿出枪，指着布勒，布勒则以为要做游戏了，大概将枪口当成了橡皮骨头，紧紧咬住并使劲拽着。因为有空弹仓，卡瑟尔扣了两次扳机。他觉得想吐。

"在走之前，"他说，"我还想再来一杯威士忌。"

"您该喝，先生。真是奇怪，人会那么喜欢一只不会说话的畜生。我的猫……"

"我一点儿都不喜欢布勒。只不过……嗯，我从没杀过生。"

6

"在这样的雨天开车真难受。"霍利迪先生说，他的话打破了长久的沉默。布勒的死哽住了他们的喉舌。

"我们去哪儿？希思罗吗？这时候移民事务官员肯定已在留神我了。"

"我带您去一家旅馆。如果您打开手套箱的话，先生，您会找到一把钥匙。423房间。您所要做的只是乘电梯上去。不要去服务台。在房间里待着，直到有人来找您。"

"如果有服务员……"

"在门上挂个'请勿打扰'的牌子。"

"那然后……"

"那我就不知道了，先生。给我的指令就这么多。"

卡瑟尔在想萨姆将会如何得知布勒的死讯。他知道他永远也不会得到原谅。他问："你怎么会卷进这里面来的？"

"不是卷进来，先生。我一直都是党员，地下的，您可以这样说，从我少年时代起就是。我十七岁参的军——自愿的。瞒报了年龄。我以为会去法国，结果给送到了阿尔汉格尔斯克[1]。我给关了四年。这四年中我见识了很多，也学到了很多。"

"他们怎么对待你的？"

"够呛，不过少年人能挺得住，而且总有很友善的人。我学了点儿俄语，足够给他们当翻译了，而当他们不能给我食物的时候，就送书给我看。"

"共产主义书籍？"

"当然，先生。传教士送的肯定是《圣经》，对吧？"

"于是你就成了信徒。"

"这是一种孤独的生活，我得承认。您瞧，我绝不可参加集会或是游行。连我儿子也不知道。他们在一些小事情上用我——比如在您进行的活动中，先生。我从您的藏匿地点取过好多次信。哦，您走进书店的日子对于我而言就是快乐的一天。我的孤独感会减轻一点。"

"你从来没有动摇过吗，霍利迪？我是说——斯大林、匈牙利、捷克斯洛伐克？"

"我少年时代在俄国看到了那么多——我回英国时正赶上大萧条，也看到了很多，这些足够让我对那些个小事情有免疫

1　俄罗斯西北部港口城市。

力了。"

"小事情？"

"如果您原谅我这么说的话，先生，您的良心是相当有选择性的。我也可以对您说——汉堡、德累斯顿、广岛。它们也一点儿不曾动摇您对你们所谓的民主的信心？也许动摇过，否则您现在就不会和我在一起了。"

"那是战争。"

"我们的人自一九一七年起就一直在经历战争。"

卡瑟尔透过雨刷的间隙朝湿漉漉的黑夜看去。"你**是**在带我去希思罗。"

"不是的。"霍利迪先生将一只手放在卡瑟尔的膝上，轻柔得像阿什瑞奇的一片秋叶。"您别担心，先生。**他们**在照看着您。我很羡慕您。你要是能见到莫斯科，我一点儿都不会惊奇。"

"你从没去过？"

"从来没有。我去过的离那儿最近的地方就是阿尔汉格尔斯克附近的那座战俘营。您看过《三姐妹》[1]吗？我只看过一次，但我一直记得其中一位说的话，每当我在晚上睡不着时，也对自己说这个——'卖了房子，把这儿的一切都了结，到莫斯科去……'"

"你会发现一个和契诃夫笔下很不相同的莫斯科。"

"其中一个姐妹还说了：'快乐的人不会注意到是冬天还是夏天。如果我住在莫斯科，我才不管那儿是什么天气。'哦，好

1　俄国作家安东·契诃夫（Anton Chekhou，1860—1904）所著的剧作。

吧，我情绪低落时就告诉自己，马克思也不了解莫斯科，当我看着老康普顿街的对面时我想，伦敦仍然是马克思的伦敦。索霍区仍是马克思的索霍区。这里是《共产主义宣言》首印之地。"一辆卡车突然从雨里蹿出，一个急转弯，险些撞到他们，然后又若无其事地消失在夜幕中。"这些讨厌的司机，"霍利迪先生说，"坐在这么凶猛的庞然大物里，他们知道谁也奈何不了**他们**。我们应该对危险驾驶处罚得更重些。您知道，先生，这才是匈牙利和捷克斯洛伐克真正出问题的地方——危险驾驶。杜布切克就是个危险的司机[1]——就这么简单。"

"对我而言不是这样。我从来没想过最后会在莫斯科安身。"

"我估计那会有些陌生——您并不是我们中的一分子，不过您不要担心。我不知道您为我们做了什么，但肯定是重要的工作，他们会照顾您的，这您尽管放心。哎，要是他们颁给了您列宁勋章或是像佐尔格[2]那样上了邮票，我也不会惊奇的。"

"佐尔格是共产党员。"

"我还很骄傲地想到，您是坐着我这辆旧车踏上了去莫斯科的路。"

"就算我们开一个世纪的车，霍利迪，你也没法让我信奉共产主义。"

"我可表示怀疑。您毕竟帮我们做了很多。"

---

1 指1968年，捷克斯洛伐克第一书记杜布切克（Alexander Dubček，1921—1992）推动的"布拉格之春"改革运动，希望能建立人性化的社会主义，后遭到苏联强力的武力镇压。
2 理查·佐尔格（Richard Sorge，1895—1944），20世纪30年代苏联最优秀的特工之一。

"我只是在非洲的事务上帮了你们，仅此而已。"

"完全正确，先生。您走的是正道。非洲才是论点，黑格尔会这么说。你属于反题——可您是反题中的积极部分——您属于最终会是合题的一员[1]。"

"这些我听来都是专业术语。我不是哲学家。"

"一位斗士不需要成为哲学家，而您就是斗士。"

"并非为共产主义而战。我现在只是一位伤员。"

"在莫斯科他们会为您治疗的。"

"在精神病房吗？"

这话让霍利迪沉默了。是他在黑格尔的辩证法里发现了一处小漏洞，还是出于痛苦和怀疑而沉默？他再也不会知道，因为宾馆就在眼前了，车的灯光在雨中显得肮脏不堪。"下车吧，"霍利迪先生说，"我还是别给瞧见好。"他们停下时，从身边经过的车流像一条闪亮的链子，一辆车的前灯照在另一辆的后灯上。一架波音707倾斜着机身喧闹地准备降落在伦敦机场。霍利迪先生在汽车后部摸索着。"我忘了一样东西。"他拿出一只可能以前用来装免税商品的塑料包。他说："把你箱子里的东西放到这里面来。你要是提着箱子去电梯，也许会引起服务台的注意。"

"这包不够大。"

"不够放的就留下。"

卡瑟尔顺从了他。即便从事了那么多年秘密工作，他还是认

---

1 thesis，黑格尔辩证过程中第一阶段；反题：antithesis，黑格尔辩证过程中的第二阶段，体现主题的相反面；合题：synthesis，黑格尔的辩证过程中论点与反论点的结合，从而得到新的更高级的真理。

识到在紧急情况下，这个阿尔汉格尔斯克的年轻新兵才是真正的行家。他不情愿地放弃了睡衣——心想牢房里会提供的——还有毛衣。如果我真去了那么远的地方，他们会让我穿暖和的。

霍利迪先生说："我有一样小礼物。一本您要的特罗洛普的小说。现在您不需要第二本了。是本大部头，可您将会有很多等待的时间。战争时刻都在进行。书名是《我们如今的生活方式》。"

"你儿子推荐的书？"

"哦，我那会儿骗了你一下。读特罗洛普的是我，不是他。他最喜欢的作家是一个叫罗宾斯的。您得原谅我这小小的欺骗——我就是想让您对我儿子的印象好一点，尽管他开了那种店。他并不是坏孩子。"

卡瑟尔握住霍利迪先生的手。"我肯定他不是的。我祝愿他平安无事。"

"记住。直接去423房间，并在那里等着。"

卡瑟尔提着塑料包朝宾馆的亮光处走去。他觉得似乎已经失去了他在英国所熟识的一切联系——萨拉和萨姆待在他母亲的房子里，无法企及，而那儿从来都不是他的家。他想：我在比勒陀利亚时反而感到更自在。我在那儿有工作要做。可现在我无所事事。一个声音穿过雨雾在他身后叫道："祝您好运，先生。万事如意。"接着他听见汽车开走了。

7

　　他感到不知所措——当他走进宾馆大门时他便径直来到了加勒比海。没有雨。棕榈树环绕着一汪池塘，天上繁星点点；他嗅到了那种温暖湿润而又乏味的气息，他记得那是很久以前，战争刚结束时他去度假期间曾闻到过的：他被美国人的口音包围着——在加勒比地区那是无可避免的。不存在任何被长服务台上的什么人留意到的危险——刚拥进来的一群美国旅客让他们忙得不可开交，他们刚从什么机场过来呢？金斯敦，还是布里奇敦？[1]一位黑人侍者从他身边经过，托着两杯朗姆潘趣酒走向坐在池子边的一对年轻人。电梯就在那儿，在他一旁，而且开门迎候着，可是他仍然愣在那里踌躇着……那对年轻人在星空下用麦管喝起了潘趣。他伸出一只手，以使自己相信并没有雨，他身后附近有个人说："咦，那不是莫瑞斯吗？你到这个鬼地方来干什么？"他伸出的手又缩回来，插进口袋，并四处张望。他很高兴他的左轮手枪已不在了。

　　说话的是个叫卜利特的，几年前是他在美国使馆的联系人，直到他被调往墨西哥——也许是因为他一点儿不会说西班牙语。"卜利特！"他佯装兴奋地喊道。他们向来都是如此。卜利特自第一次见面后就叫他莫瑞斯，而他对他则一直止于"卜

1　分别是加勒比岛国牙买加和巴巴多斯的首都。

利特"。

"你准备到哪儿去？"卜利特问，但他并不等待有何回答。他总是更爱谈自己。"我上纽约，"卜利特说，"该来的航班来不了。准备在这儿过夜了。不错的点子，这地方。简直像维尔京群岛了。如果我带了百慕大沙滩裤一定穿上。"

"我以为你在墨西哥呢。"

"那是陈年旧账了。我现在又搞欧洲这块儿了。你还在最黑暗的非洲？"

"是的。"

"你也滞留在这儿了？"

"我得在这里等一等。"卡瑟尔说，寄希望于他的模棱两可不会被追问。

"来一杯'农庄潘趣'怎样？他们做得不错，听说。"

"我半小时后来找你吧。"卡瑟尔说。

"好的。好的。就在池子边上。"

"池子边上。"

卡瑟尔进了电梯，卜利特跟了过来。"上去吗？我也是。几楼？"

"四楼。"

"我也是。顺便载你吧。"

是否可能美国人也在监视他？在此情形下，把什么都归于巧合是不安全的。

"在这里吃吗？"卜利特问。

"还不确定。你瞧，这要取决于……"

"你是时刻把安全保密放心头啊，"卜利特说，"老莫瑞斯真不错。"他们一起沿过道走着。423房间先到，卡瑟尔磨蹭着找钥匙，看见卜利特毫不耽搁地进了427——不，是429。当把"请勿打扰"的牌子挂在外面锁上门后，卡瑟尔觉得安全了点儿。

中央供暖系统的指针停留在75华氏度。对于加勒比地区而言已够热了。他走到窗口往外看。下面是圆形吧台，上面则是人工构造的天空。一个染了蓝发的矮胖女人摇摇摆摆地走在池子边上：她肯定喝了太多的朗姆潘趣。他仔细地检视着房间，看能否找到暗示他未来去向的蛛丝马迹，正如他检视自家的房子，寻觅岁月留痕一样。两张双人床，一把扶手椅，一个衣柜，一只五斗橱，一张除拍纸簿外空空如也的书桌，一台电视机，一扇到浴室的门。坐厕上贴了张封条，向他保证这是很卫生的，漱口杯也用塑料纸套好。他回到卧室翻开拍纸簿，从印了字的便笺上得知他住的是"星飞宾馆"。一张卡片上列出了各个餐厅及酒吧——其中一家餐厅里有歌舞——叫作"皮萨罗"[1]。与之形成对照的是烧烤房称作"狄更斯"，还有一间自助餐馆则为"雾都孤儿"，还加了句"多多益善"。另一张卡片则告诉他每隔半小时有巴士去希思罗机场。

他发现电视机下面的冰箱里有小瓶装的威士忌、杜松子、白兰地、奎宁及苏打水、两种品牌的啤酒以及一夸特瓶装的香槟。他出于习惯挑了一瓶J. & B.，坐下来等着。"你将会有很多等待

1　弗朗西斯科·皮萨罗（Francisco Pizarro，1471—1541），西班牙早期殖民者，开启了西班牙征服南美洲的时代。

的时间"，霍利迪先生送他特罗洛普的书时说过的，于是他在百无聊赖中读起来："请让我来把读者介绍给卡伯里夫人，本书的趣味将主要取决于她的性格与言行，她正坐在威尔贝克街她自己的住房里，自己的屋子内的书桌边上。"他发现这不是一本能将他从现有生活中吸引开的书。他走到窗前。那个黑人侍者从他下面经过，接着他看见卜利特出来了，并环顾着四周。可以肯定的是不可能已过半小时了：他向自己证明了这一点——十分钟。卜利特还不会太盼着他去。他关掉房间的灯，这样卜利特如果抬头看也瞧不见他。卜利特在环形吧台边坐下：他点了酒。是的，点的是"农庄潘趣"。侍者正将橙片和樱桃缀在酒杯上。卜利特脱去夹克，只穿了件短袖衬衫，使得由棕榈树及星空营造的幻象更加强烈。卡瑟尔看着他用了吧台里的电话，并拨了一个号码。那只是卡瑟尔的想象吗——卜利特说话时似乎朝423房间的窗口瞄了一眼？报告什么呢？向谁报告？

他听见背后的门打开了，灯也亮起来。他霍地转过身，看见一条人影闪过衣橱的镜子，像是不愿被人瞧见——人影是个留黑色唇须的小个子，穿一件深色西装，提着一只黑色公文包。"我让流通给耽误了。"他的英语发音准确却用词不当。

"你是来找我的？"

"我们时间很紧。必须让你赶下一班去机场的巴士。"

他把公文包放桌上并打开来：先是一张机票，接着是护照，一只像是装了某种树脂的瓶子，一只胀鼓鼓的塑料袋，一把发刷和一把梳子，一把剃刀。

"我所需要的都带了。"卡瑟尔用准确的措辞说。

那人不理会他。他说："你会发现你的票只能去巴黎。我会向你解释这个的。"

"他们肯定会盯着所有的飞机，不管是到哪儿的。"

"他们会特别留意去布拉格的那班，起飞时间和去莫斯科的相同，后者因为引擎故障延误了。很少见的事情。可能苏联民航正在等候一位重要的乘客。警察会对去布拉格和莫斯科的特别留神。"

"监视在登机前就开始了——在移民服务台那里。他们不会只等在登机口。"

"有办法对付他们。你必须去移民服务台——我来看看你的表——再过五十分钟。巴士三十分钟后开。这是你的护照。"

"要是我真能到巴黎又该如何？"

"一离开机场就会有人找你，你会得到另一张票。你应该正好赶得上另一班飞机。"

"去哪儿？"

"我不知道。你到了巴黎就全明白了。"

"到这个时候，国际刑警肯定已通知当地警方了。"

"不会。国际刑警从来不过问政治案件。那有违规定。"

卡瑟尔打开护照。"帕特里奇[1]，"他说，"你选了个不错的名字。打猎季节还没过呢。"然后他看了看照片，"可这照片绝对不行。不像我。"

"是的。但我们这就来让你像这照片。"

1　不做姓氏时有"鹧鸪"或"鹌鹑"之意，故有下文。

他把他那套工具搬到卫生间。他把一张放大的、跟护照上相同的照片架在两只漱口杯之间。

"请坐在椅子上。"他开始修剪卡瑟尔的眉毛，接着又是头发——照片上的男子留着平头。卡瑟尔注视着镜子里剪刀的动作——他很惊讶地看到平头竟能改变整张脸，额头增宽了；似乎连眼神也换了。"你让我年轻了十岁。"卡瑟尔说。

"请坐着别动。"

那人接下来为他贴起了一抹稀疏的小胡子——属于一个羞怯而缺乏自信的人。他说："络腮胡或很浓重的小胡子向来都是怀疑对象。"从镜子里回看卡瑟尔的是个陌生人。"好了。完工。我觉得够好了。"他到公文包里取了一根白色的杆子，他将其拉长变成了手杖。他说："你是盲人。让人同情的对象，帕特里奇先生。我们已经请法航的一位空姐迎候从宾馆开去的巴士，她会领你穿过移民服务台去你乘的飞机。在巴黎的瑞希，当你离开机场后有人会开车送你去奥里——另一架有引擎故障的飞机。也许你就不再是帕特里奇先生了，坐在车里化第二次装，拿到另一本护照。人类的容貌变化无穷。这是对鼓吹遗传学的很好的反驳。我们生下来样子都差不多——想想一个婴儿——只是受到了后天环境的改变。"

"好像很容易，"卡瑟尔说，"但管用吗？"

"我们认为是管用的，"小个子一边收拾他的包一边说，"现在出去吧，记得用拐杖。请别转动眼珠，如果有人跟你说话就转动整个脑袋。试着保持空洞的目光。"

卡瑟尔不假思索地拿起那本《我们如今的生活方式》。

"不，不，帕特里奇先生。盲人不可能拿着书。而且你得把包留下。"

"可那只装了换洗的衬衫，一把剃刀……"

"换洗的衬衫上有洗染店的标志。"

"如果我一件行李都没有，不显得奇怪吗？"

"移民官员不会知道，除非他想看你的机票。"

"他很可能会的。"

"没关系，你只是准备回家。你住巴黎。地址在你护照上。"

"我从事什么职业？"

"退休了。"

"至少这一点是对的。"卡瑟尔说。

他出了电梯，开始用手杖敲打着伸向宾馆进口的通道，巴士正在那里等候。他走过到酒吧及池子的门时看见卜利特。卜利特正不耐烦地看着表。一位上了岁数的妇女挽住卡瑟尔的胳膊说："你要坐车？"

"是的。"

"我也坐。我来帮你。"

他听见一个声音在后面叫道："莫瑞斯！"他得慢慢地走，因为那妇女走得很慢。"嘿！莫瑞斯。"

"我想是有人在叫你。"那女人说。

"搞错了。"

他听见了身后的脚步。他把胳膊从女人手里拿开，像小个子教他的那样转动脑袋，两眼空洞地侧对着卜利特。卜利特惊讶地望着他。他说："对不起。我以为……"

女人说："司机在向我们招手哪。我们得赶紧。"

当他们在巴士里一起坐下后她看着窗外。她说："你长得肯定非常像他的朋友。他还站在那儿张望呢。"

"所以才有人说，世界上每个人都有一个翻版。"卡瑟尔答道。

第六部

第一章

1

她又回头看了看出租车的窗玻璃，透过那烟灰色的玻璃什么也看不到：仿佛莫瑞斯故意将自己投进了一池铁色的湖水，而且连一声喊叫也没有。她被剥夺了她唯一想看见和听见的，没有再次拥有的希望，她厌恶如施舍般推到她面前的所有东西，就像一个肉店老板将上好的肉换成劣质品塞给她，而把前者留给更紧要的顾客。

在那座月桂树环抱的房子里吃午餐真是一种折磨。她的婆婆邀来了一个无法推辞的客人——一位牧师，有个平淡无奇的名字叫波顿姆雷（她叫他以斯拉），从非洲传教归来。在一次他做的大概是晚祷的布道会上，萨拉感到自己就像一件展品。卡瑟尔夫人没有介绍她。她只是说，"这是萨拉"，似乎她是从孤儿院里出来的，实际上她确也如此。波顿姆雷先生对萨姆好得让人难以忍受；对于萨拉，则将她视为来听他讲道的黑人而予以关照，其分寸似乎也是精心计量的。原本一看见他们就逃之夭夭的"叮当小仙女"，现在又显得过分友好，不停地挠着她的裙子。

"跟我说说像索韦托这种地方的真实面貌吧，"波顿姆雷先生说，"我的传教区，你知道，在罗得西亚。英国的报纸对那儿也是夸大其词。我们并不像他们描写的那么黑。"他补充道，而随即又为自己的失误涨红了脸。卡瑟尔夫人给他倒了另一杯水。

"我的意思是，"他说，"你能够在那里很好地抚养一个小家伙吗？"他明亮的眼神罩住了萨姆，宛如夜总会里的聚光灯。

"萨拉怎么会知道，以斯拉？"卡瑟尔夫人说。她不无勉强地解释道："萨拉是我的儿媳。"

波顿姆雷先生的脸更红了。"啊，那你是过来看看的？"他问。

"萨拉现在跟我住，"卡瑟尔夫人说，"就这段时间。我儿子从没在索韦托待过。他在大使馆。"

"这孩子来看看奶奶肯定很高兴。"波顿姆雷先生说。

萨拉想："从今往后，生活就这样了吗？"

波顿姆雷先生走后卡瑟尔夫人说她们得认真地谈一谈。"我给莫瑞斯打了电话，"她说，"他的情绪简直不可理喻。"她扭头对萨姆说："到花园去吧，亲爱的，去玩游戏。"

"在下雨呢。"萨姆说。

"我忘了，亲爱的。上楼去和'叮当小仙女'玩儿。"

"我会上楼的，"萨姆说，"但我不和你的猫玩儿。布勒才是我的朋友。它知道怎么对付猫。"

萨姆离开后卡瑟尔夫人说："莫瑞斯对我说，如果你回家他就出走。**你们怎么了，萨拉？**"

"我不大想说这个。莫瑞斯叫我来，我就来了。"

"你们谁是——呃，他们称之为过错方？"

"一定要有过错方吗？"

"我会再给他打电话的。"

"我拦不住你，但这没用的。"

卡瑟尔夫人拨了号码，萨拉向她并不信仰的上帝祈祷，哪怕至少能听到莫瑞斯的声音，可"没有回答"，卡瑟尔夫人说。

"他大概在办公室。"

"星期六的下午？"

"他的工作时间很没规律。"

"我以为外交部办事是更有条理的。"

萨拉一直等到晚上，在让萨姆睡了之后，便走到镇上。她来到王冠酒吧，点了份J. & B.。为了记着莫瑞斯，她要了双倍，然后向电话间走去。她明白莫瑞斯告诉过她，别和他联系。如果他仍在家，那电话一定受着监听，他会假装气恼，继续和她进行一场并不存在的争吵，可至少她会知道他在家里，而不是在警署牢房或是在去一个她从没见识过的欧洲的路上。她让电话响了很长时间才挂上——她清楚自己这样做能让**他们**轻易地跟踪到电话，可她不在乎。假如**他们**来找他至少她还能得知他的消息。她出了电话间，在吧台喝掉了J. & B.，然后走回卡瑟尔夫人家。卡瑟尔夫人说："萨姆一直在叫你。"她上了楼。

"怎么了，萨姆？"

"你觉得布勒好好的吗？"

"当然好好的。会有什么事呢？"

"我做了一个梦。"

"你梦见了什么？"

"我记不得了。布勒会想我的。我真想能把它带来。"

"我们没法带它来。你知道的。它肯定迟早会把'叮当小仙女'干掉。"

"我才不管呢。"

她颇不情愿地下楼去。卡瑟尔夫人正在看电视。

"有什么好玩的新闻吗？"萨拉问。

"我很少听新闻，"卡瑟尔夫人说，"我喜欢看《泰晤士报》上的。"可第二天的周日报纸上根本不会有让她感兴趣的新闻。星期天——他从来不必在星期天上班。正午时分她又回到王冠酒吧向家里打电话，她又让电话长久地响着——他也许带着布勒在花园，可最终她不得不放弃希望。她自我安慰地想，他**已经**逃走了，但她又提醒自己**他们**有权力不经起诉就可拘禁他——是三天吗？

卡瑟尔夫人的午餐——一大块烤牛肉——雷打不动地定在一点钟。"我们听听新闻吧？"萨拉问。

"别玩餐巾套环，萨姆亲爱的，"卡瑟尔夫人说，"把餐巾拿下来吧，套环放在盘子边上。"萨拉调到了三台。卡瑟尔夫人说："星期天没有新闻值得听。"而她当然是对的。

从没有哪个星期天过得如此漫长。雨停了，虚弱的阳光企图在云层中寻找间隙。萨拉带萨姆去所谓的——她不知道为什么——森林里散步。没有树——只有低矮的灌木和丛林（有一块区域已被辟为高尔夫球场）。萨姆说："我更喜欢阿什瑞奇。"

片刻后又说，"没有布勒的散步不像散步。"萨拉寻思着：这样的生活还要持续多久？他们穿过高尔夫球场的一角回家，一个显然是酒足饭饱的高尔夫球手高声叫他们从球场草地上走开。萨拉还未及反应他又喊道："嘿！你！说你呢，陶普西！"萨拉依稀记得那"陶普西"是某本读物上的一个黑人姑娘，她小时候卫理公会的人送给她读过。

那天晚上卡瑟尔夫人说："我们该认真谈谈了，亲爱的。"

"谈什么？"

"你问我谈什么？真是，萨拉！当然谈你和我孙子——还有莫瑞斯。你俩都不愿意对我说这场争吵到底为了什么。是不是你或者莫瑞斯有理由要离婚？"

"可能吧。遗弃是要起诉的，对吧？"

"谁遗弃谁？到你婆婆家算不上遗弃。而莫瑞斯——他只要是在家就不算遗弃你们。"

"他不在。"

"那么他在哪儿？"

"我不知道，我不知道，卡瑟尔夫人。你就不能再等一段时间，而别急着谈吗？"

"这是**我的**家，萨拉。搞清楚你们究竟打算待多久会让我方便些。萨姆应该上学。这是有法律规定的。"

"如果你让我们只待一个星期的话，我保证……"

"我不是要赶你们走，亲爱的，我是在努力使你表现得像个成年人。我认为你如果不愿意和我谈的话，就应该找个律师谈。我明天可以给拜里先生打电话。他处理我的遗嘱。"

"就只给我一个星期，卡瑟尔夫人。"（曾几何时卡瑟尔夫人还提议萨拉叫她"妈妈"，可当萨拉继续称她卡瑟尔夫人时她显然是松了口气。）

星期一上午她把萨姆带到镇上，把他留在一家玩具店里，然后去王冠酒吧。她在那里往办公室打电话——这是个毫无意义的举动，因为如果莫瑞斯好端端地在伦敦，他肯定会给她打电话。多年前当她在南非为他工作时，她绝不可能这么鲁莽，但在这个安宁的郊区小镇，在一个从不知种族暴乱或午夜叩门为何物的地方，对危险的想法似乎缥缈得不切实际。她请求和卡瑟尔先生的秘书说话，当一个女人来应答时，她说："是辛西娅吗？"（她只知道名字，但从未见过面或是说过话。）有很长一段停顿——长得足以让某人插进来听——可在这个退休老人聚居的地方，当她看着两个卡车司机喝完了苦啤酒时，她不愿相信会有那样的事。接下来一个冷漠而细微的声音说："辛西娅今天不在。"

"她什么时候来？"

"恐怕说不好。"

"那卡瑟尔先生呢？"

"请问您是谁？"

她想：我简直就是在出卖莫瑞斯，她挂了电话。她觉得她也出卖了自己的过去——那些秘密会晤、密信、莫瑞斯在约翰内斯堡为指导她以及为使他俩免遭BOSS的迫害而花费的心血。而且，在所有这些之后，穆勒现身在了英国——他还和她同桌共餐。

她回来时注意到有辆陌生的车停在植了月桂的车道上，卡瑟尔夫人在过道里等着她。她说："有人想见你，萨拉。我把他安顿在书房了。"

"是谁？"

卡瑟尔夫人压低嗓音用嫌恶的口吻说："我认为是警察。"

此人留着浓重的金色唇须，他正坐立不安地捻着这胡须。他绝不是萨拉年少时熟知的那种警察，她也奇怪卡瑟尔夫人是如何探知他的职业的——她会将他认作与当地住户做了多年生意的小商人。他看起来就和卡瑟尔医生的书房一样亲切友善，这屋子在医生去世后原封未动：烟斗架仍搁于书桌上，那只中国碗充当了烟灰缸，还有那把转椅，而那心神不定的陌生人则无法安稳地坐在椅子上。他站在书架旁边，魁梧的身材部分地遮住了那套鲜红色的"洛布古典丛书"，以及绿色牛皮封面的第十一版《大不列颠百科全书》。他问道："是卡瑟尔夫人吗？"她几乎想答道："不。那是我婆婆。"她觉得在这座房子里她像个陌生人。

"是的，"她说，"有事吗？"

"我是巴特勒探长。"

"哦？"

"我接到了一个伦敦打来的电话。他们请我来跟您谈谈——就是说，如果您在这儿的话。"

"为什么？"

"他们认为也许您可以告诉我们怎么跟您丈夫联系。"

她感到一阵巨大的轻松——他总算还没有给关起来——直到她转念一想这或许是个圈套——甚至巴特勒的和蔼、羞涩以及明摆着的诚实可能都是圈套，那种BOSS喜欢耍的把戏。可这儿并非BOSS的国度。她说："不，我没办法。我不知道怎么和他联系。

有什么事吗？"

"呃，卡瑟尔夫人，这跟一只狗有部分关系。"

"布勒？"她大声叫道。

"哦……如果那是它的名字的话。"

"是它的名字。告诉我这都是怎么回事。"

"你们在伯克翰斯德的国王路有幢房子。是这样，对吗？"

"是的。"她释然地笑出了声，"布勒又咬死了猫吗？但我在这里。我并不知情。你得找我丈夫，而不是我。"

"我们想办法找过，卡瑟尔夫人，但没能联系上。他的办公室说他不在。他好像丢下狗走了，尽管……"

"是很名贵的猫吗？"

"我们关心的并不是什么猫，卡瑟尔夫人。是邻居们抱怨那声音——一种哀叫——有人打电话报了警。你瞧鲍克斯摩尔一带最近出过盗窃案。呃，警察派了个人去察看——他发现储藏室窗户开着——他不用打碎玻璃……那狗……"

"没被它咬着吧？我从没听说布勒会咬人。"

"那可怜的狗什么也咬不了了：就它那模样。它被人打了一枪。不管是谁干的，那可是干得一塌糊涂。恐怕，卡瑟尔夫人，他们不得不把您的狗结果掉了。"

"哦，上帝，萨姆会怎么说啊？"

"萨姆？"

"我儿子。他很爱布勒。"

"我自己也喜欢动物。"接下来的两分钟沉默显得很冗长，像是停战日那天对死者的两分钟致意。"我很抱歉带来了坏消

318

息。"巴特勒探长终于开口了——汽车和人的喧闹声重又传了进来。

"我不知道该对萨姆说什么。"

"告诉他狗被汽车碾了,当场死了。"

"是的,我想这样说最好。我不喜欢向小孩子撒谎。"

"有善意的谎言和恶意的谎言。"巴特勒探长说。她不清楚自己将被迫说的那些谎言是善意的还是恶意的。她看着那浓厚的金色唇须,盯住他温和的眼睛,很纳闷到底是什么使他做了警察。而对他说谎也有点像对小孩子说谎。

"你不坐下说话吗,探长?"

"您坐,卡瑟尔夫人,请原谅。我已坐了一早晨了。"他专注地看着烟斗架上的那排烟斗:仿佛那是一幅珍贵的画,而作为行家他也懂得鉴赏其价值。

"谢谢你亲自过来,而不是在电话里告诉我。"

"呃,卡瑟尔夫人,我得过来是因为还有些其他问题。伯克翰斯德的警察认为也许屋子遭了劫。有一扇储藏室的窗户是开着的,劫匪也许开枪打了狗。家里好像没怎么给翻过,不过只有您或您丈夫能看出来,而他们好像联系不上您丈夫。他有没有什么仇家?并没有搏斗过的痕迹,但假设另一个人是持枪的,就不会有打斗。"

"我不知道有什么仇家。"

"一个邻居说印象中他是在外交部工作。今天上午他们费了不少工夫才找到了他工作的部门,而似乎他们自周五之后就没见到过他。他应该来的,他们说。您最后看见他是什么时候,卡瑟尔夫人？"

"星期六早上。"

"您是星期六来的？"

"是的。"

"他一个人留下了？"

"是的。你瞧，我们已决定分开了。永久地。"

"是因为吵架？"

"是我们做出的决定，探长。我们结婚七年了。过了七年日子，没有这么大火气了。"

"他有没有一把左轮手枪，卡瑟尔夫人？"

"据我所知没有。但不是没有可能。"

"他很恼火吗——做出这个决定之后？"

"我们谁都不可能高兴，如果你是问这个的话。"

"您愿意到伯克翰斯德去看看房子吗？"

"我不想去，不过我估计他们可以强制我去，是吗？"

"不可能强制您去。但您知道，他们不能排除是一起盗抢案件……也许有什么贵重物品，他们无法判断有无丢失。珠宝什么的？"

"我对珠宝一向没兴趣。我们不是什么有钱人，探长。"

"或有名画吗？"

"没有。"

"那就会让我们想到他是否做了什么傻事或有什么鲁莽举动。他是不是不开心，那是不是他的枪？"他拿起那只中国碗仔细察看图案，然后转而细察起她来。她意识到那和蔼的眼睛毕竟不是孩子的。"您似乎对**这种**可能并不担心，卡瑟尔夫人。"

"是的。他不会做这种事。"

"是的，是的。当然您比其他人都了解他，而我肯定您是正确的。那么有消息了请立刻通知我们，好吗？我是说如果他与您联系的话。"

"当然。"

"在紧张的时候人们会做出不同寻常的事情，甚至丧失记忆。"他最后又盯着烟斗架看了半天，似乎舍不得离开它。"我马上给伯克翰斯德打电话，卡瑟尔夫人。希望不再打扰您。如果有什么消息我会告诉您。"

走到门口时她问他："你怎么知道我在这儿？"

"附近有孩子的人家能打听到的总比您愿意告诉他们的多，卡瑟尔夫人。"

她注视着他，直至他在车里坐稳了，然后才回到屋里。她想：现在还不能告诉萨姆，先让他适应没有布勒的生活。另一位卡瑟尔夫人，真正的卡瑟尔夫人，正在客厅外面等她。她说："午饭快要冷了。**真**是警察，对吗？"

"是的。"

"他想怎样？"

"想要莫瑞斯的地址。"

"为什么？"

"我怎会知道？"

"你给他了吗？"

"他不在家。我怎么知道他在哪里呢？"

"我希望这个人别再来了。"

"要是再来我也不会奇怪。"

2

可日子一天天过去，没有再看到巴特勒探长，也没有任何消息。她不再往伦敦打电话了。现在打已毫无意义。有一次她代她婆婆给肉店打电话买羊肉片时，感觉到线路受到了窃听。大概是她的想象。监听已成为十分精细的技术，不会让外行觉察到的。在卡瑟尔夫人施压之下，她去见了当地学校的人，并安排萨姆去上学；会面回来时她郁郁寡欢——仿佛她终于完成了新生活的规划，像给一份封蜡的文件压了印，再也改变不了了。回家的路上，她分别去了蔬菜店、图书馆、药房——卡瑟尔夫人为她准备了一张单子：一听豌豆、一本乔吉特·海耶的小说、一瓶治头痛的阿司匹林，萨拉觉得她和萨姆肯定是卡瑟尔夫人头痛的起因。她莫名地想起了围绕着约翰内斯堡的那些如金字塔般的灰绿色巨型土堆——即便是穆勒也能讲起土堆在傍晚时的色彩，她感到比起卡瑟尔夫人，她与穆勒——她的敌人、种族主义者——更接近。她甚至宁愿拿这座萨塞克斯小镇及其对她恭敬有加而又非常宽容的居民去换索韦托。恭敬比攻击更像一堵屏障。一个人喜欢与自己同生共栖的并非恭敬，而是爱。她爱莫瑞斯，她爱故乡的尘土与萎靡的气息——如今她没有了莫瑞斯，没有了故乡。也许正因为如此，她很欢迎一个敌人在电话里的声音。当那个声音自我介绍为"您丈夫的朋友和同事"时,她立即就明白了这是敌人的声音。

"我希望我没有在非常不恰当的时候给您打电话,卡瑟尔夫人。"

"没有,但我还不知道你是哪位。"

"珀西瓦尔医生。"

似曾听过的名字。"噢。我想莫瑞斯说起过你。"

"我们有一回在伦敦度过一个难忘的夜晚。"

"哦是的,我想起来了。还有戴维斯。"

"是的。可怜的戴维斯。"停顿了一会儿,"我不知道,卡瑟尔夫人,我们是否可以谈谈。"

"我们现在正在谈,不是吗?"

"嗯,最好再直接一点,而不是在电话里。"

"我住得离伦敦很远。"

"我们可以派辆车,如果您用得着的话。"

"我们",她寻思,"我们"。对于他而言,用以机构的口气说话是个失误。"我们"和"他们"是让人不安的措辞。是一种提示,令人不由得警觉起来。

那声音说:"我想这个星期如果您哪天能有空吃午饭的话……"

"我不知道行不行。"

"我想同您说说您丈夫的事。"

"是的。我猜到了。"

"我们都挺为莫瑞斯着急。"她感到一阵欣喜涌来,"我们"并没有将他抓到一个不为巴特勒所知的秘密地点。他远走高飞了——和他们之间隔着偌大一个欧洲。仿佛她也像莫瑞斯那样逃脱了——她已踏上了回家的路，那个家正是莫瑞斯的所在。她还是得保持小心，就像以前在约翰内斯堡那样。她说："莫瑞斯不再管我了。我们分居了。"

"不管怎样，我估计，您还是想听到他的一些消息？"

这么说他们是有消息的。正如当年卡森告诉她的："他正安全地待在马普托等着你。我们现在要做的就是把你弄出去。"如果他是自由的，那么他们很快就会团聚。她意识到自己正对着电话微笑——感谢上帝，他们还没发明出可视电话，可尽管如此她还是收敛了笑容。她说："恐怕我并不太在意他在哪里。你不能写信吗？我有个孩子要照顾。"

"嗯，不行，卡瑟尔夫人，有些事情是不能写的。如果明天我们能为您派辆车的话……"

"明天不可能。"

"那么星期四吧。"

她尽自己的胆量拖延着回答："呃……"

"我们十一点派车接您。"

"可我不需要车。十一点十五分有一班火车。"

"那好吧，如果您能在一家餐厅与我会面的话，布鲁梅尔——在维多利亚附近。"

"哪条街？"

"这您可把我问住了。沃尔顿——威尔顿——没关系，任何一个出租车司机都知道布鲁梅尔。那里很安静。"他又抚慰似的补充道，仿佛带着专业知识在推荐一家疗养院。萨拉飞快地在头脑里想象说话者的模样——温坡街[1]上那种很有自信的人物，胸口晃荡着单片眼镜，他只在开药方时才戴上，那是个信号——就像国王起身离座一样——表示病人该走了。

"星期四见。"他说。她甚至没有答话。她挂好听筒去找卡瑟尔夫人——她吃午饭又迟了，她也不在乎。她哼着一首卫理公会传教士教她的颂歌，卡瑟尔夫人惊讶地看着她。"怎么了？出什么问题了？又是那个警察？"

"不。只是个医生。莫瑞斯的朋友。没什么问题。我星期四要去城里，就这么一回，您介意吗？我早上送萨姆去上学，他回来自己能认得路。"

"我当然不**介意**，可我在考虑再把波顿姆雷先生请来吃午饭。"

"哦，萨姆和波顿姆雷先生在一起会非常开心的。"

"你到城里时会去找律师吗？"

"我也许会。"一个半真半假的谎言是换来她新得到的快乐的小小代价。

"你在哪儿吃午饭？"

"噢，我想我会找地方买个三明治。"

"真遗憾你选在了星期四。我已订好了一大块羊肉。不过"——卡瑟尔夫人在寻求将事情朝积极的方面转化——"如果你在哈罗兹吃饭的话，有一两样东西你可以替我带回来。"

那晚她躺在床上彻夜难眠。仿佛她得到了一本日历，而且

1　伦敦市中心的一条街道，也是英国皇家医学会所在地。

现在可以开始将那些日子一个个勾掉了。和她说话的男子是敌人——她确信无疑——但他不是秘密警察，不是BOSS，她不会在布鲁梅尔被打掉牙齿或被打瞎一只眼睛：她没有理由恐惧。

3

然而当她在布鲁梅尔饭店那嵌满玻璃窗、闪烁着亮光的狭长餐厅的尽头认出来他时，她感到有些失望。他毕竟不是温坡街的医疗专家，而更像个老派的家庭医生，戴着镶银边的眼镜，挺着小小的圆肚皮，在他起身向她致意时那肚皮似乎就搁在桌上。他举着一份特大的菜单而非一张药方。他说："我很高兴您有勇气来这里。"

"为什么要勇气？"

"呃，这是一个爱尔兰人喜欢放炸弹的地方。他们已经扔了一颗，但是跟德国的轰炸不同，他们总是在同一个地方炸两次。"他递给她菜单：她看见有一整页都是开胃菜。封面的肖像画上题着"食品单"，整个菜单就像卡瑟尔夫人的本地电话簿那么长。珀西瓦尔医生好意地说："我劝您别点熏鳟鱼——这里总做得有点干。"

"我没多少胃口。"

"那就先开开胃吧，在我们考虑吃什么的时候，先来杯雪利？"

"我更想喝威士忌，如果你不介意。"当让她挑时，她说，

"J. & B.。"

"你替我点吧。"她求珀西瓦尔医生道。这些前奏越早结束，她就越早能得到她怀着一种食物无法满足的饥渴在等待的消息。当他在做决定时她环顾着四周。墙上有一幅很光鲜同时也很让人怀疑的乔治·拜伦·布鲁梅尔[1]的画像——和印在菜单上的一样——装潢陈设趣味高雅，无可挑剔得令人生厌——不惜一切工本，不留任何诟病：寥寥数位食客都是男人，他们打扮得都一样，似乎都来自一个老派的音乐喜剧合唱团：黑头发，不长不短，深色西装及马甲。他们的餐桌都小心翼翼地彼此隔开，离珀西瓦尔医生最近的两张桌子都是空的——她不知道这是安排好的还是巧合。她第一次注意到所有的窗户都用铁丝围了起来。

"在这种地方，"珀西瓦尔医生说，"最好还是品味一些英国特色，我建议尝尝兰开夏火锅。"

"就听你的。"可在很长一段时间里他除了吩咐侍者上酒水什么也没说。终于他将注意力连同他的镶银边眼镜转到了她这儿，并长嘘一口气，"好了，把这苦活儿完成了。现在就看他们的了。"他啜了一口雪利。"您这段时间肯定一直很焦急吧，卡瑟尔夫人。"他伸出一只手碰了碰她的胳膊，似乎他真是她的家庭医生。

"焦急？"

"一天过去，什么消息也得不到……"

1　布鲁梅尔（George Bryan Brummell，1778—1840），19世纪英国有名的纨绔子弟，因其服饰叛逆奇特而成为当时流行服装的代表，他本人也成为"花花公子"的代名词。

"如果你是说莫瑞斯的话……"

"那会儿我们都很喜欢莫瑞斯。"

"你的口气好像他已经死了。用的是过去时。"

"我不是这个意思。当然我们还是很喜欢他——不过他选择了一条不一样的路，一条恐怕很危险的路。我们都希望你别给卷进去。"

"我怎么会？我们已分居了。"

"哦是的，是的。当然该这么做。要是一起走就有点儿明显了。我想移民局还不至于那么笨。您是个非常有吸引力的女人，还有您的肤色……"他说，"当然我们知道他没有在家给您打电话，但要捎个信儿的话可以有很多办法——公用电话亭，找个中间人——我们没法监视他所有的朋友，即便我们都知道他们。"他将雪利酒推到一边以给火锅腾出地方。她开始觉得镇定了些，因为现在谈话的主题已明白无误地放在了桌上——就像这火锅。她说："你觉得我也是个叛徒？"

"哦，在我们这种部门，你知道的，我们不用叛徒这种词。那是报纸用的。您是非洲人——我没有说**南非人**——您的孩子也是。这准是给了莫瑞斯很多影响。我这么说吧——他选择了另一种忠诚。"他尝了一口火锅，"当心点。"

"当心点？"

"我是说那胡萝卜烫得很。"如果这的确也是一种讯问的话，那它和约翰内斯堡或比勒陀利亚的秘密警察用的手段则完全不同。"我亲爱的，"他说，"当他真和您联络上后，您打算怎么做？"

328

她放弃了谨小慎微。假如她总这么小心，就会一无所获。她说："我会照他告诉我的去做。"

　　珀西瓦尔医生说："我很高兴您这么说。这意味着我们可以开诚布公地交谈。当然我们已知道，我估计你也知道，他已安全抵达莫斯科。"

　　"感谢上帝。"

　　"嗯，我对上帝可没这么有把握，不过您肯定可以感谢克格勃。（人不可太教条——上帝和克格勃当然可能是一路的。）我猜想他迟早会让您去找他。"

　　"那我就去。"

　　"带着孩子？"

　　"当然。"

　　珀西瓦尔医生又埋头吃起了火锅。他显然是个喜好美食的人。在欣慰地得知莫瑞斯安然无恙后，她更无所顾忌了。她说："你们阻止不了我。"

　　"哦，别那么肯定。您知道，我们办公室有您不少材料啊。您在南非时和一个叫卡森的人很要好。一个共产党特工。"

　　"我当然和他很好。我在帮助莫瑞斯——为你们工作，尽管那时我并不知情。他对我说是在写一本关于种族隔离的书。"

　　"而也许莫瑞斯那时候就在帮助卡森了。莫瑞斯现在在莫斯科。当然严格说来这并不归我们管，但MI5很可能觉得有必要调查您——深入调查。如果您愿意听一个老人的劝告的话——一个曾是莫瑞斯的朋友的老人……"

　　一段记忆闪现在她脑海里，一个拖沓着脚步的人，穿一件印着玩具熊的大衣，在寒冷的林子里和萨姆捉迷藏。"还有戴维斯，"她说，"你也曾是戴维斯的朋友，不是吗？"

一勺肉汤正要送进珀西瓦尔医生的嘴里时停了下来。

"是的。可怜的戴维斯。年纪轻轻就死了，真让人伤心。"

"我是不喝波尔图的。"萨拉说。

"我亲爱的姑娘，您说到哪儿去了？在做关于波尔图的决定之前先来点儿奶酪吧——他们的温斯利代干酪非常棒。我想说的只是不要意气用事。平心静气地和您婆婆，还有您的孩子待在乡下……"

"莫瑞斯的孩子。"

"也许吧。"

"你说也许是什么意思？"

"您遇见过科尼利厄斯·穆勒这个人，BOSS来的一个缺乏同情心的人。这叫什么名字嘛！他的印象是真正的父亲——我亲爱的，您得原谅我说话有些直白——我不愿意您犯和莫瑞斯一样的错误——"

"你说得并不直白。"

"穆勒相信孩子的父亲是您的一个族人。"

"噢，我知道他说的是谁——就算是对的，他也死了。"

"他没死。"

"他肯定死了。在一场骚乱中丧的命。"

"你看见他的遗体了吗？"

"没有，不过……"

"穆勒说他的确被关押在监狱里。给判了无期徒刑——穆勒说的。"

"我不相信。"

"穆勒说此人准备要求认这个儿子。"

"穆勒在撒谎。"

"是的，是的。很有可能。这个人也许不过是个小丑。我自己没有牵涉过法律方面的问题，不过我很怀疑他在我们的法庭上能指证什么。孩子在您的护照上吗？"

"不在。"

"他自己有护照吗？"

"没有。"

"那么您得申请一本护照才能带他离开这个国家。这意味着会有一大堆官僚主义的废话。办护照的人有时候会非常、非常拖拉。"

"你们真是浑蛋。你们杀了卡森。你们杀了戴维斯。而现在……"

"卡森死于肺炎。可怜的戴维斯——是肝硬化害了他。"

"穆勒说的是肺炎。你说的是肝硬化，而你现在又想要威胁我和萨姆。"

"不是威胁，我亲爱的，是忠告。"

"你的忠告……"

她得结束这场谈话。侍者已过来收拾盘子了。珀西瓦尔医生吃得很干净，但她的那份基本未动。

"要不要来份加丁香的老英格兰苹果馅饼和一点儿奶酪？"珀西瓦尔问，并像要诱惑她似的倾身向前，嗓门压得很低，仿佛他正在为他想尝的某些甜头报个价钱。

"不，不要。我什么也不想吃了。"

"哦，亲爱的，结账吧。"珀西瓦尔医生失望地吩咐侍者，侍者离去后他嗔怪她道："卡瑟尔夫人，您不该生气。这里面没有任何个人因素。如果您生气了你肯定会做出错误决定。这就是一件关于箱子的事情。"他又讲开了那番道理，接着又停住，仿佛第一次发现这个比方也有不恰当的时候。

"萨姆是**我的**孩子，我愿意把他带到哪儿就带到哪儿。带到莫斯科，带到廷巴克图[1]，带到……"

"在有护照以前，您不能带萨姆。作为我，我会极力阻止MI5对您所采取的任何预防措施。如果他们得知您在申请护照……他们会知道……"

她走了出去，彻底挣脱了出去，把珀西瓦尔医生撇在那里等着账单。如果她再多待一会儿，她很难保证自己会不会拿起那把一直搁在盘子边上切奶酪用的刀。她曾见过一个如珀西瓦尔医生一样酒足饭饱的白人在约翰内斯堡的公共花园里被刺中。那似乎是如此轻而易举。到门口时她扭头看了看他。身后窗户上的铁格子使他看起来像坐在警察局里的桌前。显然他的目光一直在追随着她，现在他正举起一只食指对着她温和地摇晃着。可以理解为警告或提醒。她不在乎是哪个。

1　西非马里共和国历史名城，位于撒哈拉沙漠南缘。

第二章

1

从这座灰色高楼的十三层的窗户向外望去，卡瑟尔可以看见大学上方的那颗红星。这景观中存在着某种美，正如在任何一座城市的夜空里一样。只是白天的景致很单调。他们对他讲得很清楚，他能住上这套公寓是万分幸运的，尤其是伊万总爱对他指出这一点。伊万在布拉格的机场迎接了他，并陪他到伊尔库茨克附近某个名字很难发音的地方汇报了情况。公寓包括两间房间、厨房以及个人淋浴间，本属于另一个同志，他就在快要完成装修之前死了。按规定空房间只能有取暖器——其他一切甚至包括抽水马桶都要自己买。那可不容易，得花费大量时间和精力。卡瑟尔有时很想知道那位同志是否就是为这个死的，为采购而疲于奔命：绿色的柳条扶手椅，像木板一样硬的棕色沙发，也没有垫子，桌子的色泽如同被浇了一层肉汁。电视机为最新出产的黑白型号，是政府赠送的。他们第一次参观这公寓时伊万已向他仔细解释了。他那口气像在暗示他个人对这份馈赠是否值得表示怀疑。在卡瑟尔看来，伊万跟在伦敦时一样不讨人喜欢。或许他怨恨自己被召回，并迁怒于卡瑟尔。

公寓里最值钱的物件似乎是电话。话机上蒙着灰，且没有连线，但不管怎样还象征着价值。会有一天，也许快了，它将投入使用。他会用这个和萨拉通话——听到她的声音对他而言意味着一切，无论他们得为那些听者上演一出怎样的喜剧，而且肯定会有听者。听到她的声音会使这漫长的等待好受些。有一次，他向伊万提了这事。他注意到伊万喜欢到室外说话，哪怕在最寒冷的天里。伊万的工作还包括带他参观这座城市，于是他借此机会在那宏大的GUM国营百货商店外面走了走（在那里他感觉简直像回家了一样，因为它使他想起了曾看过的水晶宫的照片）。他问："你觉得有可能将我的电话线接上吗？"他们去GUM给卡瑟尔找一件毛领大衣——气温是二十三华氏度。

"我会去问问，"伊万说，"不过眼下我估计他们还是要把你藏着。"

"这个过程很长吗？"

"贝拉米当时就是这样，但你的情况没那么重要。我们从你这儿得不到多少宣传效用。"

"贝拉米是谁？"

"你应该记得贝拉米的。英国议会里的一位重量级人物。在西柏林。那都是些幌子，是吗，就像美国的'和平队'？"

卡瑟尔犯不着去否认——这不关他的事。

"哦对的，我想起来了。"事发时他正处于极度焦急之中，正在马普托等待萨拉的消息，他也记不得贝拉米叛变的详情。为什么会有人从英国议会叛变，这样的变节让什么人得益或受损？

他问："他还活着吗？"似乎已是很久之前的事了。

"为什么不活着？"

"他在做什么呢？"

"他由我们的感激养活着。"伊万又补充说，"你也一样。哦，我们还为他杜撰了一份工作。他是我们出版部门的顾问。他在郊区还有一座'达恰'[1]。比他在祖国拿养老金的日子好过。我估计他们对你的待遇也一样。"

"在乡下的'达恰'里读书？"

"是的。"

"我们这种人多吗——我的意思是由你们的感激养活的？"

"我知道的至少有六个。包括克雷科斯尚克和贝茨——你会记起他们的——他们都来自你的那个部门。我估计你会在阿格拉维撞见他们，那是我们这里的乔治风格餐馆——他们说那儿的酒很不错——我是吃不起的——你还会在莫斯科大剧院看见他们，等到他们不用受掩护了。"

他们走过列宁图书馆——"你在那儿也能找到他们。"他又不无怨恨地加了一句，"在那里读英文报纸。"

伊万给他找了一个健硕敦实的中年妇女做日杂工，同时也帮他学点俄语。她给房间里的每样东西都标出了俄语名称，并用一根粗钝的手指一样样点着，还特别挑剔他的发音。她尽管要比卡瑟尔小好几岁，但像对孩子似的待他，说话时带着劝告性的严

1　Dacha，俄罗斯居住在大城市的人在郊外用于度假和居住用的别墅。

厉，而当他被训练得有起色了，其口气又软化成母亲般的慈爱。当伊万有事脱不开身时她就将训练课程的内容扩大，带他去中央市场买菜，去坐地铁。（她在字条上记数字，向他解释食品价格和乘车费用。）过了段时间他开始给他看她家人的照片——她丈夫，一个穿制服的年轻人，是在公园里照的，脑袋后面是用纸板做的克里姆林宫的轮廓。他的制服穿戴得并不整齐（看得出他还没习惯），他充满柔情地冲相机笑着——也许她正站在摄影师身旁。他是在斯大林格勒牺牲的，她告诉他。作为回报他拿出了萨拉和萨姆的相片，他没有向霍利迪先生坦白藏在鞋子里的这点秘密。她对他们是黑皮肤表示了吃惊，之后的一段时间她对他还疏远些——并非她因失落而感到震惊，而是他打破了她的秩序感。在这一点上她很像他母亲。过了几天一切又恢复了原样，但就在这为数不多的几天里他感受到双重的流放，而他对萨拉的思念也就格外强烈。

现在他已来莫斯科两个星期了，他用伊万给的钱为公寓添了几样东西。他甚至还找到了莎士比亚剧本的英语教学版，两本狄更斯的小说——《雾都孤儿》和《艰难时世》，以及《汤姆·琼斯》和《鲁滨孙漂流记》。侧街上的雪已齐脚踝深，他越来越不想跟伊万去观光，连跟安娜（她名叫安娜）出去进行学习性的游玩也没了兴致。到了晚上他就热一些汤，蜷坐于取暖器旁边，守着肘边覆满灰尘、没有连接的电话机，读着《鲁滨孙漂流记》。有时候他仿佛能听见鲁滨孙自己在说话，像是录在磁带上的："我把我的际遇写下来，并非为了传给我的后人，因为我可能不会有后代，而是为了把日日困扰我精神的思绪释放出来。"

鲁滨孙将他境遇中的慰藉和痛苦归为"善"的和"恶"的，在"恶"的标题下他写道："我根本没有可以晤谈的灵魂，或解救我自己的灵魂。"在与之相对的"善"下他记下了"那么多必要的东西"，那是他从船的残骸上弄到的，"不是可以满足我需求的物品，就是使我能够在有生之年自给自足的东西。"嗯，他有了绿色柳条扶手椅，肉汤色的桌子，硬邦邦的沙发，还有正给着他热力的取暖器。如果萨拉在的话这些就足够了——她以前能适应糟糕得多的条件，他还记得约翰内斯堡穷人区那些外形可疑但没有种族隔离禁令的旅馆及其阴暗的房间，他们有时只好到那里去幽会、做爱。他特别记得一间没有任何家具的屋子，而他们在地板上也自得其乐。第二天当伊万又假惺惺地提到"感激"时，他勃然发作道："你们管这个也叫感激。"

"不是很多人自己过日子时都能拥有属于自己的厨房和淋浴间的……还有两间房间呢。"

"我并不是抱怨这个。但他们向我保证过不会只让我一人在这儿。他们答应过我的妻子和孩子随后就到。"

他强烈的怒火也使伊万不能再心安理得了。伊万说："这需要时间。"

"我连份工作也没有，靠施舍过活，这就是你们该死的社会主义？"

"安静，安静。"伊万说，"再等一段时间，等他们不用掩护你之后……"

卡瑟尔几乎要动手揍伊万了，他看得出伊万也明白这一点。伊万咕哝着什么，沿着水泥楼梯退了回去。

2

或许有麦克风将这场争吵传递给了上一级部门，还是伊万做了汇报？卡瑟尔不可能知道，但不管怎样他的怒气奏效了。对他的掩护可以撤除了，而且他后来还意识到，连伊万也不见了。就像当时伊万被调离伦敦一样，因为他们认为伊万的脾性不适于掌控卡瑟尔，于是现在他就再出来露一次面——还算比较收敛的一次——然后便永远销声匿迹了。也许他们有一个控制组，就像在伦敦时他们有秘书组一样，伊万退回到了组里。这个行业里不大可能会有人遭解雇的，以免机密泄露。

伊万的谢幕演出是在一幢楼里充当译员，楼房离卢比扬卡监狱不远，同卡瑟尔走路经过时他曾自豪地向卡瑟尔指点过。早上卡瑟尔问他们去哪儿，他避实就虚地答道："他们已决定分派你工作了。"

他们等待的屋子里排列着装帧简陋的书。卡瑟尔能读出其中有斯大林、列宁、马克思的俄文版著作——他很高兴地想到自己开始能认得印刷体的字了。一张大书桌上放着一本豪华牛皮封面的吸墨水纸，还有一尊骑士铜像，既大又沉，不像是用来作镇纸的——可能就是装饰品。书桌之后的门里出来一个上了岁数的矮胖男人，留着蓬乱的灰发和被香烟熏得焦黄的老式八字胡。他身后跟着一位穿着得体、手捧卷宗的年轻人。他好比教堂里的助手，正侍奉着一位他所信赖的祭司，而那位老者尽管唇须浓密，和善的笑容以及伸出的似要祝福的手里却**不乏**某种祭司的气度。

他们三人之间交换了许多谈话——问题及回答，然后伊万开始了翻译。他说："这位同志想让你知道你的工作得到了高度评价。他要你明白，正是你工作的这种重要性使我们认识到在高层次上亟待解决的问题。正因为如此，这两个星期你都处于被隔绝的状态。这位同志急切地请你不要误解为那是对你缺乏信任。我们希望能在恰当的时候向西方媒体披露你在这儿。"

卡瑟尔说："现在他们肯定已经知道了。我还能在哪儿呢？"伊万翻译过去，那老者做了回答，而年轻的助手闻声微笑起来，同时目光低垂。

"这位同志说了，'心里有数不等于公开发布'。只有当你正式现身于此时新闻机构才能发布。审查制度会监控的。我们很快会安排一场记者招待会，然后我们会让你知道该对记者说什么。也许我们会事先演练一下。"

"告诉这位同志，"卡瑟尔说，"我想挣得我在这里的居留权。"

"这位同志说你已经挣得多次了。"

"既然这样，我期望他能履行他们在伦敦许下的诺言。"

"是什么？"

"我被告知，我的妻子和儿子会随我来这里。告诉他，伊万，我孤独极了。告诉他，我想使用我的电话。我想给妻子打电话，仅此而已，不是英国使馆或什么记者。如果不用掩护我了，就让我和她通话吧。"

这一回合的翻译花费了很长时间。他明白翻译总是比原文要长，但这次长得超过限度了。甚至连那助手似乎也插了一两句。那位重要的同志几乎懒得说话——他仍面目慈祥得像个主教。

伊万最终转向卡瑟尔。他脸上挂着其他人看不到的愠怒。他说："他们殷切希望你能与负责非洲内容的出版部门进行合作。"他朝那位助手的方向点点头，后者堆出一个鼓励的微笑，那笑容像和他的上司出自同一个石膏模子。"这位同志说他很想请你做他们关于非洲文学的首席顾问。他说非洲小说家非常多，他们想择其最有价值的予以引进翻译，当然最好的小说家（由你挑选）将受到'作家协会'的邀请访问我们。这是一个很重要的职位，他们很乐意提供给你。"

那老者向那几排书架挥了挥手，似乎在邀请斯大林、列宁和马克思——对了，还有恩格斯——来欢迎他将挑出的小说家们。

卡瑟尔说："他们没有回答我。我想要我的妻子和儿子来陪我。他们允诺的。鲍里斯允诺的。"

伊万说："我不想翻译你说的。所有那些事都归另一部门管。把事情弄混淆是严重的错误。他们给你提供……"

"告诉他们，在我跟妻子通话之前我不想讨论任何事情。"

伊万耸耸肩膀，说了起来。这回翻译并不比原文长多少——一句生硬、恼怒的话。而老同志的评论占据了大部分时间，如同一本编辑得过了头的书的脚注。为了显示毅然决然，卡瑟尔转过身看着窗外街道边水泥墙之间的一条窄沟，他看不到埋在雪里的墙头，雪水流进沟里，仿佛出自一只硕大的、取之不竭的水桶。这不是他童年记忆中的与雪球、童话及雪橇比赛联系在一起的雪。这是无情的、无边的、无赦的雪，让人想起世界末日的雪。

伊万气急败坏地说："现在我们走。"

"他们说什么了？"

"我不懂他们干吗要这样对你。我知道你从伦敦给我们搞来了什么破烂货。走。"那老同志伸出一只恭敬的手；年轻人则显得有些不安。室外，被雪埋没的街道是如此沉寂，卡瑟尔竟踌躇着要不要将其打破。两个人快步走着，如同两个秘密的敌手，准备找一个合适的地点来个最后的了结。终于卡瑟尔对这种不确定性忍无可忍了，说道："呃，谈话的结果是什么？"

伊万说："他们说我对你处置不当。他们把我从伦敦调回来也这样说。'多学点心理学啊，同志，多学点心理学。'我要是像你这样的叛徒，日子会过得好得多。"幸运之神将他们送进了一辆出租车，一坐进去他便投入了受了伤的沉默之中。（卡瑟尔已经注意到在出租车里人们是绝不开口说话的。）在公寓的门口伊万勉强透露了卡瑟尔想要的情况。

"哦，那份工作将会给你留着。你什么也不用怕。那位同志对你深表同情。他会对其他人谈关于你的电话和妻子的事情。他恳求你——恳求，这是他的原话——稍微再耐心一点。他说你很快会得到消息。他理解——理解，你听清了——你的焦虑。我一点儿都不明白。我的心理学显然很糟糕。"

他撇下卡瑟尔独自站在入口处，大踏步地走进雪地里，并永远地消失在了卡瑟尔的视线中。

3

第二天晚上，当卡瑟尔挨着取暖器读《鲁滨孙漂流记》时，有人敲他的房门（电铃是坏的）。多年养成的不信任感使他在开门前不由自主地喊道："哪一位？"

"我名叫贝拉米。"一个尖锐的嗓音答道，卡瑟尔打开了门。一个身材矮小、皮肤灰白的男子，穿灰色毛皮大衣，戴灰色羔皮帽，神情羞涩而胆怯地走进来。他就像在舞剧中扮演一只老鼠的喜剧演员，期待着小朋友们的掌声。他说："我住得很近，所以我想该鼓起勇气来登门拜访。"他看了看卡瑟尔手里的书。"哎呀，我打扰你看书了。"

"不过是《鲁滨孙漂流记》。我有的是时间读。"

"啊呵，是伟大的丹尼尔[1]。他是我们中的一员。"

"我们中的一员？"

"嗯，笛福恐怕还不只是MI5之类的人呢。"他去掉了灰色的毛皮手套，凑近取暖器，并环顾四周。他说："看得出你还处于白手起家的阶段。我们都是这么过来的。那会儿我根本不懂到哪里买东西，直到克雷科斯尚克带我四处去转了转。之后，呃，我又领着贝茨跑。你还没见着他们？"

"没有。"

---

1 丹尼尔·笛福（Daniel Defoe，1660—1731），《鲁滨孙漂流记》作者。

"我不明白他们怎么没来。你已经解密了，我还听说你随时准备要开记者招待会了。"

"你怎么知道的？"

"从一个俄国朋友那里。"贝拉米略带紧张地呵呵笑着说。他从毛皮大衣口袋深处掏出半瓶威士忌。"一份小小的cadeau[1]，"他说，"送给新来的人。"

"你真太好了。快请坐。椅子比沙发更舒服。"

"如果可以的话，我先把衣服解密了——解密，真是个好词。"这个过程花了好一会儿工夫——有很多的扣子。当他在绿色柳条椅子里坐下时他又呵呵地笑起来。"你的俄国朋友怎样？"

"不是很友好。"

"那就不要他了。别跟他啰唆。他们很希望我们过得快活。"

"我怎么能不要他？"

"你就让他们明白他跟你合不来。随便漏一句口风给那些小小的玩意儿，我们此时大概正对着其中一个说话呢。你知道吗，我刚来时，他们把我托付给了——你怎么也猜不着的——'作家协会'的一位中年女士。因为我是英国议员，我猜。嗯，我很快就懂得如何处理那种情况了。只要是克雷科斯尚克和我在一起，我就轻蔑地称她为'我的女家庭教师'，她没待多少时间就走了。她是在贝茨来之前走的——我这么说笑很不对——贝茨娶了她。"

"我还没明白是怎么回事——我是说他们为什么要你来这

1　法语，意为"礼物"。

里。我是在事发以后从英国出走的。我没见过报纸的报道。"

"我亲爱的，报纸吗——它们非常讨厌。**一致声讨我**。我后来在列宁图书馆读到的。你看了会真以为我是什么玛塔·哈利[1]了。"

"可你对他们有什么价值吗——在英国议会？"

"哦，你要知道我有个德国朋友，当时他手下有不少特工在东方。他绝想不到小小的我正监视着他并做着记录——然后这个傻乎乎的家伙被一个该死的女人勾引上了。他罪有应得。他本人是安全的，我永远不会去做危及**他自身**的事情，可他的特工……当然他猜到是谁出卖了他。嗯，我承认我没有给他的推测增加难度。可我得立刻出逃，因为他为了我的事去了大使馆。当我把边防检查站的家伙甩在身后时真是开心极了。"

"你在这儿很快乐吗？"

"哦，是的。对我而言快乐取决于人而非地方，我现在有个非常好的朋友。当然这是不合法的，不过在这种部门里总可以搞出例外来，他还是个克格勃的军官呢。当然啦，可怜的小伙子，他有时就没法忠于职守了，不过这和我德国朋友的情况还很不同——这不是**爱情**。有时候我们对此还调笑一番。如果你孤独的话，他认识很多姑娘……"

"我不孤独。只要还有书看。"

"我会带你去个小地方，你能私下买到英文平装书。"

1　玛塔·哈利（Mata Hari，1876—1917），荷兰著名女间谍人。第一次世界大战前夕活跃于巴黎社交界，1917年被法国以间谍罪处死。英法报刊常以Mata Hari的名字加诸间谍疑犯。

他们喝完半瓶威士忌时已是半夜，于是贝拉米便告辞了。他费了不少工夫才钻回他的毛皮大衣里，并且不停地唠叨着。"哪天你得见见克雷科斯尚克——我会告诉他我见过你了——当然还有贝茨，不过这意味着还要见到那位'作家协会'的贝茨夫人。"他让手足够暖和了再戴上手套。他有一副安乐自在的神气，尽管"开始的时候有点儿难过，"他承认道，"我感到相当失落，直到我找到了我的朋友——就像斯温伯恩[1]作品里的那段合唱词，'陌生的面容，无言的守夜，以及'——怎么说来着？——'所有的苦痛'。我以前做过关于斯温伯恩的演讲——一位被低估的诗人。"到了门口他说，"等春天来了，你得过来看看我的'达恰'……"

4

过了些日子，卡瑟尔发现自己甚至想念起伊万了。他想念还有某个人可以厌恶的时候——他无法毫无理由地去厌恶安娜，后者现在似乎已意识到了他前所未有的孤单。她早上待的时间略微长了些，并用她那像教鞭似的手指要他用心记更多的俄语名词。她对他的发音要求也更加苛刻：她开始在他的词汇里添加动词，从单词"跑"开始，并做着跑的动作，将肘部和膝部都提起来。她肯定从什么地方领取了工资，因为他什么也不用付她；实际上

1　阿尔杰农·查尔斯·斯温伯恩（Algernon Charles Swinburne，1837—1909），英国诗人和批评家。

伊万在他刚来时给的一小笔卢布已经用了不少。

什么都不挣也成了他这孤立隔绝生活的一种痛苦。他甚至开始渴望有一张书桌，可以让他坐下来研究一下非洲作家的名单——这也许能使他暂时不去想萨拉现在怎样了。她为什么还没有带着萨姆随他过来？他们为履约正在采取什么行动？

在一天晚上的九点三十二分，他读到了鲁滨孙苦难的终结——他觉得自己现在有些像鲁滨孙。"这样，根据船上的日历，我在一六八六年十二月十九日，离开了这个海岛。我一共在岛上住了二十八年两个月零十九天……"他走到窗口：此时雪没有下，他可以清晰地看见大学上方的那颗红星，甚至在这个时刻还有妇女在上班扫雪：从上面看她们就像巨型海龟。有人在按门铃——随他去，他不开，很可能就是贝拉米，要不是他更不欢迎的人物，那个不认识的克雷科斯尚克或者那个不认识的贝茨——不过可以肯定的是，他没有忘记，门铃是坏的。他转过身惊讶地盯着电话机。是电话在响。

他提起听筒，一个声音在用俄语对他说话。他一句也听不懂。然后什么也没了——只剩下尖厉的拨号音——可他仍然将听筒贴着耳朵，愚蠢地等着。也许是接线员让他等着。或者是告诉他——"挂好电话。我们将再打给您"？也许是有电话要从英国打来了。他不情愿地将听筒放归原处，坐在电话旁守着，等待它再次响起。他已被"解密"了，现在看来他已被"连接"上了。只要他跟安娜学会了正确的语句，他就可以与外界"联络"了——他连如何打给接线员都不会。屋里没有电话簿——他两周前就找过。

可接线员准是对他说了什么。他肯定随时会有电话来找他。他在电话旁睡着并梦见了十几年未梦见的结发妻子。在梦里他们吵了架，这是生活中从未有过的。

安娜早上发现他还睡在绿柳条椅里。当她叫醒他时他对她说："安娜，电话接通了。"可由于她听不懂，他就朝着电话挥了挥，并说"丁零丁零"。一个上了年纪的人嘴里竟吐出这么幼稚的声音，他俩都被这种荒谬的场面逗得呵呵大笑起来。他拿出萨拉的相片并指指电话机，她点点头，微笑着以示鼓励。他想，她会和萨拉处得来的，她会告诉她在哪儿买东西，她会教她俄语单词，她会喜欢萨姆的。

5

当天晚些时候电话响起时，他感到肯定是萨拉——准是有人在伦敦将号码传递给了她，也许是鲍里斯。他接电话时嘴巴干燥得几乎说不出那句"您是谁？"

"鲍里斯。"

"你在哪儿？"

"就在莫斯科。

"你见着萨拉了吗？"

"我和她说过话。"

"她好吗？"

"是的，是的，她很好。"

"还有萨姆呢？"

"他也很好。"

"他们什么时候来这里？"

"我正要和你说这个。待在家里，拜托。别出去。我现在就过来。"

"可我什么时候能看到他们？"

"那就是我们要谈的。有些困难。"

"什么困难？"

"等我见到你再说。"

他无法静静地坐等：他抓起一本书又放下：他走进厨房，安娜正在做汤。她说"丁零丁零"，可这不再好笑了。他回到窗口——又下雪了。当敲门声响起时他感到已过了好几个钟头。

鲍里斯递过来一只装免税商品的塑料包。他说："萨拉叫我给你捎J. & B.来。一瓶是她送的，一瓶是萨姆的。"

卡瑟尔说："困难在哪里？"

"等我把外衣脱了。"

"你真看见她了？"

"我在电话里和她谈的。在电话亭里。她和你母亲住在乡下。"

"我知道。"

"我要是去那儿拜访她的话，会有点儿显眼。"

"那你怎么知道她很好？"

"她告诉我的。"

"她的声音听起来好吗？"

"是的，是的，莫瑞斯。我敢肯定……"

"困难在哪里？你把**我**弄出来了。"

"那是很简单的事。一本假护照，盲人障眼法，还有法航的空姐在领你过境时我们在移民事务处安排的一点小麻烦。一个很像你的人。准备去布拉格。他的护照上面有些乱……"

"你还没跟我说困难在哪儿。"

"我们一直设想在你安全抵达后，他们无法阻止萨拉和你团聚。"

"他们阻止不了。"

"萨姆没有护照。你当时应该将他放在他母亲的护照上。显然这**可能**要花费大量时间来弄。还有一件事——你们的人暗示，如果萨拉企图离开，她也许会因同谋而被捕。她是卡森的朋友，她在约翰内斯堡时是你的特工……我亲爱的莫瑞斯，恐怕事情没那么简单。"

"你们答应过的。"

"我知道我们答应过。诚心诚意地。如果她可以把孩子丢下的话，仍有可能将她偷偷弄出来，可她说她不能这样。他在学校里过得不开心。他和你母亲处得也不开心。"

那只免税商品包还搁在桌上等候着。威士忌总是有的——医治绝望的药。卡瑟尔说："你为什么要把我弄出来？我并没有处于刻不容缓的危急中。我以为我很危险，可你们应该知道……"

"你发出了紧急信号。我们应答了。"

卡瑟尔撕掉塑料包，打开威士忌，那J. & B.标签像一段哀伤的回忆刺痛了他。他倒了足足两倍分量。"我没有苏打。"

"没关系。"

卡瑟尔说："坐吧。沙发硬得像学校的板凳。"他喝了一口。就连J. & B.的芬芳也刺痛着他。但愿鲍里斯给他买的是其他品牌的威士忌——海格、白马、Vat69、格兰氏——他默念着那些对他而言毫无意义的品牌名，以让他的脑子处于空白状态，以在J. & B.起作用之前先稳住他的绝望——乔尼·沃克、安妮女王、教师牌。鲍里斯误解了他的沉默。他说："你不用太操心麦克风。在莫斯科这儿，可以说我们处于暴风中心，反倒是安全的。"他又补充道："对我们来说把你弄出来非常重要。"

"为什么？穆勒的便条安全地掌握在老霍利迪手上。"

"你一直不明白真相，对吧？你传给我们的那些经济情报本身是毫无价值的。"

"那为什么……？"

"我知道我没说清楚。我不是很喝得惯威士忌。我试试看来解释一下。你们的人以为他们安插了一个特工，就在莫斯科。但实际上他处于我们的掌控之中。他把你给我们的送还给了他们。你的报告使你们的机构对他信以为真，他们可以核对你的报告，而他还一直向他们传递着我们想让他们相信的其他情报。这才是你的报告的真正价值。一个不错的欺骗手段。可然后穆勒及'瑞摩斯大叔'出现了。我们决定击败'瑞摩斯大叔'的最好办法是公之于众——我们不能在这样做的同时还把你留在伦敦。你必须是我们的消息来源——你带去了穆勒的便条。"

"他们还将明白我还带去了情报泄露的新闻。"

"完全正确。这场游戏我们不能再玩下去了。他们在莫斯科的特工将消失在一片深不可测的沉默中。或许再过几个月你们的人会得到一次秘密审判的传言。这将更使他们确信所有他提供的情报都是真的。”

“我以为我只是在帮助萨拉的族人。”

“你做了更了不起的事。明天你将会见新闻界。”

“我会拒绝说话的，除非你们把萨拉带过来……”

“没有你我们照样开，不过以后你就别指望我们解决萨拉的问题了。我们很感谢你，莫瑞斯，不过感激就如同爱，需要经常更新，否则很容易就淡漠了。”

“你现在说话就和伊万以前那样。”

“不，不像伊万。我是你的朋友。我希望一直是你的朋友。一个人在一个新的国度里开始一种新的生活，是特别需要朋友的。”

此时友谊的表示听起来像是威胁或警告。那天晚上在沃特福德徒劳地寻找那幢墙上挂贝利兹培训宣传画的破旧屋子的情形又重现了。对于他，在二十多岁加入这个部门后，他便一辈子都得三缄其口。就像特拉普派[1]的教徒，他选择了沉默的职业，现在他认识到这是个错误，但已太迟了。

“再喝一杯，莫瑞斯。情况还不至于很糟。你只是得耐心，仅此而已。”

卡瑟尔喝了起来。

---

1 天主教西多会中的教派，强调缄口苦修。

第三章

1

医生证实了萨拉对萨姆的担心，但第一个认识到其咳嗽性质的是卡瑟尔夫人。老人是不需要医学训练的——他们似乎积累了一生的诊断经验而不是六年的强化训练。医生不过是一种法定需求——在**她的**处方下面签上他的名字。他是一个极其敬重卡瑟尔夫人的年轻人，仿佛她是一位德高望重、可让他受益匪浅的专家。他问萨拉："你们那里患百日咳的孩子多吗——我是说在老家。"他说的老家显然是指的非洲。

"我不知道。危险吗？"她问。

"不危险。"他又补充说，"但需要相当长的隔离期。"——一句并不让人宽慰的话。莫瑞斯不在时要掩饰自己的焦急就更加困难，因为没有人与她分忧。卡瑟尔夫人相当镇静——尽管日常起居被打破使她感到有些不快。显然她在想，如果不是那场愚蠢的争吵，萨姆也许远在伯克翰斯德养病，而她则可以在电话里给予必要的建议。她走出房间，用一只枯叶般苍老的手朝萨姆的方向抛了一个吻，便下楼看电视了。

"我不能回家病吗？"萨姆问。

"不能。你得待在这儿。"

"我真希望布勒能在这儿听我说话。"他想念布勒更甚于莫瑞斯。

"我给你读书好吗？"

"好的，请读吧。"

"然后你就得睡了。"

她在匆忙离家时随便拿了几册书，其中有萨姆一直称作"花园"的那本。他对这书的喜爱要远甚于她——她记忆中的童年里没有花园：灼热的日光从波纹铁皮屋顶反射到一片烤得硬邦邦的黏土操场上，即便卫理公会教徒在的时候也没有植草。她翻开书。楼下电视机里的声音在不停地咕哝着什么。即使隔了这么远也不会与真人说话声相混淆——那是一种如沙丁鱼罐头般的声音。包裹住的声音。

甚至在她翻开书之前，萨姆便已睡着了，一条手臂伸在床外，那是他习惯让布勒去舔的。她想：哦是的，我爱他，当然爱他，可他就像秘密警察的手铐困住了我的手腕。要过几个星期她才能解脱，可即便在那时……她的思绪又回到布鲁梅尔那闪闪发光、用金钱堆砌起的餐厅装饰，还有她回眸再看时珀西瓦尔医生举起的警告她的手指。她想：也许连这病也是他们一手安排的？

她轻轻掩上门朝楼下走去。那罐头包裹着的声音戛然而止，卡瑟尔夫人站在楼梯最下面等她。

"我没听到新闻，"萨拉说，"他要我给他读书，可他现在已睡着了。"卡瑟尔夫人恼怒的目光无视她的存在，仿佛她看到的只是什么骇人听闻的场面。

"莫瑞斯在莫斯科。"卡瑟尔夫人说。

"是的，我知道。"

"他刚才就在电视上，围了好些记者。为自己辩解着。他胆子真不小，厚颜无耻……这就是你跟他吵架的原因？哦，你离开他是对的。"

"那不是吵架的原因。"萨拉说，"我们只是假装吵。他不想让我卷进去。"

"你卷进去了吗？"

"没有。"

"感谢上帝。我可不想把你连同生病的孩子赶走。"

"如果你事先知道的话，会把莫瑞斯赶走吗？"

"不会。我会尽量稳住他，以便向警方报告。"她转身走回客厅——她径直走着，像个盲人，直到被电视机绊住。她真和盲人没什么两样，萨拉看得出来——她闭着眼睛。她将手放在卡瑟尔夫人的胳膊上。

"坐下吧。让你受惊了。"

卡瑟尔夫人睁开眼睛。萨拉本期望看见她老泪纵横，可她的眼睛是干的，冰冷而无情。"莫瑞斯是个叛徒。"卡瑟尔夫人说。

"尽量去理解他，卡瑟尔夫人。是我的错。不是莫瑞斯的。"

"你说你没有卷进去。"

"他在试图帮助我的族人。如果他不爱我和萨姆的话……那是他救我们而付出的代价。你在英国无法想象他把我们从怎样的恐怖中拯救出来的。"

"叛徒!"

她无法面对这样的喋喋不休而保持冷静。"好吧——算是叛徒。背叛了谁?背叛了穆勒及其同伙?背叛了秘密警察?"

"我不知道穆勒是谁。他是他国家的叛徒。"

"哦,他的国家,"她对这些使人轻易做出判断的陈词滥调感到绝望,"他曾说过我就是他的国家——还有萨姆。"

"我很高兴他父亲已去世。"

又是一句陈词滥调。也许在危机之中人就喜欢抓住那些旧东西,如同孩子抓住父母一般。

"也许他父亲能比你更理解他。"

这是一场毫无意义的争吵,就像最后那个晚上和莫瑞斯的争吵一样。她说:"我很抱歉。我不是有意这么说的。"她很乐意缴械投降以换取一些安宁,"等萨姆一好转我就尽快离开。"

"去哪儿?"

"去莫斯科。如果他们允许我去的话。"

"你不能带萨姆。萨姆是我的孙子,我是他的监护人。"卡瑟尔夫人说。

"除非莫瑞斯和我死了。"

"萨姆是英国公民。我会让他受到大法官的看护[1]。我明天就去见我的律师。"

萨拉完全不清楚"受大法官看护"是什么概念。她猜测这又

---

1 Ward in Chancery,专用法律术语,其中"Ward"亦有病房之意,故有下文。

是一个连那位在公用电话亭与她通话的人也没有考虑到的障碍。那个人的声音在电话里做了道歉：那个声音正像珀西瓦尔医生一样称自己是莫瑞斯的朋友，可她更信任他，尽管其措辞谨慎、含糊，还有某种异国腔调。

那声音道歉说，她尚不能去和她的丈夫会合。假如她独自一人走，那简直立刻就可以安排——孩子使她几乎不可能通过检查，无论他们能搞到什么有效护照。

她用绝望而决然的语调告诉他"我不能单独留下萨姆"，而那声音又安慰她，"到时候"会给萨姆想出个办法，如果她愿意信赖他的话。那人开始小心翼翼地暗示他们可以在什么时间如何会面，只带手提箱——一件暖和的外衣——她缺的一切都可以在那头买到——可是，"不，"她说，"不，我不能撇下萨姆"，她便挂了电话。此时他又病了，还有那个神秘的词一直纠缠着她进了卧室，"受大法官看护"。听起来像是在医院病房里。孩子也会被强制住院，就像被强制上学读书吗？

2

没有人可以询问。在整个英国她只认得卡瑟尔夫人、肉店老板、蔬菜水果店老板、图书馆管理员以及小学的女校长——当然还有波顿姆雷先生，他不时地在门口，在高街甚至在电话里冒出来。他在非洲传教待了那么多年，也许他与她相处才真正觉得自在。他非常和善，非常好奇，还很会掉书袋。她想知道如果她请求他帮助逃出英国他会说什么。

记者招待会后的早上，珀西瓦尔医生为了一个很奇怪的理由打来电话。显然是有笔钱要付给莫瑞斯，他们想要他的银行账号以将钱存进去：在一些小事上他们诚实得令人觉得他们多虑了，不过之后她想，是否他们害怕经济拮据会逼得她做出过激之举。也许是让她安分守己的一种贿赂。珀西瓦尔医生仍旧以家庭医生的口吻对她说："我很高兴您能明智行事，我亲爱的。要继续保持明智。"就好比他建议"继续服用抗生素"一般。

到了晚上七点，萨姆仍在睡觉，卡瑟尔夫人在自己房间里为晚饭而进行她所谓的"整理"，此时电话响了。这个钟点打来的很可能是波顿姆雷先生，但却是莫瑞斯。线路是那么清晰，似乎他就在隔壁屋里说话。她吃惊地说："莫瑞斯，你在哪儿？"

"你知道我在哪儿。我爱你，萨拉。"

"我爱你，莫瑞斯。"

他解释说："我们得说得很快，谁知道他们会在什么时候切断线路。萨姆怎样？"

"有些不舒服。不严重。"

"鲍里斯说他很好。"

"我没有告诉他。只不过是另一个难关。有这么多的难关呢。"

"是的。我知道。告诉萨姆我爱他。"

"当然，我会的。"

"我们没必要再遮遮掩掩了。他们总会在听的。"

停顿了一会儿。她想他走开去了，或是线路被切断了。然后他说："我非常想念你，萨拉。"

"哦，我也是。我也是，可我没法丢下萨姆。"

"当然没法丢下。我能理解。"

冲动之下，她说了一句她立刻就感到后悔的话："等他再大一点……"听起来似乎是遥远未来的承诺，那时他俩都已老了。"耐心点儿吧。"

"是的——鲍里斯也这样说。我会耐心的。妈妈怎样？"

"我不大想谈她。说说我们自己吧。告诉我你怎样。"

"噢，所有人都很和气。他们给了我份工作。他们对我很感谢。超过了我想得到的。"他又说了什么，她没听清，因为线路发出噼啪的响声——关于钢笔还有夹巧克力圆面包的。"我妈妈并没有大错特错。"

她问："你有朋友吗？"

"哦，是的，我并不孤单，别担心，萨拉。这儿有个英国人曾是英国议员。他已邀请我等春天来了去他的'达恰'。等春天来了。"他用一种她简直辨认不出的声音重复道——一个已无法确定还能等到春天的老人。

她说："莫瑞斯，莫瑞斯，请保持希望。"可是在随之而来的一片难以撕破的沉寂中，她意识到通往莫斯科的线路断绝了。